U0140832

把脉世界

（下）

陆忠伟 著

中央编译出版社
CCTP
Central Compilation & Translation Press

走笔东瀛

中美、中日首脑互访及中美日三边关系[*]

一

　　1997 年秋至翌年春，是中、美、日这三个太平洋邻居的外交季节。9 月日本首相桥本龙太郎对中国的国事访问、11 月中国李鹏总理及翌年江泽民主席对日本的回访，在太平洋西岸东北亚国际关系史上写下了笔墨浓重的一笔。而 10 月中国国家主席江泽民对美国的国事访问，以及已提上议事日程的美国总统克林顿于 1998 年对中国的回访，将是为太平洋东西两岸构筑新型合作关系的重要举措，可以说是迈向新世纪的里程碑。

　　对中、美、日三国来讲，目前是一个具有非常重要意义的历史时刻。1997 年 9 月，桥本龙太郎在党内竞选中不战而胜，蝉联自民党总裁，并自然当选第 84 任日本内阁总理大臣。同时，其领导的自民党在众院取得过半数的 251 席。这是该党自 1993 年 7 月大选失利之后，首次在众院获得对决策具决定性影响的多数

---

　　* 本文发表于《现代国际关系》1997 年第 12 期。

席位。

在美国于 1996 年 11 月 5 日举行的总统选举中，克林顿以压倒优势的 379 张选举人票击败共和党候选人多尔，出任跨世纪的美国总统。尽管美国内经济、社会问题严重，但美国两党各派力量格局、政治潮流及经济增长势头，已构成克氏当政的有利因素。

另外，中、美、日三国都在推行雄心勃勃的跨世纪经济社会的改革与发展战略。美国的跨世纪构想是建立以信息、金融、服务三大领域为基点的"新经济"支柱，并以其在国际政治、经济、贸易、金融体制内的竞争规则优势，为其国家目标服务。

日本正处于一个继 1868 年明治维新和 1945 年战后改革后的另一次历史大变革时期。继承了历届内阁政治遗产的桥本政权，正全力以赴推行行政、财政、金融等六大改革；要对战后日本经济、政治赖以发展和稳定的"1940 年体制"和"1955 年体制"动手术；并出台了旨在提高日本国际战略地位的"欧亚大陆外交"政策，拟在世纪交替之际为日本的国家发展注入活力。

中国的跨世纪发展战略的主题词是富强、民主、文明，邓小平理论成为中国的百年治国方略。对中国社会主义现阶段在历史发展中的正确定位及基于中国国情（亦即社会主义之"段情"）而提出的改革设想与理论突破，为中国的改革与开放注入了巨大的动力。

不言而喻，这三个太平洋国家的首脑在国内继续推行、落实跨世纪经济、社会发展战略的同时，对关乎战略成败的周边与外部环境，特别是三边或其中的各对双边关系予以特别重视。因为，中美、中日关系刚开始从危险的急剧下滑中成功地恢复过来，"逆水行舟，不进则退"，是这两对双边关系的特征。从中国方面来看，"远交近和"是其世纪之交的主要外交思维，"美国 +

周边"则是"交"与"和"的重要对象，由此足可掂量出中美、中日关系在其外交中的地位与分量。

问题的复杂在于另一方面，即美国、日本对华政策的定位与定性。冷战结束后，所谓"长城战略贬值论"和"中国威胁论"一度甚嚣尘上。美日对华战略的定调因之带有浓厚的冷战色彩。围绕对"遏制战略"的讨论、对"接触战略"的试行及对"融入战略"的定向，反映出这个三角关系的不等边态势或扭曲；再加上涉及对华关系的一些问题，在美、日国内各党派之间一直被拿来作为政治斗争、派别斗争的题目，政策论争往往与党派、派系之间的政治纠葛缠绕在一起，使事态更为复杂。

从80年代末至1996年，美、日在对中国综合国力崛起及国家走向的定位与定性上基本是一致的，但因各自所处战略环境、地缘位置、历史渊源等国际关系要素的不同，其对华关系的矛盾焦点也因时空变化而不尽相同。美中关系的矛盾集中于两个"T"（台湾、贸易）、两个"H"（人权与香港）。日中关系的矛盾焦点集中于两个"T"（台湾、日美安保条约）及两个"H"（历史与人权）。总之，冷战后美、日对华战略的调整与消极定性，以及受国内政争及舆论误导影响的外交操作不当，使90年代以来的这两对双边关系不时出现痉挛性发作。在1996年中美、中日双边经贸关系分别创下历史最高记录的同时，其双边政治关系则相继跌入建交以来的最坏状态。

综上所述，在以中、美、日为主角的超级棋盘上的战略态势并不十分理想。一着不慎，满盘皆乱。不仅双边关系动荡，三角关系失衡，甚至将不可避免地影响地区稳定与经济发展。美国前国务卿亨利·基辛格最近在美演讲时强调，如果美中关系不好，对两国都将是灾难。对中国会影响它的经济发展，影响它与邻国的关系；对美国将迫使亚洲国家在中美之间作出困难的抉择。所以，从这一角度讲，美日两国审时度势，将对华政策调整到合理位置颇为重要。而在这方面最为重要的，就是对对华关系的定性与定位。此外，就是要避免在建立战略框架之前的历史过渡阶段，出现足以影响全局的情况。

二

从整体上说，在中、美、日三角关系中，现已有一些有利于稳定的因素在出现。日本首相桥本龙太郎 1997 年 9 月 4—7 日的中国之行，从双边角度看，为构筑跨世纪的中日关系起到了促进作用。若把桥本访华放在一个更大的外交背景下来观察，即可发现桥本访华与日美关系调整、中美关系发展有因果联系。可以说桥本访华实质上也是中、美、日三角关系的重新调整和磨合。颇有影响的英国路透社在一篇报道中亦独具眼光地指出，桥本此行是为了给由日、中、美构成的具有战略意义的东亚三角带来平衡。

桥本龙太郎的访华是自去年以来日美高层互访、中日首脑马尼拉会晤及江泽民主席访美、李鹏总理访日等美、日、中三国外交活动大组合的主要一环，或者说是大国外交的连锁反应。其方向是积极的，旨在促进三边关系的扩大均衡或总体提升。在中国国家行政学院，桥本发表了演讲，他强调中日应"建立真正的相互谅解及建设性的伙伴关系"。桥本还对日本侵华历史再次表示道歉，并保证日本将坚持"一个中国"的立场。桥本的承诺博得了中国听众的好感，中国领导人在中共十五大前夕的百忙之中，给了他颇高的礼遇。

在跨向 21 世纪之际，日本对华关系发展有两个趋势，亦可称之为战略矛盾。一个是它要对建交后长达四分之一世纪的中日关系进行历史性调整，提高日中关系战略地位。用日本自己的话说，即要使之形成"亚太中的日中关系"和"世界中的日中关系"。

另一个发展趋势即把中国作为《日美安保条约》的对象。在这一态势之下，当日本被迫要在对美与对中关系上作战略抉择时，必然要以牺牲中国为代价来服务于日本的对美同盟关系，因为日本认为日美关系在日本外交中所居地位是"基轴"，对日本国家发展具有重大的现实与历史意义。故而桥本首相在修改"日美防卫合作指针"问题上"寻求中方理解"的同时，仍明确表示，对"日美同盟的基本框架不做更改"。尽管日本政界及外交部门表示，日中关系与日美关系同等重要，但是在涉及战略抉择时，日本是很难巧妙操作，使得这两对双边关系并重。被认为护宪色彩浓厚的日本媒体《朝日新闻》在就桥本访华发表的一篇社论中说，《日美安保条约》与《日中联合声明》、《日中和平友好条约》本身就有矛盾的性质，通过一次首脑会谈，完全解决这个问题是很难的。

联系到亚太安全全局，日本在对美及对华战略之间也有所权衡。作为对日美关系进行历史性调整的补充，日本将相对加大推进日中关系的力度。换言之，为了巧妙地在对美与对中关系上保持平衡，日本对华政策的积极面将相应突出。今年以来，日本在有关人权、香港回归、柬埔寨政争及东南亚金融风暴等外交问题上，均突出了"自主"色彩。桥本访华前后，中日关系在经贸领域取得了一些实质性进展。首先，中日就中国加入世贸组织问题举行的双边谈判取得了进展；双方在削减日本产品的进口关税等问题上达成重要协议。其次，中日渔业谈判达成协议；再次，日本对华提供了近 17 亿美元（2029.1 亿日元）贷款，平均利率为2.3%。在中国接受这笔贷款后，日本对华提供的贷款总额已达

20.5 万亿日元，跃居最大对华援助国地位。桥本的访华可以说在"过去"（历史认识、中止经援、钓鱼岛问题）的问题上"修复"了日中关系，致使中日关系暂趋平静；但在推动双边关系的"未来"方面，却仍留下了有待完成的"家庭作业"。

日本外相小渊惠三上台伊始便表示，将以日美关系为支柱，继续奉行前政府的政策，保持同亚洲国家的友好关系；他上任后的首要任务是"以适当方式"完成对日美军事合作"新指针"的审查。1997 年 9 月，日美正式批准"防卫合作新指针"。不管日美军事分工原则落实到什么程度，有一点是可以肯定的，即在对美、对中这两大外交关系互为影响的背景下，日本官方在关于日美防卫合作矛头所指"范围"上的口径将越来越模糊，解释将越来越抽象。这种"模糊战术"虽可将双方的战略歧见一时遮掩，但若在"指针"修订问题上不彻底根除冷战思维，今后的双边关系就仍有发生摩擦的危险。

日本的分析家中有些人认为，只要中国内地放弃对台湾使用武力，台湾海峡就不会"有事"，故而台海纳入美日防卫合作"范围"的事态就会自然而然地消失。这种判断实际上忽略了事物的因果关系。台海风波乍起，并非成因于一时的气候变幻。"台独"势力在岛内的发展步骤，很早就已开始准备。对于这类颠倒事物因果关系的看法，无需做太多评论，但有一点是明确的，即"日美防卫合作新指针"的修订，是给台湾发送了一个错误信号。

在亚洲的国际关系史上，一个强大的中国与一个强大的日本并驾齐驱的现象史无前例，而这种现象又是在亚太安全格局出现变化的背景下产生的。中日两国的战略利益具有客观上的相对一致性，这种一致性要求这两个邻国必须建立稳定的外交关系。中日高层首脑的互访，将成为两国开辟未来 25 年关系的新起点。不言而喻，这条道路漫长而又不平坦，可喜的是，桥本首相访华期间，双方已就高层定期互访、加强在安全领域的交流与对话及加强两国议员间交往达成了一致意见，可以说这是为建立两国富有成效的睦邻友好合作关系迈出的第一步，其意义怎么评价也不为过。李鹏总理于11月11－16日对日本访问的圆满成功，对稳定和发展中日关系将产生深远影响。李鹏总理提出的五项原则，有利于中日确立友好互利合作，以及推动亚太地区的和平与稳定。

三

在中、美、日三角关系中，华盛顿与北京的关系在经过一时的风雨飘摇之后也在趋于稳定。美国在如何处理对华关系问题上，正在形成明确和比较趋向于一致的看法。尽管美国国内在中美关系上仍有不顾大局的做法，但这对关系已经越过了"对抗引发对抗"的一处险滩，从而为进一步建立与发展中美战略合作关系创造了条件。

苏联解体后，华盛顿对北京的外交政策经过了一个较长时间的定位、定性、定调与定向的调整与摸索，或者说遍及朝野的大讨论，正在形成一个可以规范较长一段时期的政策套路。国外一些评论家将这一方式的内容概括为"暂时的或有条件的接触，或暂时的或有条件的围堵"；接触是手段，亦是态度，而非具体政策；遏制是装置，是任何一项政策的固定部分；融入是目的，是一个过程的终结或另一个过程的开始。从某种意义上说，这是一种以规范未来走向的政策过程，预测以其效果为中心内容的战略思维，它在对华关系的发展上每前进一步，总是用美国的标准来衡量中国对美关系的动态变化和发展趋势。

长期趋势当然包含许多变动的因素，但美国对中国的政策取向基本上也有了一个轮廓。即认为一个稳定、开放的中国符合美国的国家利益；美中两国的合作有益于地区的繁荣与稳定；美中关系的重要性要求双方加强对话，提高合作的层次和范围，在这个框架之下，寻求解决诸如军控、两岸关系、加入世贸组织等结构性问题。总之，这两个太平洋国家在国家利益方面，有不尽一致的一面，也有不少消极因素在影响这对双边关系的稳定；但另一方面，一些共同的利益要求这两个国家积极进行合作。可以说，中美关系将是一个包括合作、竞争、对话等国际关系所有要素的、复杂的多方面关系。这正是这对双边关系在整个发展过程中的现阶段的"段情"。它需要的是积极推动相互关系向前发展的政治愿望和彼此信任，以此来改变 90 年代以来双方关系"摩擦—谈判—恢复"的滞缓状态。

从中国方面来看，寻求一个有利于经济建设的国际与周边环境，是在当前国际格局下的主要目标。对美关系是其外交政策的主线，亦即影响中国外交全局的主导因素；它规范或影响着中国对其他一些国家外交关系的发展。中国国家主席江泽民提出的"增加信任、减少麻烦、发展合作、不搞对抗"的 16 字方针及"增进了解、扩大共识、发展合作、共创未来"的倡导，亦是针对现阶段中美关系"段情"的决策思维。在推进双方关系的过程中，要随时考虑到事情在时间和空间上将要经历的发展变化。从这一角度讲，北京对华盛顿的政策取向与美对华政策有一个较粗的底边，在此基础上发展关系，符合各自的国家利益，且有较大潜力。

江泽民主席对美国的国事访问及已提上议事日程的克林顿总统的回访，是改变中美关系 7 年徘徊局面的重要外交举措。两国关系固然有数不清的麻烦、棘手的难题与矛盾，但是前进的方向既然明确了，事情就好办得多。中美关系停停走走的状况需要这种推动力。而且，中美关系的重要性远非两国双边关系、双边利益所能概括，它对亚太安全格局具有巨大意义。故而可以说，中美高层的互访、对话，本身就具战略意义，是中美铺设战略合作轨道的良好开端。

依目前情况和条件看，中美关系发展趋势中的某些大端是可以指出的，但客观现实的行程又将是曲折变化的。这就决定了双边关系稳定的相对性。换言之，双边关系的稳定不是自在而成，而要自为而得。这就涉及战略合作的内容与框架。就框架来说，双边关系的相对稳定，需要有一个机制或制度，它足以能在双方高层、外交决策及实际运作部门之间沟通信息。

在战略框架方面，两国需要进一步加固双边关系中的稳定装置。80 年代末以来，中美关系之所以能斗而不破，是因为有两个因素在起稳定作用：第一是经济上的相互依赖关系；第二是各种地缘因素，即华盛顿在处理对亚洲关系时所需考虑的对华政策选择。这两大因素使中美关系在呈现周期性波动的同时，能基本上刹住下滑。在中美关系面临重要转折的今天，在这对重要双边关系的发展过程中，应该再增加一个能有效处理利益冲突的稳定机制，亦即中美首脑的定期会晤；两国军队、经贸、外交部门的直接对话；两国议员或两国媒体的经常性交流。在中美关系的定向与定性过程中，这一机制尤为重要。因为，经济和商业纽带在真空中是不能持续发展的。

中国经济的持续增长及社会全面进步，将不断提高其同外部市场或外部世界的联系水平，这种联系纽带的加强，本身就构成对亚太和平与发展有利的稳定因素。这里有一个重要、深刻的历史法则在起作用，就是中国在认识、接触世界，中国在积极地朝经济改革、对外开放的方向发展，这个大方向今后仍不会变。

否则就难以解释中国为什么会在加入《不扩散核武器条约》

（NPT）、《全面禁止核试验条约》（CTBT）、《化学武器公约及生物武器公约》等多边安全与经济机构上取得进展。最近，中国又加入了恪守导弹及其技术控制制度的"桑戈委员会"，与部分西方发达工业国就市场准入问题达成了协议。这些事实表明，中国的安全与外交政策取向旨在维护国际局势的稳定。对此，美国在对华战略上，对中国希望有一个稳定的双边关系或国际环境的愿望，应作出积极回应。

在诸如加入世贸组织等方面，确实牵涉到各自的经济利害关系，问题不大容易摆平。但是两国在战略上的共同利益相对更大，因而应能进一步坚持与加强对话与合作关系，切勿让整个中美关系成为某一特定问题的"人质"。在双边合作内容方面，两国一些切身利益确实需要协调，但更需要一种公正、客观、务实及相互尊重的理性思维，"心诚则灵"，而非"指点江山"。

中国经济的崛起有益于促进世界经济的稳定和繁荣；中美关系的稳定对双方有益，中美关系的发展对地区与世界局势稳定有益。因而从这一意义上说，中美首脑会晤对双边关系意义重大，它将成为建立有效合作和减少分歧的新契机。中美关系的成熟将是一个长期的过程，但江泽民主席访美的意义是不能低估的。在世纪之交的重要历史时刻，江主席站在战略高度，同美国领导人共商双边关系未来发展的框架和目标，这标志着中美关系进入一个新的发展阶段。江主席美国之行取得了重大成果，发表了中美《联合声明》，建立了中美面向21世纪的建设性战略伙伴关系，确认了中美三个联合公报原则，推动了双边经贸合作的发展。

四

中日、中美首脑的互访，以及这三对重要双边关系的定位与定性，在客观上造成了中、美、日关系在较大程度上的互动。美日不再是输赢关系，中日已有和平条约所定性的关系，美中也在努力建设战略关系结构；但在三边结构内，却会或已经出现了两对一的、假想的威慑对象。1996 年 4 月 17 日日美发表的《安全保障联合宣言》及 1997 年 9 月两国确定的新《防卫合作指针》，为日美两国的跨世纪战略合作定了调，其矛头所指，世人皆知。因为世界上不存在无对象的军事同盟。

正如中国的一句谚语所说，"解铃还须系铃人"。据报道，日本政府近日正式提议，就亚太地区的安全问题举行"三国政治安保对话"，其动机无非是要打消美日所签新《防卫合作指针》所引起的中国的疑虑。两个战略军事盟友，与作为威慑与接触的对象搞三边安全对话，至少从目前来看，似乎条件还未成熟。

可以说，目前三个太平洋邻国都愿意建立正和博弈的合作关系，但要具体预测这一关系的发展及最终的外交态势尚嫌过早。据日本媒体报道，中国外长钱其琛在会见日本记者访华团时表示，对民间层次的意见交换很感兴趣，可见三国之间第二轨道的学术性会谈在不久的将来可能实现。另外，亚太地区诸如"东盟地区论坛"（ARF）在多边安全合作上也已有较大进展：关于建立信任措施方面已取得不小共识，关于预防性外交亦已起步。我们希望该地区的多边安全机制能有助于促进地区稳定，安全领域的新思维能有助于促进国家间的信任。

应该为中、美、日三边关系的发展制定一项可持续战略，这一发展战略可区分为近、中、长期三个阶段。当然，这些阶段不应被视为截然分开的断层，而应被看作是一个连续过程的转合与承接。从短期看，应保持这一三角关系中各对双边关系的高层定期会晤及战略对话态势，并将其持续认真地进行下去，以便三国之间增信释疑。

从中期目标来说，如上战略对话的开展，应有助于中、美、日三国在战略上的互相兼容，淡化"威慑"色彩，并在共同利益之上建立旨在促进和平与发展的合作伙伴关系。

作为长期目标，应以发展共存、共富、共强的国家关系为目标，在此前提下建立比较广泛的战略合作框架，使之足以保证双边关系稳定、三边关系顺畅，并有助于地区稳定。在此基础上，为中、美、日三角关系制定一项可持续发展战略。中国希望所有大国都能在世界走向多极化的形势下，建立一种不互相敌对、不互相对抗的新型关系，并将其提升到大国关系新模式的高度，以推动国际政治、经济新秩序的形成。

"新指针"意欲何为[*]

战后较长时期，日本推行"一个中心，两个基点"的国家战略，即以实现"经济大国"为国家目标，以日美同盟、和平宪法为两大国策。进入 90 年代后，经济至上逐渐被"政治大国"的战略目标所替代，两个基本点之一的日美关系调整提上了外交决策议程。为配合新国家战略的实施，日本迈出了十分危险的几大步：1996 年 4 月，日美发表安保联合宣言，从战略高度对同盟重新定位、定向；1997 年 9 月，两国军方推出防卫合作"新指针"，从军事层面界定了矛头所指的"范围"与"对象"；刚出台的相关法案则把军方的意图上升为国家意志，使之能突破宪法的制约，突出了日美军事同盟，为实现"政治大国"、进而为实现"军事大国"战略服务。这一系列举措，对亚太地区的安全格局产生了重大影响。

（1）新防卫指针及相关法案的出台，表明日本对美、对华关系的调整基本上同步到位，在日美中三角关系中，日本企图以牺牲中国的安全利益为日美关系服务。

日美关系的调整，给日本提出了几种战略选择："脱美入

---

* 本文发表于《人民日报》1999 年 4 月 30 日。

亚"、"联美入亚"或"脱亚入美"。日本决策层综合多方面因素，最终作出了"联美入亚"的谋划，即不惜在外交、经贸上付出高昂代价而坚持日美同盟关系的"基点"不动摇，核心是敲定了日本在"周边"地区配合美军行动，回应美国出于亚太战略考虑而要日本在军事上进一步配合的要求，借机提升日本在亚太地区的战略角色。问题的要害在于，世界上不存在无假想敌的军事同盟，中日两国是和平友好条约缔约国，如果作为和平友好条约缔约一方的中国成为日美军事矛头之的，显然是对中国国家利益的损害，对中日关系的亵渎，是一种零和博弈（Zero-sumgame，在国际关系中，意指一方得利另一方受损）的外交权谋。

（2）新指针及相关法案拒不明确将台湾排除在外，对我国的统一大业构成威胁，埋下了美日与我战略对抗的隐患。

日美将军事合作范围定位在"周边"，并称这不是地理概念，是事态属性，但从不明言不包括台湾。从日本一些政要的言论及相关法案设定的事态类型看，其欲染指台湾的意图是司马昭之心，路人皆知。首先，1951年缔结的《日美安保条约》有一个"远东"条款，1960年日本官方将其定义为"菲律宾以北与日本周边，也包括韩国和台湾"。在此问题上，日本一直吞吞吐吐，含糊其辞，但内心都是肯定"远东"的地理概念。其次，相关法案设定的多种"周边事态"基本是地理属性，诸如周边地区"发生了"或"将发生"武装争端；某个国家"发生内战"或"内乱扩大"等等，显然这种"周边事态"不是指欧洲、南美洲或非洲，实际上是圈定了一个有针对性的地理范围。换言之，若中国为威慑"台独"、维护主权和领土完整采取行动，当美国非法介入时，日本都将依"法"通过与美军事合作间接或直接介入，必将使中日关系出现大倒退。

（3）新指针及相关法案使日美军事同盟向"北约型"演变，

日本突出军事，参与"集体防御"，将军旗打向海外，从而使其"专守防卫"、"不作军事大国"的防卫思想名存实亡。

"新指针"是相对于1978年的"旧指针"而言的日美军事合作原则。其"新"意主要有三：第一，主功能从"专守"日本变为对地区冲突的武装介入；第二，军事空间从"远东"扩展到"周边"；第三，对美合作从提供军事基地的静态参与转为实战的动态合作，为此增加了40多项军事合作项目。"相关法案"是保证新指针落实的配套法律，它共由三条法规组成：一是《周边事态法》；二是《自卫队法修正案》；三是《日美物资劳务相互提供协定修正案》。这是一整套为日本调兵遣舰、运送弹药、参与联合作战开绿灯的"战争法案"，具有进攻性和危险性，使日本完全改变了"专守本土"的防卫性质。

《周边事态法》等相关法案一旦实施，日本将如何运作呢？按日方的设计，基本上有如下程序：某年某月日本周边"发生了"或"将发生"武装争端，美国绕过安理会动武，并要求日本参战；日本政府如认定属于"周边事态"，随即制订对美合作计划。同时，由首相任主席的"安全保障会议"研究对策，上报内阁会议决定。此后，自卫队开始担当运输武器、粮食、弹药的"后方地区援助"及救助遇险美军的"后方地区搜索救助活动"。自卫队从"后方"支援参战美军，是军事力量的外向攻击反应。因为现代战争很难区分前线与后方；况且，战争在一定意义上就是打粮草，打辎重，后勤是重要环节。总之，新指针是日本鹰派借船出海、突破宪法制约、扮演地区警察、提升区域战略地位的谋划，这对亚太地区安全构成严重威胁。

（4）新指针相关法案的出笼，将引发日本国内的修宪思潮，日本进一步增强军备、脱离和平轨道的危险性增大。

90年代以来，日本国内民族主义抬头，军国主义思潮泛滥，突出军事的噪声增大，改史、修宪成为一些右翼政客的口头禅。他们宣扬，现在的日本宪法剥夺了日本的交战权，日本不是一个国家，只是一个社会；日本应成为"普通国家"，堂堂正正地进入国际社会。在这些人的眼中，作为战后基本国策之一的"和平宪法"已是影响日本走向的绊脚石，是约束日本当"军事大国"的紧箍咒，必欲除之而后快。

本届国会最引人注目的是审议日美防卫合作指针的相关法案，各政治势力围绕相关法案进行了激烈的辩论。联合执政的自民党与自由党，竭力将"舞台"搭宽，极力通过相关法案；在野党方面，民主党明确提出台湾问题是中国的内政，不应把台湾包括进所谓"周边事态"；其他政党受社会上民族主义思潮左右，表面居中，实则偏右；日共、社民两党虽奋起护宪，但人少力单、无力回天。"新指针"通过后，日本今后将作何动作，人们拭目以待。

日本要扮演"世界警察一翼"*

——日美"新指针"对国际安全局势的影响

日本通过的新日美防卫合作指针相关法案——《周边事态法案》、《自卫队法修正案》和《日美相互提供物品劳务协定修改案》，是其国家走向、安全思想、军事战略、政治思潮右倾化的标志，将对下世纪的国际安全与大国关系格局产生重大影响。

"新指针"相关法案是日本跨世纪国家战略的历史产物，它突破了战后束缚其扮演军事与战略角色的上层建筑框架，欲发挥与经济大国地位相等量的政治作用。日本当前的社会思潮已出现明显的右转弯倾向。战后一度主导思想意识的"和平主义"影响日趋减弱，"民族主义"思潮甚嚣尘上，"大国主义"思潮迅速泛滥。这股政治思想已上升为现阶段日本民族的发展动力，国家走向自然要受其影响。这股思潮勾画的国家目标主要有如下内容：①从"特殊国家"到"普通国家"。"大国主义"思潮认为，由于宪法第9条声明放弃"交战权"，日本无法成为自主国家。因此必须修宪，恢复全部国权。②从"被动外交"到"自主外交"。即要明确制定大战略与国家目标，以大国身份搞外交，进而影响

---

* 本文发表于《瞭望周刊》1999年第22期。

国际政治与经济秩序的形成。③从"一国和平主义"到"全球战略合作"。即与美欧联手，构筑跨世纪安全战略，对非同盟国家搞"西化外交"、"规则外交"及"安保外交"，扮演"世界警察一翼"。可见"新指针"相关法案的出台，不是历史之偶然，而是现阶段政治思潮右倾化的产物，是国家战略转轨的标志。

日美关系重新定位后，日本外交将有新发展。其意图是要突破日俄关系，充实日中关系，建立足以能与日美关系相并重的外交新支柱。鉴于"政治大国"是日本中长期国家战略的中心，日本国脉在很大程度上将与美国同步振动。小渊惠三在5月访美时明确表示，拟将日美关系建成"21世纪最高最强的双边关系"。显然，"指针"修订的结果是，提升了日美关系，冲击了日中关系，疏远了日俄关系。对外交格局的失衡，日本是清楚的。为了平衡日中关系，熨平日俄关系，日本势将加大"欧亚大陆外交"的力度，强调"亲美而不从美"，抑华而不恶华，以摆脱外交政策受日美、日中两大关系牵制的处境。具体而言，一方面以日美同盟为战略基轴，加强对中国的威慑；另一方面又要稳定日中关系，防止中美对日搞越顶外交。同时，理顺日俄关系，扩大日本的外交回旋余地，最终使日本从亚太中的日本，跃升为世界中的日本。这种趋向表明，日本与各大国的战略关系将有一个较大的调整，国际关系格局将因之而出现动荡。

亚太地区安全合作出现"冷空气"，亚洲安全态势面临不稳定因素。以地区为中心观察可以看出，日本设计防务力量所依据的形势前提，即所谓的"周边有事"及"动荡因素"，以及并不存在的"中国威胁"。这种"无形的有所指"与"有形的无所指"表明，作为地区安全的长远作用或目标，日欲以对美同盟为基轴、以美国的军事存在为威慑、以多边安全对话为补充、以接触政策为手段，来主导地区安全格局的形成，进而扮演亚太地区的重要战略角色。众所周知，东亚西太平洋地区大国力量交汇，利益交错，是政治战略关系组合的广场。该地区的和平与稳定，与大国安全战略关系的稳定密切相关。"新指针"相关法案的出台，表明在日美中三边关系中，日本以矮化日中关系为代价，垫高了日美关系，加剧了三边关系的不等边性，构成了亚洲安全局势的不稳定。

作为在全球范围提升战略地位的考虑，日本欲推动日美同盟与北约集团并驾齐驱，形成全球安全战略上的呼应态势。小渊惠三最近访美时明确表示，"在大西洋两岸的北约首脑会聚一堂的首都（华盛顿），太平洋两岸的日美两国举行会谈意义重大"。日本一些政要把北约东扩等"从大西洋角度所说的欧亚外交"，同以日美为中心的"从太平洋角度所说的欧亚外交"相提并论，欲使日美同盟发展为世界性军事同盟。美国副国务卿塔尔博特就公然称日美防卫指针是"北约东扩的亚洲版和北约东扩的必然归宿"。这是日本跨世纪安全战略的新思维，也是政治大国战略的核心思想。欧洲安全局势的恶化，原因在于美欧在国际关系领域推行的"以制划线"、"以族划线"政策，催化了欧洲大陆的动荡与分化。处于东翼的亚洲，需要警惕外来因素的干扰，以免欧洲悲剧重演。

关键在于增信释疑[*]

——发展中日关系之我见

一、摆脱"漂流"

整个 90 年代，中日关系起伏动荡，摇摆不定，处于一种没有航向的漂流状态。期间经过了邦交正常化 20 周年（1972 – 1992）的洗礼、中国抗日战争胜利 50 周年（1945 – 1995）及日本围绕"不战决议"的风波、日美关系重新调整定向（1996）与"新防卫合作指针"出台（1998）的冲击。在 10 年内，两国学者或形形色色的"第二渠道"频频开会，出谋划策，努力探索并推动双边关系的发展，然而始终未能使这对亚洲地区重要的双边关系摆脱"漂流"，驶入面向新世纪的正确航道。

1998 年江泽民主席以国家元首身份首次访问了日本，中日确立了发展 21 世纪友好合作关系的目标并达成了 33 项合作项目。在一次访问中，达成如此之多的合作项目，在现代国际关系史中是不多见的。翌年小渊惠三首相访问中国，加快了两国合作的步

　＊　本文发表于《现代国际关系》2000 年第 12 期。

伐。2000 年 5 月 20 日，江泽民主席在北京就中日关系发表了"重要讲话"，对双边关系的健康发展产生了十分重要的影响。同年 10 月 12 日，朱镕基总理访问日本，推进了增信释疑，进一步落实两国 21 世纪友好合作的计划。中日两国学者应抓住这一有利时机，化解隔阂，理顺关系，进一步充实双边关系的内涵，为下世纪两国关系的发展铺路。

1996 年，美国两位亚洲问题专家（美弗吉尼亚州阿灵顿的防备分析研究所研究员迈克尔·格林和华盛顿特区的伍德罗·威尔逊学术中心亚洲问题计划联系研究员本杰明·塞尔夫）曾撰文指出，"日本的对华政策正在转向现实主义"。文章分析道，这是因为"日本对华政策的四根支柱——安全问题、国内政治、历史认识和经济因素都起了变化"。[1]

笔者曾于同一时期撰文提出，冷战结束后，苏联不复存在，因而"导致一些眼光近视者认为'万里长城'已无战略价值"[2]；"中日关系处于承前启后的交替时期，这是一个新战略基础尚未形成的空白阶段"[3]；"日本未来得及从新的高度来调整对华关系及适应地缘战略格局变化的影响"；"日本外交正处于国家战略思想、外交政策调整的'过渡时期'，上层建筑处于一种'漂泊'状态，缺少类似田中角荣、大平正芳、伊东正义那样的政治家和战略家"。[4]同年，笔者在另一篇论文里，将中日关系迟滞不前的症结归结为四个"T"——领土、台湾、教科书和 TMD（战区导弹防御系统）。总之，因构成冷战时代中日"蜜月"关系的战略基础的变化，使双边关系进入了一种"漂流"时期，以及面临给这对关系重新定位、定性、定向的时代课题。

对 90 年代中日关系的回顾，主要是想强调对新世纪两国关系前景的探讨。应该认识到构成这对关系战略性因素的变化，认识到整个区域安全形势及中日国家发展战略的变化，以及中日友好队伍成员的重大变化。

1990 年以来，竹下登、冈崎嘉平太等政界要人相继逝世；中国方面也失去了廖承志、孙平化等中日友好活动家。这固然是一个不以人们意志为转移的自然规律，但也引起人们对中日关系发展后劲的深思。由于上述国家关系基础的侵蚀，中日关系失去了一个很好发展机遇。所幸，经过近几年两国领导人的努力，没有使整个 90 年代成为"失去的 10 年"。

二、吻合与错位

与 90 年代中日关系基础受侵蚀的状况相比，新世纪中这对双边关系的立足点是什么呢？或者说，中日关系的基础究竟在哪些方面是吻合，哪些方面是错位的呢？过去 10 年，两国学者专家在探索、推动两国关系的发展过程中，摸到了有益于再渡急流的石头，看到了每块石头的大小及稳定度。迄今，对如下几方面是比较清楚的。

（1）在安全领域，中日既有吻合的一面，也有错位的一面。中国警惕日本成为"军事大国"，日本担心"中国威胁"，尤其是围绕台湾问题及 TMD 的研制，造成安全上的敌意与戒心。从地区安全合作领域看，中日两国求同化异的可能性较大。因为在有关安全合作主要内容的提高透明度、建立互信（CBM）及预防性外交（PD）等方面，已有较大进展。近日中国发表《国防白皮书》，阐述了军费支出、军事思想、国防政策等内容，基本上达到了有关军事透明度的要求。朱镕基总理访日，亦就双方安全合作对话、军舰互访达成了协议。在他访日同时，一个日本高级航空自卫队代表团在中国与同行交流。从这些方面看，今后政治、经济、文化交流领先，安全合作滞后的局面将会相对改观，从而构成中日关系发展的又一积极因素。但另一方面，日美《防卫合作新指针》有关"周边事态"的定调，即不公开声明将台湾排除在外，以及日美联合研制 TMD，并有将台湾纳入其中之势头，则构成中国国家安全与统一大业的隐患。

基于上述事态，可以说，安全问题将同时成为促进与促退中日关系的两种不同因素。多数中国学者认为，这种事态的形成，既有日本的地缘战略考虑（台湾海峡与日本海上生命线的关系），亦有日本针对中国综合国力发展或面向 21 世纪而做出的"联美入亚"的外交思想。作为身处中美两大国之间的日本，随美而不从美，抑华而不恶华，这一战略思维将较长期地影响其对华安全政策。也正是这一政策两方面之一的"抑华"装置——军事安全政策上的联美——将影响东京与北京关系向纵深发展。实际上，自日美《新防卫合作指针》出台后，日本政界、军界、学术界大量人员访华，向中方解释，可谓用心良苦。但中方基本上未接受其"暧昧"的说明，并表明从各自的国家利益、安全政策及外交思想来考虑，该问题不易化解。

（2）在致力于亚洲的稳定与发展层面，中日关系将会部分突破双边框架，共同思考如何对亚洲经济增长做贡献，从而构成这对双边关系稳定发展的一个新支柱。中日建交已近 30 年(1972 – 2002)，因各种因素，两国迄今未能有机会充分利用它们之间的巨大互补优势，来开发东北亚地区的巨大经济潜力。2000 年 10 月 13 – 16 日朱镕基总理访日，则勾画出这一新型关系的框架。朱总理在与日本经济界人士的恳谈中，提到了两国合作的三个重点之一：开拓东亚经济合作的新领域。在与森喜朗首相的会谈中，朱总理指出："我们欢迎日方在促进地区经济均衡发展、提高亚洲整体经济实力方面发挥积极作用，我们可以在'10 + 3'的框架内积极探讨两国、中日韩之间以及三国与东盟的合作。"森喜朗首相在谈到区域经济合作时也指出：“日本愿意继续在‘10＋3’框架内推动东北亚区域合作，并愿就此加强与中国的协调与配合。”[5]

可以认为，在“10＋3”合作框架下展开的中日、中日韩、中日韩与东盟（亦即东北亚与东南亚）的经济合作，是东京与北京外交思维的一种突破，其思考内容已从双边关系的稳定发展扩大到对区域发展的贡献，无疑，这是夯实双边关系基础的良机及重要途径。从亚洲地区经济发展前景看，建立共同货币体制和共同市场是一条必由之路。而目前在“10＋3”框架下，就有关中小企业、扶持产业、货币互换达成的协议是区域经济一体化的基础。日本前首相中曾根康弘在其新著《21世纪日本的国家战略》一书里，倡议使“东亚自由贸易区”和“东亚金融协商委员会”制度化。此外，与此有关的中日韩首脑会谈的机制化等都不失为推动区域经济合作的一种尝试。我认为有战略眼光者能看到这种多边合作对巩固中日双边关系的重要性。

（3）历史认识问题仍将是两国关系的“结石”，处理得当能够增进两国人民的感情，否则将起不好的刺激作用，进而煽起民族主义，破坏双边关系的稳定发展。两国有远见的政治家对历史问题的处理是很认真的。1998年江泽民主席访日时，指出了正视历史问题在双边关系中的重要性。今年朱总理访日也指出，应“以史为鉴、面向未来”，并再次重申把日本军国主义与日本人民区分开来。关于日本国内对历史的认识，继1995年村山富市首相表态后，前首相中曾根康弘也在其所著《21世纪日本的国家战略》中谈到，日本对欧美的战争是普通战争，但对亚洲各国的战争是“侵略战争”，“大东亚战争是一场错误的、不该进行的战争”。可见，日本的政治家对历史的认识也在不断端正。

问题的另一方面是，日本的一小部分人无端指责中国打“历史牌"，声称中国以"历史牌"压日本提供更多的经援。言外之意是中国在"浓化"、"放大"历史。笔者认为，在有关历史认识上"浓化"或"淡化"的态度都是不可取的，重要的是以史为鉴，引导双边关系的发展。展望 21 世纪，中日两国都将不可避免地受到全球化、信息化浪潮的冲击，报刊电视、因特网等媒体效应增强。一些人的"失言"经媒体炒作，往往会"一石激起千层浪"，进而又会冲击决策机制的正常运作，导致"舆论迎合型"或"民意迎合型"的杂音泛起。这对两国关系的稳定发展显然是不利的。而这在下世纪的较长一段时间内恐怕难以消除。

（4）经济合作将成为两国关系的有力依托，并逐渐成为决策执行中不可忽略的因素。中日建交 28 年来，经济合作尤为成功。从这 28 年看，两国贸易摩擦经常对双边总体关系产生影响；但两国贸易纽带的"粗化"，都未能与双边政治关系发展成正比。一个最典型的事例是，1996 年当两国贸易规模创下历史最高记录时，两国政治关系却陷入建交后的最坏局面。展望下世纪，"从世界范围看，世界性的制造业、能源业、运输业、现代服务业的重组风起云涌，并出现跨国重组的趋势。这种调整使经济全球化程度大大深化，使生产力在全球化中不断得到解放和发展"[6]。这一切给中日合作关系提供了发展的良好机遇，又向我们提出了严峻的挑战。世纪之末，中日两国渡过了 1997 年出现的金融危机，日本经济趋于复苏，企业加大重组力度，中国也把重点放在西部开发和结构调整、企业重组方面，最理想的结局是，中日两国通过经济互惠合作，推动亚洲经济整体发展，中日关系本身也在经济合作推动之下实现部分质变，这是我们所期待的。

三、增信释疑

基于如上对中日关系基础之吻合与错位现状的分析，并看到产生这一现象的大背景——两国综合国力向"强强型"发展的趋势，可以认为，提升双边关系关键在于增信释疑，"增进两国人民的相互理解"。

从中国的角度看，有关日本的研究、报道，应实事求是，分清主流与支流，该肯定的就肯定。在有关日本的国家走向、对华政策方面，都应从多方面的角度进行观察，不能以偏概全。应该肯定战后半个多世纪日本所走的和平发展道路；肯定日本的对华政府开发援助对中国整治基础设施、保护环境方面的积极作用；肯定广大日本国民对中国人民的友好感情，及他们在中国搞绿化建设、治理沙漠等方面的贡献。从日本的角度看，也要理性地看待中国国防现代化，理解中国人民所承受的国土分裂、民族分裂的痛苦，尊重中国人民要求"正视"历史的感情。中国人也特别不愿意看到日本拿"援助"来施压。为此，两国舆论界在有关此类事情的报道上，一定要冷静、慎重，分清官与民、总体与局部、主流与支流、广大国民与少数人的关系。

中日建交30年来，往来于两国之间的留学生、商人、学者和专家，前所未有地增加。最近，中国公民赴日旅游的启动，又极大地推动了这种交往，从而也将导致两国国内各种状况"透明度"的进一步提高。如果说"远即是美"的话，那么这种"透明度"（再加上舆论导向不当的话）将导致"近即是丑"的结果。90年代以来，舆论调查所显示的日本国民对华亲近感下降，与此是有一定程度关系的。而要改变这种状况，使"近即是丑"变为"近即是亲"，则需要大力培养一支"知日家"或"知华家"的队伍。90年代，我们两国又有不少从事中日友好事业的老前辈相继谢世，新世纪的到来，越发使我们感到培育这支队伍的紧迫性。

注 释:

［1］英国《生存》季刊，1996 年夏季号。

［2］拙文《东北亚地区中的中、美、日关系及作用》，1997 年。收
入张蕴岭主编：《合作还是对抗》，第 93 页。

［3］拙著《新旧交替的东亚格局》，第 73 页。

［4］拙文《东北亚地区中的中、美、日关系及作用》，1997 年。

［5］《解放日报》2000 年 10 月 14 日。

［6］陆百甫：《以经济结构调整为主线》，《光明日报》2000 年 10
月 23 日。

日　本　颠　簸[*]

一、政治航舵失控

　　战后日本最大的变化是以"经济大国"的称号为明治维新以来"追赶西洋"的国家战略划上了句号。它自身也在世纪交替之际进入"坐五望六"之年。问题是，这个 50 多岁的"经济巨人"的大脑中活跃着大量的政治细胞，而且在向全身急剧扩散。

　　对前 50 多年国家治理思想及政策的调整，涉及政治结构、行政体系、经济制度、外交政策等上层建筑各个领域，且与各党各派、各个阶层的既得利益密切相关，其难度可想而知。这种具有历史转折意义的调整及长期安排，需要有一批能够从时代高度来把握日本航向的政治家；需要一批能够按时代要求来推动日本转轨的行政官吏；需要为新的国家目标服务的政治、经济与行政制度。总之，它是一项复杂而艰巨的战略工程。

　　所以，日本面临着"一种完全不同类型的危机"，亦即"第三个国家性的难关"（19 世纪中叶的殖产兴业和富国强兵是第一

---

　　[*] 本文为《颠簸的日本》（薛君度、陆忠伟主编，时事出版社 2001 年版）中的一章。

个难关；二战失败是第二个难关），在日本还未实现其战略目标，其政治、经济、行政、外交的改革完成之前，整个日本的发展就必然处于"漂流状态"，或者说，它的政府多半是软弱、不稳定及闭关自守的。

处于"漂"状的国家，在政治上必然是"无政府"、"无主题"；在施政上必然是"短视"、"无为"、优柔寡断、对突发事件束手无策；在经济上必然是头痛医头、脚痛医脚，无去根良策。90年代以来日本政治家的离合集散、争权夺利；面对阪神大震灾、地铁沙林毒气、警察头目遇刺、日元汇率的急剧升跌而束手无策，都从不同侧面突显了"日本丸"在激流漩涡中航舵失灵的状况。

日本国宪法规定，"国会是国权的最高机构"，亦即为"日本丸"的掌舵机构。人们不仅要问，面对国家进路中的疾风暴雨，国会在干什么？政治家在干什么？日本一位笔锋犀利的已故著名评论家将不为政事、吵吵嚷嚷的国会讥讽为"国权的'最低'机构"；指责日本的部分政客在"日本丸"行将倾覆之际，还在仓底打蟑螂。"政治的贫困"使人担心，日本向何处去？人们对一个国家走向未定、政治航舵失控、民族主义思潮抬头的日本，内心的担忧和疑惑是可想而知的。

二、政经体制"金属疲劳"

1945年美军占领日本，给日本人带去了美式"民主"、性解放和棒球。在扶日抗苏战略未最终形成之前，还搞了一阵"农地改革"、解散财阀和经济民主化。这种在外部强大压力下进行的政经体制改革，奠定了日本的立国基础。

在迄今为止的50多年内，日本所赖以立国的是政治上的

"55 年体制"与经济上的"40 年体制"。前者是指在美国支持下，日本自由、民主两大政党合并，组建成自由民主党，形成长达 38 年的一党执政态势。

后者则是指战后日本经济体制的主要要素，大多来源于战时的统制经济：如生产优先、否定竞争、以间接金融为主的金融系统、以直接税为主的税收系统、中央集权的财政制度等等。这两大体制实际上构成了战后日本的立国基础。

大和民族现在所面临的最大威胁之一，来自这个民族本身的成就。用一个西方流行的概念来表达，即所谓"日本病"。一位颇具声望的学者曾用"成功为失败之父"这句格言，来解释日本国力与国势变动的原因。换言之，战后日本经济发展的成功及为其做出重大贡献的政治行政体系影响了日本的进一步发展。

日本病起因于两大矛盾。一是经济赶超过程中染上的"发达国家病"：政府机构膨胀、福利开支增长、行政摊子铺大、生产效力下降。日本的病情虽然远未严重到欧美的程度，但一直是日本国家治理上的心腹之患。另一矛盾则是日本经济本身"循环不畅"所致，即内部市场先天不足而长期以出口牵引经济增长；对外部市场施加的强大压力，引起国际经贸格局的变动。这种不平衡最终又形成迫使日本改革行政、经济体制的外压。80 年代以来的日美贸易一揽子磋商中，美针对日国内流通体系、企业制度施加压力，就反映了这种矛盾。

50 多年后的今天，当人们撩开这个经济巨人的面纱时，发现西方国家的"富贵病"在日本已经颇为严重。一位资深日本专栏作家以犀利的笔锋称其为"三化现象"：

一为"世袭化"，国会议员 20%－30% 为子承父业，不但政界与经济界如此，体育、艺术、娱乐界亦然；

二为"官僚化"，即指机构臃肿、开支浩繁，形成一种包罗万象的"大政府"。这种病态不仅表现在政府部门，连企业也循着"大机构"的路滑下去。据日本"办公自动化"协会的抽样调查显示，从1983年到1993年，主要企业中管理人员所占比重从19.1%上升为25.4%；

三为"族化"，即政党议员从所代表的产业团体利益出发，组合成一定的小团体，并和政府部门官僚抱成团，形成互为影响的命运共同体，诸如农林族、建设族、运输族等即为此类。

引发出忧国之论的除上述"三化"现象外，日本发生的一系列政治、经济、社会动荡也被提高到了关乎国运盛衰的战略或历史高度来看。日本阪神地区大震灾，被认为是打碎了日本抗震工程的神话；东京地铁沙林毒气案被认为是打碎了日本的"安全神话"；日元汇价暴涨、暴跌及股价低跌被认为是打碎了日本经济的"无敌神话"。于是，统治阶级中间兴起了一片忧国之论。

一些舆论甚至以"国运40年周期说"来解释这种政治与社会的"厄尔尼诺"现象。他们说，自1868年明治维新日本跨入资本主义门槛后，日本每隔40年就出现一个国运的隆盛或下降期：明治维新后约40年是日俄战争时代，1905年日本战胜了世界大国俄罗斯，作为东方新兴的帝国主义登上了世界舞台。而后的40年是日本发动接连不断的战争，侵华、侵亚、袭美，以失败而告终，即是国运、武运的衰退期。从1945年战败到1985年，则是日本国力的恢复、发展期，经济实力跃居世界首位，实现了"赶美超英"的国家战略目标，形成了国运的另一次鼎盛。以1985年的日元汇率骤升为顶点，日本再次走上国运式微的周期，如海湾战争中被美欧摒于决策圈之外，随后经济受到美国的贸易自由化攻势，"泡沫经济"的崩溃及日元的连番暴涨加剧了产业空心化等等。

尽管这种周期论有唯心的一面，但它反映出日本在经济上、政治上以及社会上的困难与不安明显增长，中长期前景的动荡因素很多。50 多年前，谁也未曾料到战败的日本会成为世界首屈一指的"经济大国"。但是已经有人担心，再过 50 年，人们会否以"过去完成时"的时态发出历史感叹：50 年前日本曾经是经济大国。

如果从历史学家的角度对日本的现状做一诊断的话，人们会发现，这个国家在进入 20 世纪最后几年时，已出现了许多违反国家进路规律的现象：第一，自民党一党统治体制的崩溃；第二，"平成大萧条"的持续；第三，政官一体型体制的僵化。总之，战后日本赖以立国与强国的制度架构已出现了严重的"金属疲劳"，它预示着日本国家发展战略转轨的困苦以及国内政治、经济领域的动荡。

三、"平成维新"的助跑

长期以来，日本统治集团出于提升日本的国际地位及维持国家活力的考虑，开始对延续近 50 年的行政体制、经济体制、政治体制实施重大的战略改革。鉴于改革的国策性、战略性，在前瞻日本走向时，必须分析日本正在发生的变化。

上述政治、行政、经济体制的改革涉及面很宽，具有调整国家战略的性质，它的成败将决定日本在 21 世纪的国势兴衰。如果以前述"55 年体制"来表示战后 50 年日本国家战略之核心的话，那么，日本垄断资本目前推动政府对国家上层建筑领域进行的调整，即在为日本的"平成维新"做思想、组织、财源上的战略准备。

目前日本统治阶层所考虑的一些方针和方案，具有国策的、战略的深远意义。经济领域推行的"放松管制"（Deregulation）

主要是想加大竞争力度，以此来刺激国内低效产业的生产率、开放国内市场、抵御外来压力、建立产业整体竞争优势，为新时期的国家战略服务。

1995年3月，日本政府提出了《放宽限制的五年中期计划》，同意在5年之内放宽11个领域的1091项限制，从静态的现象看，这些措施仅仅是"小打小闹"，不足以促进民间经济活动自由化，无助于彻底消灭国内外差价及创建新一代产业。但鉴于改革的目标不仅注意当前，更考虑到下世纪的经济大竞争时代以及改革突破的意义，可以说这是继80年代中期的《前川报告》、90年代初发表的有关"日美结构磋商"的《中间报告》、1993年末的《平岩报告》之后的一次大范围政策调整。

政治领域的改革要以政策划线，与"55年体制"决别，形成所谓的"政争型"政党制度，以增强政治家对国家大计的设计与治理能力。从1993年至1994年末，日本政坛新党林立、自民党与社会党握手言和、一年内四易首相，都是这一历史背景的反映。一部分老自民党员、老公明党员之所以能够摒弃前嫌走到一起成立新党，就是因为在新国家战略思想上的一致。"新日本"的临盆与分娩极端痛苦，因为要对一个运行了近50年的机制动手术，确实有一大堆重要课题摆在它面前。改革进程的缓慢证实了这一点。

四、日本领导人

从某种意义上说，战后的日本领导人在谋求国家发展上，靠机智、靠幸运、靠敏感，在国际政治与经济的惊涛骇浪中巧妙地掌握住了航舵。

吉田茂在日本史上的一个重要时期（1946－1954）5次组阁，

执政 7 年零两个月，在战后重建日本的过程中起过一定的作用，亦是战后日本国家发展基本路线的奠基人。中曾根康弘 1982 年 11 月就任首相，他执政伊始，便鼓吹建立一个"国际化日本"，从而揭开了日本迈向"政治大国"的序幕。一些介绍日本的书刊称他为"第一位对日本的未来政策有清晰观念的首相"。也是在中曾根执政后，日本进一步完善了既作为"西方一员"又作为"亚洲一员"的对外立场。其他几位首相，如田中角荣以恢复对华邦交而名留史册；福田纠夫的对亚政策思想则被舆论提升为"福田主义"，对日本的亚洲外交产生了主要影响。

1993 年以来的几位首相，细川护熙、羽田孜、村山富市则基本上属于历史过渡时期的人物。1993 年 8 月就任首相的细川虽仅当过两次议员和县知事，但他结束了长达 38 年的自民党一党统治，建立了联合政权，亦在日本现代史上留下了重重的一笔，故而，有专家称其推动了日本的"第三次政治开国"。村山富市力争在国会通过"不战决议"，体现了政治家的良知和时代感。

把上述日本首相放在 50 多年来国际国内纷纭反复的政治、经济图景下加以衡量，则基本上都属于"内向型"政治家。因为他们执政于一个日本没有外交思想的年代，其所有的精力就是对美称臣，推销商品；对内则凭借权谋智术，在被评论家称之为"战国时代"的政坛上，五党角逐、六派争雄，造成政党谋略的发达及国际战略思维的退化。

当战后史掀开新的一页，欧亚地缘环境大变动及整个亚太力量格局从美国一极突出的"高峰型"向龙腾虎跃的"高原型"演变时，国际政治经济的风风雨雨亦开始要求日本的首相具有"洞察世界与日本"的能力，而决非仅是纵横捭阖、翻云覆雨，挟鬼谷之术，奔走于派阀与财阀之间。

日本处在历史的十字路口，日本的政治家在思考是否应调整其国家战略的坐标轴。这种调整实质上是要同沿袭了半个世纪的外交、经济、政治惯性进行较量。故而，日本传媒在分析该国跨世纪的首相应具备的条件时，把洞察力、结合力、说明力和时代感觉这 4 项条件作为一个标准。换言之，时代要求日本出一个华盛顿，以将日本引向安全、和平、生活高质量的历史新阶段。一些政治家提出了"生活大国"的国家发展目标。但也有些人则提出了"政治大国"的方向，主张日本不应该是"政治三流"的"小脑袋恐龙"，而应在经济大国的基础上，进一步发展为政治大国、军事强国。国家发展战略上的歧见，不仅意味着政界各股势力的大较量，它还象征着一些新人物将陆续进据要位，或登上政治舞台。

当然，这个转折不会是一次告成的。因为，一方面在现阶段日本选民喜欢"非霞关型"（霞关是日本政府机构集中地）、"非政党型"。1995 年日本统一地方选举中，东京与大阪两大政治、经济中心的当选者出人意料地竟是无党派人士。另方面，一些年轻有为的官员不敢轻易"下海"（进入政界），只是作壁上观；尽管一些有为者已建立新党，但日本政坛仍是涛声依旧。

五、面向新的"赶超"

50 多年来，研究日本的专家、学者不断地提出有关日本国势、走向的命题，并出版了不少名著，然而，在其主要神话（社会安定、政局稳定、经济不死鸟）已经破灭的情况下，人们不禁更关心其下世纪的走向与潜力。

美、英、法等国的部分学者提出了日本走向"西化"论的观点。他们以日本的神话已经结束为依据，认为内斗与内讧分散了政治的力量。"日本正在缓慢但却是肯定地向一种近似于西方资本主义模式"的方向演变，故而，"任何形式的发展最终都不可避免地殊途同归于唯一的'真正'范例：西方模式"。

另有部分学者坚持"异化"论的观点，认为日本"正在从它经历的危机中变得强大起来，西方再次低估了日本的实力"。他们的依据是，工业卡特尔体系仍将变相存在；日本领导人仍将把经济作为一种权力工具，而非用于改善公民生活条件。通过把大量的储蓄引向战略产业领域，"就能争夺世界经济控制权"。

日本的困难确实不少，最严重的莫过于缺少了"赶超样板"，科学技术上，模仿的道路越走越窄；海外市场的"壁垒"越来越高；民间资本的活力也有所减弱，发展维艰将成为下世纪日本国家运作的主题词。如何创造条件、如何图存发展，有待日本自己努力。

日本经济界有一种看法颇有新意。它认为，90年代中期的日元汇价急速攀升的大背景是（日本模式、美国模式、欧洲大陆模式）在冷战后爆发的、以货币为媒介资本主义经济模式的激烈竞争。日元所代表的日本型资本主义可能在今后若干年仍然具有凌驾美欧的发展势头。

为迎接下一个50年，日本统治集团开始在经济基础与上层建筑领域组合力量，排开阵势，例如，在经济领域进行了三菱银行与东京银行的合并，为日本金融机构在资金规模、经营范围上凌驾欧美做了组织上的准备。

政治领域的"分化组合"仍在进行。这种组合不会是一次成功的，但其新党形成之时，亦是政局稳定之日，如果做一个大胆的预测的话，可以说，一个或几个具有"革新"思想并具备政治实力的战略梯队正在观望国家的走向或政局的发展，一旦时机成熟，他们即会跃上政治舞台。这将成为日本对外政策的"无形"要价力量。

面向 21 世纪的日本，将是一个新日本。国际社会期望它能选择一个正确的航向，看到一个揭开面纱的善良、美丽的新娘。

六、历史十字路口与"日本丸"的车况

1993 年以来，日本走马灯似地更换首相，宫泽、细川、羽田、村山、桥本、小渊直至森喜朗，平均每个首相的任期不到一年。如此剧烈的政局动荡，是与日本国家发展战略格局变化的大背景分不开的。换言之，日本正处在一条漫长而充满动荡的又一个历史十字路口，也是一条与政治、军事交叉的超级公路，这种交叉将给日本带来前所未有的政治和外交变化。形象地说，要顺利通过这条公路，到达运行的终点，需要驾车技能、车况与路况三个条件。

从车况亦即日本这个国家现阶段的"段况"看，它已出现了四种病态：

第一，"癌细胞扩散症"。在这个战后取得巨大经济成就、年过半百的"经济巨人"的大脑中，出现了大量非常活跃且向全身急剧扩散的政治、军事细胞，不时引发上层的冲动。病变的结果，无非是几种可能：政治大国、军事大国、军国主义，从现阶段看，突出军事、突出政治的大国主义、民族主义及修宪思潮急速抬头。

战后 50 多年来，研究日本的学者不断提出有关日本走向的命题，出版了不少名著，如布热津斯基的《脆弱的花朵》（以日本资源匮乏、市场狭小、经济安全系数低为背景）；傅高义的《日本名列第一》（以日本跃升为经济大国、贸易大国、资本输出大国为时代背景）；英国驻日记者的《太阳西沉》（以日本泡沫经济崩溃，经济一蹶不振为时代背景）。如果有学者以日本的跨世纪

走向、现阶段"段情"为题材著书的话，其主题很可能是《从商人到武士》，或《第三次远航》等等。

第二，"历史更年期"。日本正处在继明治维新、战后改革后的另一次巨变时期，也有人称之为"第三次开国"。作为更年期的生理反应，就是政治航舵失控，政治力量离散聚合频仍，社会萌生乱象，民族主义抬头及沮丧心理蔓延。社会矛盾激化也是更年期的主要表现。从1995年的"奥姆真理教"的地铁毒气案，到最近一系列使用氰酸甲、砒霜、消毒剂投毒案件的发生，整个社会弥漫恐慌心理。

第三，"体制疲劳症"。战后半个世纪，日本赖以强国的政治、经济体制出现了严重的"金属疲劳。"其一是政治上称之为"55年体制"，也就是从1955年到1993年，长达38年的自民党"一党独大"，在野党常年"陪衬"，保持政局稳定的政治格局发生了变化。1993年7月自民党下台引发的政潮，至少还将经过多次"血与火"的洗礼，到2005年前后，基本上才会尘埃落定。其二是经济上称之为"40年体制"的弊病积重难返，也就是产生于战争年代、形成于战后、对日本经济的高速增长及为亚洲国家起过样板作用的宏观经济调控方式出了问题。为此，日本从1998年4月推行了被称之为"大爆炸"的经济体制改革，但也产生了巨大的震荡。

第四，"水土不服症"。在对外关系及外交战略上，战后以日美关系为主的基本战略还未彻底调整过来，其外交经常陷入一些"陷阱"或"怪圈"，如日美与日中的关系、脱美与入亚的关系等等。

由于"车况"并不理想，所以历史转折阶段的日本首相不仅要会开车，更要会修车。1993年以来，日本连换几届首相，就好比给它换了司机，而这辆车实际上需要的是修车工。细川、羽田、村山基本上没修车，桥本修了，但没有修好。因为当桥本把车停在高速公路上修车时，遇上了亚洲金融风暴。受金融风暴袭击的亚洲国家和美国都在催促桥本迅速将车发动起来，牵引地区经济发展；另方面，车上的乘客，也就是财界、企业、在野党出于各自利益的考虑也在催促司机开车，即加大对经济的刺激力度。这个时候，司机就面临修车还是开车的战略选择。当然，修车或改革是现阶段的"大政治"，不管谁当首相，都要讲这个政治；选票与政权基础则是"小政治"，但当政局动荡时，"大政治"就必须让位于重选票的"小政治"，把已出现严重"金属疲劳"的车再开起来。上坡时车子灭火抛锚，司机只好下来推车，筋疲力尽后车子滑坡，就会把他压在下面。所以，在改革没有到位、日本的历史转折未结束之前，一点火花就会燃起冲天大火，新生的政权就会出现频繁的动荡。

小渊政权沿袭了细川、羽田、村山、桥本等历届内阁的政治遗产，又揉进了自身特色。它肩负两大历史使命：一是推动日本从经济大国走向政治大国、军事强国；二是推进政治与经济体制的改革。这两大任务是日本当前的"大政治"，当首相不讲这个政治是不行的。所以，小渊的政治生命或政权寿命的长短，与改革的进展快慢密切相关，小渊猝然病倒首相官邸，说明了改革的艰辛。

七、新政权的"历史重荷"

1993 年 7 月日本自民党的下野及 8 党联合政府的建立，标志着日本政治的重大转折：日本政治结构进入了过渡期，对外政策进入了调整期，国家发展路线处在历史转折期。

（一）"55 年体制"的崩溃。

1993 年 7 月日本自由民主党的下野及 8 个在野党联合政府的建立，被认为是日本战后政治史上的划阶段事件。它标志着战后被称之为"55 年体制"的结束及新阶段的开始。所谓"55 年体制"，具体是指 1955 年在美国支持下，日本自由、民主两大政党合并，结成自由民主党以壮大声势，与社会党抗衡的政治态势。战后 38 年间，日本政坛上的风风雨雨，几乎都是在所谓"保守—革新"的框架内形成和变化的，其重要特征就是自由民主党长期一党执政和社会党扮演在野党角色，公明、民社、社民联等其他政党则以"中道"自居，在两大势力之间连横合纵，分散离合，频频演出换汤不换药的政争闹剧。

执政 38 年的自由民主党的下野，无疑是日本政局的重大变动。关于其原因，有的从自民党的腐败、金权政治、选举制度等方面去寻找原因；也有的认为是选民"喜新厌旧"，对日本新党、新党魁党、新生党的紧跟。但是，从更为深远的历史大背景或日本面向 21 世纪的国家走向等方面看，则可找出另一层面的结构性因素。否则，就难以解释在自 70 年代后期形成的"保革伯仲"态势下，自民党虽为绯闻、贪污等丑闻缠绕，却能稳坐政权宝座的原因；反过来讲，八党联合政权中的某些实力党派，原本就出身于自民党的"金权中枢"，是搞金钱交易的老手，只是改换旗号而已。

有的学者把"55 年体制"称之为"冷战体制"或冷战的产物，是有一定道理的。换言之，在国际政治格局内，只要冷战结构存在，凡事都以东西两大阵营划线，日本作为西方阵营前沿防波堤的功能仍起作用，或者社会主义思潮在日本出现高潮，保守势力地盘下沉，那么，"55 年体制"的结束是很难想像的，日本财界和政界是不会允许出现"礼崩乐坏"现象的。从国际范围

看，"冷战体制型"的美国前总统布什，挟"冷战胜利"之余威
而兵败小石城，亦能从侧面反映此种现象。据日本报刊披露，一
些新党人物之所以能另立山头，结党称雄，实际上得到了部分
政、财界头面人物的暗中支持。这也从反面说明日本的政局巨
变，实乃一场有秩序的政界力量组合，其目的是建立后冷战时代
的"日本新政治"，以两大政党轮流执政来巩固资本主义制度。
在某种意义上，八党联合政权只是一种过渡现象，不管这一过渡
期是一年还是两年或更长，直至另一或两个可与自民党相匹敌的
政党出现，但可以断言，在维护垄断资本利益及维持政策之连惯
性方面将是一致的。简言之，这是保守势力绝对规模的扩大，尽
管出现了两个政治中心，但已不是传统的"保守—革新"的对抗
态势，政治舞台上的多股势力将形成"建设性竞争"的格局。

　　八党联合政权的出现，可以说是日本政坛进入两大或三大政
党轮流执政时代的序曲。在拉自民党下野的问题上，各党是求大
同、存小异的；但另一大党的分娩而出，则要经过一个痛苦的过
程。说穿了，就是谁也不想做分母，成为他人的垫脚石。特别是
在选举制度改革方面，围绕议席分配与投票方式各党各有盘算，
真可谓同床异梦。新生党和公明党等实力雄厚的大党理所当然地
愿意搞"小选区代表并立制"；规模较小的日本新党和新党魁党
怕遭"埋没"而另有他图，社会党受党内左派牵制，全党亦作
"铁板一块"。所以，在最终形成两大政党之前，将维持一个短暂
的"多党时代"。

　　（二）复杂的政界改组。

　　从 1993 年 8 月 9 日迄 1994 年 4 月 8 日，细川共执政 243 天。
寿命为期 8 个月的联合政权在战后历代内阁中属第五位"短命内
阁"。但与欧洲及其他国家的联合政权的寿命相比，却是一个相
对的"长寿政权"。所以，在日本政治中枢的永田町有句话：细

川解职并不是新闻，细川能掌权 8 个月才是新闻。

细川执政初始，就干了几件在战后日本历史上堪称有意义的大事：第一，通过了政治改革方案，为日本打破"政、官、财"三位一体的权力结构、建立"政策论争型"竞选机制、进而为日本跃居"政治大国"举行了奠基礼。第二，就侵略战争向中、韩等国道歉，这是历届自民党内阁所未能作到的。在某种意义上，这是卸历史包袱，成为日本外交战略调整的序曲。第三，灵活地开放了大米市场，减轻了美国对日贸易压力，并为日本经济与国际经贸体系的再次接轨创造了条件。第四，在当时的日美贸易谈判中，细川毅然向克林顿说"不"，双边贸易会谈虽未果而散，但表明日开始迈向相对独立于美的"普通国家"。

细川辞职后，日本政界围绕首相宝座展开了积极的活动。执政的联合政权内部七八个党派，分聚离合、联盟与对立，闹剧不断；下野的自民党幸灾乐祸、推波助澜，其内部也有派系跃跃欲试，企图另立山头，联合纵横，分享权力。这场争斗既是权力之争，又是路线斗争，志同道合者结成统一战线，推出新一届内阁，有新的实力人物登上政治舞台。鉴于当时的换马正处于政治结构的转折阶段，这种过渡不会一步告成，故而诞生的新政权将会有更频繁的动荡。

日本政界的动荡与改组，是环绕两个中心进行的。首先是政策路线的协调。众所周知，八党联合政权的建立，其最大公约数是"政治改革"及参政夺权。掌权之后，围绕日本国家发展方向的斗争，决定了各股政治力量势将"以政策划线"，重新组合。被视为"执政党内的'在野党'"的社会党就可能与新生党、公民党分道扬镳。其次，是"阵线突破型"组合，即政治力量的分聚离合不再以在朝、在野来划分，而是在基本政策一致的前提下搞跨党大联合。

不言而喻，这种以分割自民党为前提的改组设想，自然要遭到该党中枢反对。实力雄厚的自民党不客气地提出要以该党为轴心、推进政界改组。然而，自民党内部亦不是"坚如磐石"。对首相宝座跃跃欲试的派阀首脑，即对论资排辈、轮流坐庄心怀愤懑的少壮议员肯定且已经以"革新"为幌子，脱党而出另立山头。据报载，当时自民党的"政治改革推进派"鹿野等 5 人宣布脱党并另建新党，并声称要组建"新保守"的第三势力；前外相渡边美智雄表明出马竞选，公然与自民党决裂。曾作为"55 年体制"之最大载体的自民党大厦分崩离析之声隐约可闻，这在客观上使日本政局局势更为复杂。

（三）新政权的"历史重荷"。

此次政权更迭是在日本处于历史转折这一特殊情况下进行的，它不仅意味着政治势力的大组合，更重要的是新政权今后在内外政策上采取什么做法，走什么道路。细川护熙虽然辞职，但由此引发的政争仍将持续。以细川上台为标志的日本的"第三次开国"仍将运作下去；"政治改革"、"经济改革"、"行政改革"将是贯穿日本政治的主旋律。

由于细川政权揭开了日本政治的新篇章，成为"后 55 年体制"的开山鼻祖。所以，对今后任何政权来讲，都面临一个讲改革、搞改革的新任务。换言之，以"改革划线"的影响将长期存在。日本将因此进入一个没有细川的"细川时代"。不论是何党何人当政，都必须有强烈的"改革意识"，回答诸如改革什么、如何改革的问题。原因很简单，内外舆论对政权的评价均将以细川政权为"自然基准"。

从政治与经济基础、政治与人口结构之关系等角度，也可反映出"细川政治"的不可逆转性。因为在自民党执政时代，受到轻视的工薪阶层、郊区居民、职业妇女、消费者的发言权愈益增大，这几类人对日本现状的不满强烈，都希望在面向 21 世纪的日本社会中起更大的作用，从而构成了诸如日本新党等"新"字号党派的社会基础。1993 年 7 月，八党联合政权之所以能在选举中击败自民党，就是在"新党"候选人"只要贴张竞选海报即能当选"的形势下实现的。善于见风使舵的行政官员也嗅出了这一动向。诸如《日本改造计划》、《建设一个小而精的国家》等国家蓝图构划著作在行政机构密集的霞关尤为畅销，即反映了这一动向。作为细川首相的"政治遗产"，留下了一个法定化的"政治改革框架"。根据新法律条款而进行的选区划分，将加强城区和郊区选民的代表性，传统的对农民和大企业的倾斜将有所调整。

但另一方面，从日本跨入资本主义后的发展情况看，从旧体制的崩溃到新体制的摸索与形成，不是一蹴而就的，起码要经过 10 年的动荡。如果说，从细川政权入主永田町，即以"55 年体制"为特征的战后日本政治结构之崩溃为第一阶段的话，那么，目前则处于摸索新体制的变革期，而这也是最为动荡的时期。最快也要到下世纪，才有可能形成足以替代"55 年体制"的新体制。而新体制的组织建设与思想建设的完成以及与产业、行政关系的理顺，则要到下世纪。鉴于"巨大转折"是当前日本面对的现实，在巨大的惯性与惰性的冲击下，新政权的稳定性与方向性势将受到影响。由于内政外交课题"堆积如山"，按照日本舆论界的说法，日本政治正面对朝野的"审判"。

（四）国家观的交错。

与组织上的调整相联系，国家发展思想上也在进行重大的调整。经济上"赶超欧美"目标的实现、海湾战争中的失落、冷战之结束及亚太地区战略地位的上升等因素，构成了日本调整国家发展战略的历史大背景。日本的新生代政治家开始思考日本的未来，故而两种不同的治国路线也应运而生，并影响着政界力量的重新组合。按照日本舆论的说法，此次政界组合，已经跳出了传统的以意识形态划线的"保守与改革"的框框，而是一场席卷所有政党的路线斗争，因而也被称为"新保守"与"老保守"之争。

由于自民党当时的总裁河野洋平、新党魁党代表武村正义，几位前首相宫泽喜一、海部俊树和前法务大臣后藤田等人，在国家观方面持统一观点，日本舆论称他们为"吉田茂路线"的继承者。而以小泽一郎为旗手的新保守政治势力则号称"脱吉田茂路线"。这股势力在国家建设思想上，既有继承吉田茂思想衣钵的一面，但更主张修正外交、经济战略轨道，重新构筑国家战略。

在国家形象的设计上，前者主张日本在后冷战时代应该走"非军事、以经济为中心，态度谦虚的传统路线"；"忠实于日本国宪法的理念"。概言之，即以经济建设为中心，以护宪、非武装为基本点，构成国家发展的基本路线。实际上，这是继承"吉田茂路线"，走的是经济大国、生活大国、文化大国的道路。而后者则主张日本不应该是"经济一流、政治三流"的"小脑袋恐龙"，应该"成为安理会常任理事国，进而积极参与国际事务，并具备作为国家所应有的所有要素"，走"普通国家"的路线。其潜台词就是：修宪、强兵、走向国际事务的前台。实际上是对"吉田茂路线"的修正，要将日本在经济大国的基础上进一步发展为政治大国、军事强国。

然而，当日本国内正就国家发展道路展开论战，国家发展航向的罗盘仍在摆动时，其道路前方已经压过来一片乌云，一些足以影响国家命运的、在冷战时代曾作为立国条件而发挥过作用的因素已发生了变化。不论谁执掌权柄，都将遇到风浪。为谋求国家的发展，新政权必须在国际政治的惊涛骇浪中巧妙地把握住航舵，这意味着日本的对外关系是不平静的。

首先，战后日本对外政策所依据的冷战理论，即以东西方划线的基本战略还未彻底调整过来。形象地说，虽然已将按东西走向行驶的"日本丸"刹了车，但整个车身仍处于巨大的惯性之中，而掌舵者还缺乏把握航向的经验与技巧。其次，战后日本视为安全战略生命线的日美同盟，在冷战后未充实新的内涵，表面上可用"连续性"一词大而化之，实际上对许多新情况、新动向未做及时调整。如军事同盟的义务对等问题、如何适应高唱"亚太共同体"构想的克林顿主义、如何适应美军事战略的调整等等。再次，如何调整日美中三角关系、日本如何在欧亚、美中之间左右逢源等等，亦已成为日本外交的重大课题。

综上所述，日本已进入国家发展轨道。由于国家战略的转折不会毕其功于一役，内外形势的扑朔迷离，更将加剧政局的动荡。不论哪位"新领袖"占据要位或登上政治舞台，都将面临巨大的困难。

八、政局变动与国家战略调整

日本政坛令人眼花缭乱的人事变动、政客的离散聚合、党派的合合分分，只有放在日本修正国家战略轨道或政治结构重组的历史大背景中，才能看出变动的规律，并就日本的国家走向找到答案。

（一）贫困的政治。

近年来，日本政局变化之快，就像舞台上急剧旋转的彩灯，远远超出了人们的预测。永田町在短期内四易首相，自社新三党两度联合掌权等等，都无法用传统的政治力学来解释。戏言之，这些"新党"穿的是"新鞋"，走的是"老路"，没有政治新意，不为政治选举多样化的"中流阶层"所喜欢。

许多学者都用"55年体制"来表述日本战后"保革对立"政体，即自由民主党作为日本战后国家发展战略的组织载体，通过所掌握的国家机器，保证国家发展战略（吉田茂路线）的实施；日本社会党作为反体制及反自民党的组织载体而存在，反核、反对日美同盟、反对再武装，从而吸收了大量的选票，在长达几十年的内外形势下，客观上对自民党所代表的国家发展路线起到了制约作用。尽管日本社会党未曾有过组阁的机会来实施其和平与进步的路线，但也确实作为一股强大的力量活跃在日本的政治舞台上，在多次选举中获得了大批选票。

1993年7月，日本政治格局发生了重大变化。执政38年之久的自民党内部就国家走向问题发生分裂，部分党员另立门户，进而导致自民党失势及联合政权的形成。1994年9月3日，日本政界再次发生了足以与自民党下野相提并论的大事：社会党临时代表大会通过了该党改变基本方针的决议。该党执行委员会7月29日发表的《当前政局与党的基本政策》的报告，对构成战后社会党特色的政策作了全盘修改，日本政坛为之哗然。一致认为，这标志着以自社两大党为对立基轴的"55年体制"名实俱亡，日本进入了一个政党政策趋于一致、党旗色彩模糊的新阶段。

"贫困的政治"为战后日本第11届参院选举所证实。据统计，选举的投票率"破天荒"的低，只达到44.52%，这充分表现了日本选民对政治不感兴趣。尽管事后有不少人建议效仿欧美国家做法，采取硬性措施，诱压民众参加投票，但他们忽略了一个根本原因，即政治之贫困，导致选民对现有政党表示失望。固然新进党能征善战，得到了1200多万张选票，但这并非其政策主张吸引选民，而是其中700多万张选票来自日本新兴的宗教组织——创价学会。

在日本内外政治、经济格局大动荡、大改组，各大政党对国家发展战略拿不出新思想的形势下，日本政界力量的组合，只能围绕派系、人际关系离散聚合，不断演出一幕幕闹剧。日本国民没有多少人相信在这种僵化的政治体制下，自民或社会、新进党能给日本社会经济带来新风，带来希望。

总之，日本这个国家处在"历史转折期"，政党处于无轨道可循的"漂泊期"，内政处于软弱无力的"看守期"，故而在这一特定历史条件下的政治必然是贫困的。"不战决议"出台前后各股力量的表现、一些政客对侵略战争认识上的经常性"失言"、对国际问题的肤浅认识、一些政治家的无知和不负责任，都是"贫困的政治"之表现。换言之，谁都难以解答被称之为"先生"的政治家为何目标而走到一起，又代表谁的利益。政治对政治家个人、群体的约束力已经松懈，决策即有脱轨的危险。今日日本之政坛，大有令人担心之处。

（二）政治的贫困。

日本是一个善于制定战略的国家，自明治维新以后，在战略原则中就提出了国家的战略目标。一个明智的战略能导致国家的繁荣；而愚昧的战略只能导致国家的衰亡。

概观日本近现代史，已有过两个 50 年。第一个 50 年约从 19 世纪下半叶开始，到 1945 年日本战败。在这 50 年里，日本提出了军事大国的目标，实施了富国、强兵的国家战略。当时的统治集团为此制定了咄咄逼人的霸权战略，把对外扩张作为日本的基本国策。1927 年日本召开"东方会议"，制定"国策基准"，提出了海陆并进的扩张方针；1937 年，"速占中国论"成了日本扩张政策的核心；1942 年提出建立"大东亚共荣圈"的战略口号。作为实现战略目标的主要手段，他们将绝大部分的国家资源投诸军力建设。在这一战略思想的指导下，日本几乎从未停止过对外侵略：占台湾、吞琉球、发动甲午战争、霸占朝鲜半岛，最终将战火烧遍全中国及东南亚地区，最后以失败为这 50 年划上句号。

第二个 50 年即目前亚洲国家正在翻阅的历史画轴。1945 - 1995 年，日本制定实施了可称为"一个目标、两个支柱"的新国家战略，即以"经济大国"为国家战略目标，以"和平宪法"、"日美同盟"为立国之本。在这 50 年中，每逢重大的历史转折点，日本亦经常通过朝野大辩论而形成最终改变国家航速或方向的国策性方针。战败初始，石桥湛山鼓励日本国民立足岛国，建设日本；1949 - 1954 年，吉田茂提出了构成战后日本国家发展战略新思想的"轻武装、重经济"基本路线；从 50 年代中期到 60 年代中期，以下村治的高速增长理论为基础，池田内阁等提出并成功地实施了《所得倍增计划》；从 60 年代中期到 70 年代，财界又以"稳定增长论"为起因，再次掀起朝野的国策大辩论，为"后高速增长"做好了理论准备。进入 80 年代后，日本即开始提出"国际化日本"的口号，从而揭开了日本迈向"政治大国"的序幕。日本将迎来第三个 50 年。日本国家发展面临的一个结构性转折是：国际环境已从"两极对抗"的冷战时代进入"一超多强"的多极时代；日本的经济发展战略也从"赶超战略"转为"后赶超战略"；经济体制上的"国家开发主导型"在向"民间自由竞争型"转变。关于未来的发展，日本又以新的势头提出了新的战略设计与课题。所以，从整体上说，日本目前正处在承上启下、世纪交替与国家战略转轨、政治力量重组的重要关头，历史的齿轮稍一错位，就将导致国家发展方向上的错误。

面对第三个 50 年，日本朝野一些有影响的人都在议论国家的新走向，也曾掀起过几次大辩论。他们在谈论日本国家走向的时候，常常出现一些口号式的提法，如欲使日本从"特殊国家"变为"普通国家"；从"经济大国"向"政治大国"调头等等。

但是，对前 50 年国家治理思想及政策的调整，涉及上层建筑领域的各个部门，理所当然地要更新诸如外交方针、产业结构、选举制度、经济模式、政官关系等国家机器的零部件。要将这种业已生锈且错综复杂的零件、线路拆卸、清理颇为困难。因它涉及到从财阀集团、官僚势力到社会阶层等各个利益集团的既得权益。

所以，尽管日朝野将改革视为关系日本下世纪兴衰的国策性方略，但整体进展仍不明朗，日本正面临"一种完全不同类型的危机"以及"第三个国家性的难关"。在日本未实现其政治、经济、行政、外交的改革目标之前，其政治内容将是贫乏的。

（三）太平洋上的"日本丸"。

从1993年以来，日本政治力量的大分化、大组合，导致政治地图的不断涂改，但整个政治格局变动，并未显示出清晰的政争轴心。换言之，尽管各股政治力量已经结合形势提出了各自的党章党规与政策指导思想，但党旗的色彩并不十分鲜明。组织结构的定型取决于政策路线趋向及各股政治力量对日本国家发展战略的设计，取决于实现这一战略的战术、程式与手段。简言之，即政策思想建设决定组织建设，组织建设又保证国策思想的实施。

关于日本今后的政治势力结构变化，一般有两种看法：一是"两极论"，即社会党自然消亡，由自民与新进两大政党轮流执政，形成类似美国民主与共和两党制格局。其实质是"保保合并"，保守势力的绝对膨胀。另一是"三极论"，即由社会党与先驱新党合并，组建"第三势力"，与自民、新进两党共存，互相制约。

国家发展战略与政界组合的同时进行，意味着一些新人物将陆续进据要位，登上政治舞台。为迎接第三个50年，日本政界正在准备力量，一个或几个具有新思维并具备政治实力的战略梯队正在观望政局的发展，并在勾画国家战略，一旦时机成熟，他们即会跃上政治舞台。

从日本内部趋势可以看出，和平进步势力对日本舆论的影响，明显地较前微弱，日本政治的"保守化"倾向愈益明显。谋求实现"政治大国"的战略目标，是日本在第二个 50 年结束后的既定政策。不管人们愿意与否，其国际地位的上升与政治作用的发挥，是不可避免的。关键问题是它将成为什么色彩的"政治大国"。

九、羽田内阁与日本政局走向

羽田内阁在几经折腾之后，终于亮相登台。在战后的内阁更迭或改组记录中为第 63 届内阁，与历届自民党内阁的不同点是，这是出生于日本历史转折时期的"新生代政治婴儿"。此婴儿预产期提前、初试啼声不洪亮、坠地伊始便病魔缠身，在其成长成人的道路上，能否确保平安，引人注目。但如果跨越时空，若干年后再回过头来对其做政治定位，就会发现该届内阁在日本国家发展道路中的作用与影响。

（一）崭露头角的新生党内阁。

从 1994 年 4 月 8—25 日，日本的政权中枢在经过 17 天的空转后，终于推出了新的政治领导人。联合执政党推选的新生党领袖羽田孜以压倒性优势击败自民党候选人河野洋平，当选为战后日本第 80 任内阁总理大臣，亦即联合执政党的第二次当政。与 8 个月前彪炳史册的细川政权相比，日本的政界、财界、舆论界并未出现类似的情绪高涨及亢奋，而是蔓延着谨慎、茫然的气氛。

羽田 4 月 25 日当选首相，直至 28 日才完成组阁，当天下午在皇宫举行认证仪式后，羽田内阁开始正式履行职责，国家机器得以重新运转。尽管本届内阁是日本战后第五个由国会中少数党派联合组成的内阁，但实质上是一个"新生党政权"。点透了，即是一个由新生党唱主角、其他党派作陪衬的政权结构。

在新内阁的安排中，权力的"一极倾斜"相当明显。近20个部级位子多由新生党把持，新生党的实力人物进据了诸如法务、外务、大藏、通产、农林等8个要职，比细川内阁时多了3个；在权力结构中举足轻重的内阁官房长官也被新生党毫不谦虚地占据。联合政权中的公明、民社、日本新党等虽然也得到了相应的位子，但基本上是绿叶衬红花，被摒于权力中枢之外。内阁的人事安排，不仅意味着联合政权各派势力的大较量，还揭示了政策与策略的方向。羽田内阁的"新生党政权"色彩还可以从如下几个方面折射出来：

第一，在人事安排上，控制局面的"主流派"是由自民党分出来的田中派与竹下派所组成。这两股势力以新生党、自由党等新面目登台，构成了"羽田政权"的台柱，实际上是"自民党第二"。换言之，在派系渊源上，小泽一郎领导的"新生党"落胎于实力强大的田中派与竹下派，在老资格的派系领袖影响力日趋下降的形势下，原属自民党、现已改换门庭，摇身变为"新生党"的一些少壮派，为了一个目标而走到一起，并被推上第一线，或登上政治舞台，居于当政中枢的优势地位。部分舆论认为，今后日本政治舞台上所上演的戏剧，其角色、导演均由新生党一手操纵。

第二，在思想建设上，组阁前后新生党已成功地进行了几场"政变"，政见不合的社会党虽然人数众多，且不甘俯首称臣，但不敌新生党的软硬兼施，终被软化、弱化，磨平了棱角，处于"接受再教育"的位置。如在联合执政党就基本政策磋商时，社会党在关乎其党旗色彩是否鲜明的间接税、朝鲜半岛等焦点问题上，都作了较大妥协，从而使新生党掌握了施政主导权。

第三，在组织建设上，新生党有目的、有步骤地排斥政治异已，"以政策划线"，巩固该党在日本政界的地位。4月25日，跃居首相宝座的羽田悄悄地背着社会党，与联合政权内的另外几个兄弟党——日本新党、民社党、自由党和"改革会"，组成拥有130名众院议员的国会新统一会派，号称"改新"会派。羽田此举目的有二：一是要在联合政权内控制优势，孤立社会党，以免在政策上受社会党掣肘；二是分化社会党，为建立欧美式两大政党体制奠基。此举当然遭到社会党的强烈反对，并愤而退出联合政权，该党阁僚全部挂冠引退，成为在野党。这种局势加大了羽田运营国政的困难，但在客观上"改新"会派之成立，是以组建新党为前提的，故而也有加快政界分化、掌握政界改组主导权、建立"新保守政治"的意义。

（二）少数派执政的"微弱政权"。

细川的八党联合政府与羽田新内阁都是打着"政治改革"旗帜跃居首相宝座的。羽田本人也被舆论界称之为"改革先生"。羽田内阁起航初始，日本权威的共同通讯社做了一次紧急舆论调查，结果表明，羽田内阁的支持率为51.6%，不支持率为31.3%。这一支持率比细川内阁成立时下降了16个百分点，甚至比1991年自民党宫泽内阁政权诞生时还低3.5个百分点。另据政治观点与新内阁相近的《读卖新闻》所做的舆论调查显示，羽田新内阁获得57%的支持率，高于1991年成立的宫泽内阁和1987年成立的竹下内阁，但低于他的前任细川内阁。

尽管日本政界、财界对羽田的期待值颇高，认为羽田的人品、能力足以担当重任，且有实力人物在背后撑腰，但毕竟是受命于危难之时、多事之秋。原自民党元老金丸信对其门生曾经作过如下评价："平时的羽田孜，乱世的小泽一郎，大乱世的梶山静六。"不管这一评价是否确切，羽田与小泽这一政治搭档的国政运作不会是稳定的。从战后历届内阁的实力地位看，羽田内阁属于1955年3月第二次鸠山内阁以来，时隔39年后出现的由少数执政党当政的内阁，以至舆论称其为"选举管理内阁"与"预算管理内阁"，言下之意是一俟年度预算通过，羽田内阁就将解散。

从政府与国会的关系看，两者地位逆转，众参两院议长均由在野党把持，执政党不能顺利施政。如果社会党仍然在阁外观望，那么羽田政权就是一个众议员人数不超过半数的少数政权。从战后历届内阁的国政运作看，如果构成政权之稳定基础的议员人数不超过半数（256议席），就必定是一个稳定性极差的"微弱政权"，诸如通过年度预算、调整税收比率、制定重要法律等议案若不符合反对党的胃口，在野党随时可通过对内阁的不信任案，迫使首相解散国会，进行大选。

国会的实力分布显然于执政党不利。在总计511个众议院议席中，自民党占206席，独居鳌头；"改新"会派为130席，屈居第二；公民党52席；共产党、新党先驱各为15席；此外，还有一些握不成拳头的散席，如未来新党青云俱乐部、无所属等，"散席"共计约20席。在上述力量格局下，无一个政党、派别可以单独运作，而势必通过合纵连横，以政策异同结成新政治板块，如"改新"派与公明党结盟；社会党与新党先驱联合；或自民党鸽派与社会党握手、鹰派与"改新"派合作等等。简言之，这是一场"政治大决战"，力量格局的最终定型，在谈不成的情况下，将演化成大选的政治较量，波涛迭起，谁主沉浮，很难预料。

（三）政局动荡与政治改革。

如果把日本政局的动荡与新时期日本的国家发展道路、小泽一郎等政治家所倡导的政治改革方向结合起来看（实际上，此次政局巨变与政治结构的转换本身就是因果关系），即会发现一种复杂多变、互为因果的转化、演进、撞击、倾轧的关系。

在日本新生代政治家的改革设计中，广义上的"政治改革"主要包括国家发展战略中心的调整，外交战略的轨道修正，国家经济战略及相关政策的修改，国家上层建筑的更新等等；狭义的"政治改革"则具体指有关对选举制度、政治家与行政官员的关系、政党竞争机制的革新。细川护熙、羽田孜等老自民党员就是打着"重新塑造国家形象"的旗帜而走到一起来的。所以，新党派所考虑的一些方针和设想，具有国策的、战略的意义。因此，若把目前的政局变动放在国家战略轨道修正的大背景中来看，就更能看出它的复杂、曲折及多变性。

上述改革计划是一个宏大的"国家改造"工程，由于财阀集团、政党、官僚势力、社会各阶层和各种利益集团之间，利害冲突、矛盾、纠葛甚多，这种摩擦又与各党派的国家观纠缠在一起，使得日本政局更为扑朔迷离。特别是"政官关系"的改革，旨在使行政官员围绕政治家转，以改变传统的"官高政低"的决策模式，为日本的国家战略作相应的服务。然而，问题在于，这场始于1993年春夏之交（其酝酿、形成可能更早）、以政党与政客之重新编队为特征的政治大风暴，是否能够有助于"政官关系"的改革。

从政治改革的连续性来看，政局变动实际上是产生了"政治空白"。国政中枢的停摆、阁僚的大幅度调动，削弱了政治高层对行政的主导权，增大了行政机构在决策、立案方面的发言权，从而致使被提上国家战略高度的改革构想搁浅，作为国家代表的首相之对外交涉的要价力量受影响，无法在各社会阶层、各利益集团和各党派之间取得平衡。在政治改革方面，除了通过政治改革方案，拟以小选区制替代现行的中选区制之外，还未对关键部位开刀。

正是上述特定的背景，致使日本政坛风起云涌。在短短两年内，多顶皇冠落地的根本原因即在于此。固然，这有点类似鸡生蛋、蛋生鸡的因果循环，但有一点很明确：内政与外交问题交错，不同的国家观交错，不同集团的利害关系互相冲突，矛盾与困难越积越深，其中任何一个矛盾的激化势必或迟或速、或大或小、或平缓或激烈地影响整个政局的变化。作为"政治改革"第二梯队的羽田孜内阁，课题如山，道路曲折。观察这届内阁在日本国家转型时期的作用，并做出恰当的评价，是有重要意义的。

十、党外有党、党内有派

（一）分久必合，合久必分。

当前日本政局动向可以用两句俗话来概括，即中国的"分久必合"、"合久必分"和日本的"政坛难断明日事"、"讨论来年的事要被鬼笑话"。前一句讲的是事物发展的某种规律，有其可预测与把握的一面；后一句讲的是事物发展的复杂性，有难以预测或不可把握的一面。

应该把当前日本政局的激烈起伏放在日本整个国家发展战略转轨或几个社会变动的大背景下来观察。这是一个跨度较长的历史过程，它的核心工程是要使战后运行半个多世纪之久的上层建筑适应新一代生产力的发展，用日本人提出的口号讲就是"六大改革"。反映在政局方面，就是作为政策载体的政党的聚散离合，力量消长。这种离散聚合所形成的"合力"或施放的能量对政界力量格局、政治运作秩序产生的冲击，就造成了政局变动。

从1993年迄今，日本政坛的大分化大改组基本上经过了如下几个阶段：

1. 一分三（或一分二），"三新"崛起。1993 年 6 月 22 日，从自 1955 年迄今、当时"一党独大"的自民党中分蘖出现了新生党（羽田孜）和新党先驱（武村正义）两个政党。若加上 1992 年成立的日本新党（细川护熙），日本政坛形成了新老两大板块。它标志着以自民党和社会党两大党派斗争为特征、被称之为"55 年体制"的日本政治格局的彻底瓦解。

2. 八合一，新进党分娩。1994 年新生党、日本新党、公明党、民社党、海部俊树领导的脱离自民党的小派别等结成新进党。这是一个"鸡尾酒"式的政党，8 党的各派政治色彩与社会基础迥异，由于各党是出于打倒自民党和夺权的目的而走到一起，因此不久就因政见不合及内讧而分裂，羽田自立山头，成立太阳党。紧接着细川护熙又分道扬镳，成立了五人党。

3. 一分六，新进党"自尽"。1997 年 12 月 18 日，以 173 人之众而雄居在野党之首的新进党被小泽一郎解散。这杯被调兑成的"鸡尾酒"再次分解为 6 种酒基：以小泽一郎为首的自由党（众参两院议员数 53 人）、以神崎武法为首的和平新党（37 人）、以中野宽成为首的友爱新党（23 人）、以鹿野道彦为首的国民之声（18 人）、以白浜良一为首的黎明俱乐部（18 人）、以小泽辰男为首的改革俱乐部（12 人）。由于新进党的离散，日本政坛出现了与意大利政局相类似的、以小党林立为特征的"战国时代"。1998 年 1 月 5 日，和平新党与改革俱乐部合伙，成立了拥有 46 个议席的"和平改革"会派。

4. 六合一，结成"民友联"（全称民主友爱太阳国民联合）。1999 年 1 月 6 日，民主党、国民之声、友爱新党、太阳党、五人党、"民政联" 6 党在打倒桥本内阁的政治目标下，在众院组建"民友联"联合会派，加盟议员 98 人。6 党还与改革俱乐部在参院组建 44 人会派，成为两院中仅次于自民党的第二大势力，并得到日共的侧面支持。

5. 六减三、三加一，"民友联"变形，出现党中党。1999 年 1 月 23 日，"民友联"内部的国民之声、太阳党、五人党等被称之为"保守系"的三党出于地位与前景的考虑，搞了个三合一，建立了民政党。在众参两院共有议席 39 人，几乎都是原新进党内反小泽一郎色彩浓厚的人。其政治主旋律是倡导"非自民、非自由、非日共"，但因党员几乎都是老自民党员，不同于原新进党内的公明、民社等党，故而也有部分党员倾向于和自民党合作。为此，"民友联"内部便形成为四个党派，即"三民"加"一新"（民主党、民政党、"民改联"及新党友爱）。

6. 一吃三、三吞一，"民友联"筹建新党。"民友联"内有一个"政权战略会议"，由原首相细川护熙负责。从该派诞生之日起，就在策划夺权战略及集结与此相关的政治力量，以推动"民友联"蜕变为"新·新党"。因面临 1999 年 7 月份的参院选举，所以党建工作尤为急迫。四党的政策主张基本一致，无大分歧。或者说，出于求存图进的战略考虑，各党都会削"足"（调整政策主张）适"履"（新的组织）。当时的焦点主要是联合的方式，即是以民主党合"三"的形式，还是以"三"吃"一"的形式来建立新党。说穿了，即谁也不愿当分母，为别人扛旗。3 月 6 - 9 日，细川曾先后提出两个建党方案。头一个提案建议四党同时解散，以所谓"对等合并"方式建立新党，不保留民主党的党名。这一方案理所当然地遭到民主党的反对。后一个提案是在考虑民主党的意见后形成的，即以"一加三"的所谓"吸收合并"方式联合，保留民主党党名。作为对其他三党的平衡，考虑设置"由四党代表构成的最高负责人会议"，搞民主决策。尽管选举在前，三党难以全面反对，但被民主党"吸收、消化"毕竟不是内心情愿的。友爱新党的反对尤为强烈，并主张与民政党、民改联先联手建立新党，以大民主党的规模再与该党交涉。3 月 12 日，经过内部激烈的讨价还价，四党终于就建立新民主党达成一致，走出了打倒自民党的第一步，将在适当时机正式打出民主党党旗，以便成为在众参两院拥有 139 个议席（包括 3 名无所属议员）的大党。

7. X + Y、A + B，日本政界的重组方向。在新的民主党成立之前，日本政坛上的在野党势力出现过两个时代，大体可划分为"新进党时代"与"后新进党时代"：前一个政治格局中共有 7 个在野党，即日共、公明、新进、太阳、五人、"民改联"、民主党。后一个政治格局（也就是目前的态势），民主、和平改革、自由、日共、公明，再加上执政三党。从长远的观点看，这些政党还是要组合的。如自民党与自由党会否联合成为"大自民党"，自由党与民主党会否再次结合成为"新自民党"，等等。

（二）"一超多强"与"三大板块"。

由于新民主党的成立，日本政坛的力量格局已由自民党独大的"一强多弱"变为"两极"，但政策天平向自民党一边倒的格局已被打破，最起码在组织形式上实现了 90 年代初所提出的政改方向，即改变当时的中选区制度、建立小选区比例代表并立制，在此基础上，促进日本向两大政治势力轮流坐庄的方向发展。

当前在力量划分上，各党的席位情况如下：在众参两院（应有议席规定是 500、252，现在实有 498、252）自民党分别为 259、119；民社党分别为 15、20；先驱新党为 2、3；执政三党加起来是 276、142 个席位；民主党分别为 98、41；和平改革为 46（仅众院），公民 28（仅参院，包括改卓俱乐部 3），如果按旧公民党这个概念划分的话，应为 46、28；日共分别是 26、14；自由党分别是 41、12，无所属分别为 11、15。

从政治色彩来看，日本当今的政治力量可以分为"三大板

块":

（1）以自民、自由两党为首的"保守路线"。如1998年1月6日成立的自由党公开推行"纯而又纯"的政治与组织路线，其在安全保障、防卫政策等方面的主张，实属自民党右翼，是一个比自民党还右的政党。当然，这两党内部也不是"铁板一块"。

（2）以日共与社民两党为代表的"革新势力"，俗称"左派"。这只是一种笼统的分法，大家知道，日共与社民党在某些政策方面还是有歧见的。

（3）介乎于这两者之间的势力，倡导"非自民、非共产"。这一大块中间派因其色彩及社会基础不同又可分成"中左"、"中右"等等。新崛起的民主党自称"中道左派"，即中间偏左，而从民政党脱胎出来的羽田孜等则自称是"保守中道"，也就是中间偏右；另外，旧公民党则自称既与"非自民"的组织路线保持一段距离，又有别于保守路线，所以又不同于中左。

所以，从整个政治力量的聚散离合的角度看，按照自民党下野、新进党成立、新民主党成立这一主线来看，日本政局进入了1993年以来的第三幕。这一阶段的特征就是在野党加强横向联合，与自民党为首的联合政权分庭抗礼。从1993年以前的自民党"一党独大"变为"一强多弱"，再由"一强多弱"变为当前的"一超多强"，民主党、自由党可以说是"一强"，日共在某种意义上也可以说是"一强"。

在即将到来的政治大较量中，各方都有优势。从在野党方面看，新民主党的成立，使其跃居在野党第一把交椅位置，其执政前景有较好的国内外大气候。民主党的夺权战略基本上是想在1999年7月的参院选举中求得进一步发展，在下次众院选举中争取过半数。

在国际上，发达国家正处在"中道"或"中左"势力得势的上升气流中。英国的布莱尔政权是工党，意大利的普罗迪政权是"中道左派联合"，法国的若斯潘总理亦是社会党人。这里面既有偶然性，但也有其必然性的一面。大家知道，80 年代中后期，美、欧、日发达国家基本上是"保守"势力当政，而今中左势力得势的原由，就在于选民思变心理迫切，要修正保守势力的政策路线。所以 1993 年前后，在日本新字头的党一呼百应。当然，新党太多、变得太快，也有可能引起选民的反感。

在日本国内，自民党虽然人多势众，但内部矛盾严重，并非铁板一块，这经常给在野党以可乘之机。前不久在野党追究大藏省丑闻而对三冢博投了不信任票，按自民党的票数，是完全可以否决的，但自民党内部鼓噪而起，少部分党员与在野党协调行动，导致三冢博下台。另外，民主党得到工会力量的支持。主要工会组织已联合表态，全力支持。

同时，也应看到，目前的在野党中无一个政党、派别可以孤军作战，问鼎政权，而必须通过合纵连横，结成新政治板块。民主党本身也是靠加法成立的，党内原民政党能否认真接受民主党的"再教育"，令人怀疑。三加一是大于一，还是小于一，在参院选举之前肯定是正面效应，参院选举之后还要看磨合情况，倒戈或取代自民党非一日之功。

（三）党外有党，党内有派。

自民党曾于 1993 年下野，在 1996 年的大选中东山再起，近几年又因在野党分裂而坐收渔利。自民党对民主党的崛起是有醋意的。一来其"一超"地位受到挑战，二来它使整个日本的政治舞台出现了一个能量颇大的"吸票机"，凡对自民党执政不满、或对现实不满的选票，都将被其吸走。自民党内部的关系，又是一个山头林立、派系复杂、政出多头、争斗激烈的格局。一个内部不稳、面临国内严重经济萧条的党，执政是很困难的。但另一方面，由于在野党自身弱化，自民党长期运作政权的经验丰富，即该党部分议席的"世袭化"，不断举行的众参两院选举作为一种"政治水泥"使该党再次停止内讧。所以，该党在现阶段还具有一定的战斗力。

近年来，自民党内一幕接一幕地出现了戏剧性的紧张场面。现在该党的领导权为以干事长加藤纮一为首的执行部所掌握，其班子主要成员有代理干事长野中广务、政调会长山崎拓、总务会长森喜郎和村上正邦等。这一派外联社民、新党先驱两党，内挤梶山静六、龟井静香等右翼。另一方面，以梶山静六、龟井静香为首，则在党内不断兴风作浪，欲乱中取胜。这一派外与小泽一郎的自由党遥相呼应，意在挤走社民、先驱两党，搞一个"保保联合"的大自民党。

这两派间的斗争从 1998 年就开始白热化，迄今共经历过三个回合。1997 年夏天，加藤访华回国后，明确表示有关日美安保条约的范围不包括台湾，这一讲话马上引起梶山的强烈抨击。梶山讲话当然是代表了日本有关日美安保条约是否包括台湾的正式立场，但他想从中搞掉加藤的用意是很清楚的。这一回合以梶山等人的失败而告终。

随后，在岁末年初，由于日本经济形势恶化，企业倒闭整顿、内需极度疲软，再加上亚洲金融风暴迅猛，日本自顾不暇而难以伸手解救，引起美国的指责，党内以梶山为首的"右翼激进派"乘机闹事。梶山公然提出稳定金融的"10 万亿新型国债"构想，将了桥本一军，加大了与执行部对抗的力度。在这场较量中，由于加藤等执行部巧妙地接过了梶山的旗帜，先后提出了削减所得税、发行国债等一系列刺激经济措施，迎合民意渡过了难关。第三个回合是大藏省爆发丑闻后，梶山等拉帮结伙，在党内造反，与在野党一起投不信任票，致使三冢博辞职。

桥本本人在党内并无心腹班子，但他执政时间较长。特别是在 1997 年 6 月的自民党总裁选举中不战而胜，蝉联总裁，继续执政。

（四）桥本政权与日本的跨世纪走向。

对桥本政权历史作用的分析，需要放在两个背景中：其一是于 1993 年的自民党下野及随后引发的政治势力重组；其二是日本跨世纪发展战略及现阶段的"段情"。

可以说，现阶段的日本政治就是一个方向、两个基本点：一个方向就是车子的运行方向，也就是国家走向；基本点之一是修车，也就是改革；基本点之二是开车，即在现行体制下再维持一段时间。

桥本政权沿袭了细川、羽田、宇野、村山等历届内阁的政治遗产，又揉进了自身的特色，它肩负两大历史使命：一是推动日本从经济大国到政治大国的历史交叉，在外交与安全领域提升日本的国际战略地位；二是推进政治与经济体制的改革，实现整个上层建筑的更新换代。这两大历史任务就是日本现阶段的"大政治"，不管谁当首相，不讲这个政治是不行的。

另一方面，"大政治"又往往与"小政治"冲突，从细川到桥本，政权不稳定的原因，除了来自在野党所发动的战役外，更大的困难是因改革而威胁到切身利益的自民党"族议员"官僚的抵抗。所以，当 1997 年日本经济因山一证券公司、北海道拓植银行倒闭而呈现崩溃迹象时，"大政治"就让位于"小政治"，修车的要让位与开车的，这时一点火花，就会燃起冲天大火。在改革难以到位之前，党派倾轧越激烈，新生的政权也势必会有更频繁的动荡。这是现阶段的"段情"。

十一、"三王夺嫡"与"保保联合"

1999 年秋天的日本政局共有三件大事：民主党领导人选举、自民党总裁选举及由此触发的日本政界的力量重组。9 月 21 日是自民党总裁选举的投票日，这是一场在改史、修宪、强兵之时代背景下的竞选，共有总裁小渊惠三、前干事长加藤纮一、前政调会长山崎拓等三名候选人出马竞选。由于执政党的总裁按例担任内阁首相，再加上三名候选人分别是自民党小渊派、宫泽派、山崎派的头领，因而是一场"三王夺嫡"的重头戏。

小渊和加藤都毕业于"吉田学校"，亦即奠定了战后保守政治的开国首相吉田茂的忠实门生，属自民党"保守主流派"。这是从战后把持历届内阁要职的当权派，在治国思想上推行"重富国、轻军备"路线，以护宪与日美安保体制为立国之本，这一治国方略对战后日本的和平发展起了较大作用。小渊派是沿着佐藤荣作—田中角荣—竹下登—小渊的脉络发展下来的；加藤派则可追溯到池田勇人—前尾繁三郎—大平正芳—铃木善幸—宫泽喜一等几代掌门人（山崎派落胎于原中曾根派—渡边派，后自立门户，独立性很强，属于自民党的保守旁流）。以"保守主流派"（把持历届内阁的当权派）自居的这两派，在田中角荣和大平正芳两人结成盟友关系之后，加强合作，配合相当密切，构成了自民党的核心。此次加藤向小渊挑战，是 20 年来首次出现党内的总裁候选人向现职总裁挑战。由于加藤被视为除小渊外，距首相宝座最近的人，所以此次斗争是"保守主流派"之间，亦即盟友间的全面对抗。

这场选举主要是争夺 371 张议员票。自民党大大小小七八个派系，分聚离合，联盟与对立，权力斗争错综复杂，党史上的历次"夺嫡"都是硝烟弥漫，激烈倾轧。从 1998 年 7 月迄 1999 年 9 月 9 日，小渊奉行"无为"与"真空"的治政哲学，长袖善舞，内联左右两股势力，外交自由、公明等在野党，三面受惠，巩固了政治根基，使内阁支持率从历代内阁最低的 25% 攀升到 50%，小渊此次竞选以获得党内 7 派中的 5 派——小渊派、江藤·龟井派、森派、旧河本派、河野派以及大部分无派系议员的支持，总计可囊括自民党三分之二的议员票。

除议员票外，自民党三雄将全力争夺全国 300 万张党员票。按规定，每 1 万张党员票可折合为 1 张议员票，约合 291 张党员、党友票。这就要看谁能在全党范围内取得多数了。由于小渊惠三一直注意在自民党基层的活动，且小渊派的祖传拿手好戏是打组织战，对行业团体拥有很强的影响力，又笨鸟先飞、广结善缘、捷足先登，因此以高票获胜。因而有评论家戏称此次"夺嫡"为"无硝烟的电子游戏"，有惊无险，属"人民内部矛盾"。

加藤与山崎在 1998 年 7 月小渊与小泉纯一郎、梶山静六的竞选中，曾为小渊政权的建立立下汗马功劳。此番在劣势条件下揭竿而起，亦有其远谋深虑。首先，加藤、山崎给自己定位为跨世纪的接班人，分别是下次、下下次总裁选举的有力竞争者。此次出马，即可借机宣传本派主张，扩大在党内的影响，扬名四方，与小泉纯一郎联袂，扮演"新一代领袖"角色，迎接时代交替。所以尽管有人劝阻说，"即便不出马选举也能在下届获得禅让"，但两人均以热身的打算提前进入状态，布局造势，盘马弯弓，放弃了依赖小渊的"政权禅让战略"，以防"政治默杀"。

其次加藤、山崎也有"闹而优则仕"的想法。靠小渊禅让固然轻松，但别人嚼过的馍不香，不斗将来不足以震慑各路诸侯，不闹不足以向掌门人开更高的价。欲小打小闹，斗而不破，谋求党政要职，主导政局运营。但因对抗的气氛越来越浓，论战愈演愈烈，加藤派干部担心弄假成真，政治上产生恩恩怨怨，转化为"人民外部矛盾"，总裁大选后在人事安排上遭小渊派报复，失去自民党三巨头及重要阁僚位子。

从 90 年代起，日本决策层的治国方略突出政治与战略色彩，并进入为下世纪安全与繁荣奠基的改革过程。跨世纪改革过程艰巨，其核心是要使运行半个世纪之久的上层建筑适应新一代生产力发展及国际战略格局的变动。这是日本民族在跨入经济大国门槛后，不甘屈居国际政治婢女角色而对国家进程的重新定向，因而也是其历史发展的新动力，它必将引起外交战略的调整及社会思潮的变化：大国主义、民族主义、修宪思潮泛起；新闻媒体迎合这股思潮推波助澜，鼓吹对外竞争，民族优越；与此相呼应，阁党政策趋向"保守化"。

由此可见，"保守主流派"之间的对抗，直接起因是党内各派系的权力之争，但归根结底，还是起源于日本当前面临的重重困难及国家发展战略的转轨。选举中的政策争论往往与派系的政治纠葛缠在一起。面对"派仇国难"，自民党内一幕接一幕地出现了戏剧性的紧张场面。加藤、山崎、小渊三雄围绕政局运作及国家走向，在以下几个方面歧见颇大：

一是组织路线，以小渊为首的自民党决策中枢拟走"自自公"三党联合执政路线，俟选举尘埃落定后，延揽自由、公明两党入阁，在国会形成 350 席的稳定多数，以政见相同者的"数量优势"来推进国家体制改革与发展战略的顺利转轨，但加藤和山崎对此持批评态度，认为三党同床异梦，政策上的"以量取胜"有悖民主，自民党也因此而沦为一个"力量涣散、无号召力的党"。

二是政治路线，即修宪与护宪之争。在这方面，加藤旗帜鲜明，认为修宪应慎重，关于放弃战争的"宪法第九条堪称外交基本宣言"。相反，山崎鼓吹修宪，欲突破和平宪法的钳制，行使"集体自卫权"；小渊则含糊其辞，避免直接表态。

三是经济路线，小渊等决策层认为应先有鸡（经济繁荣），后有蛋（财政重建），故而主张坚持积极的财政政策，投入第二次补充预算，使经济稳步增长；加藤则认为，发展经济应着眼于供应方面，推动企业开发新产品和服务；政府应致力于基础科学研究及解决养老金问题。

四是外交路线，小渊坚持日美基轴关系，在此基础上，加强与中、俄、韩的关系，继续以"朝鲜威胁论"为由，发射间谍卫星，充实情报搜集、分析机能。加藤认为，应研究在亚太地区建立多边安全机制的可能性，日美中三边关系应是"等边三角形"等等。

如上所见，日本国内形势颇为复杂。1999 年的自民党总裁选举，既是一场派系力量的较量，也是一场路线斗争，更是一场政治大决战，即保守政治的新旧交替。围绕面向 21 世纪的国家观、安全观、宪法观、经济观，日本政治势力将组合成各种集团，主要派系间的叛离和冲突将波及将来的政界重组，并对日本的跨世纪走向产生一定影响。

自民党经过这场选举的洗礼，主流派与非主流派的位置可能出现逆转，保守派实力大联合呼之欲出，有可能演变成清一色的保守右派政党。在小渊执政的一年间，为维持政权而过分依赖保守派，致使自民党大踏步地"向右转"，于在野党的反对声中，强行通过了"周边事态法"、"国旗国歌法"、"通讯监听法"、设立宪法调查会、着手讨论将靖国神社改为"特殊法人"等等，保守右派几十年来亟欲解决的悬案全部得以落实。从这一连串事件的表象，可洞察到这个民族隐藏的不安的、躁动的心火。

小渊蝉联自民党总裁，将加快保守右派独揽大权的步伐。相反，秉承正统"吉田茂主义"的加藤派势单力孤，曲高和寡，战后延续半个多世纪的轻军备、重经济的"吉田茂路线"将被划上休止符，主流政治的历史使命已趋结束，日本的治国思想已发生质变，一个以"政治大国"、"军事大国"为历史使命的"新主流派"将应运而生。日本从1945年战败投降至今，已经50多年了。今天，这个国家是继续以"和平宪法"为立国之本，把"战后"永远作为"战后"，还是以政界重组为契机，走向新的"战前"，正为世人所关注。可以说，世纪交替之际，日本似已选择了一条与政治、军事交叉的战略，这种交叉将带来战后未曾有过的政治和外交变化，构成新国家战略的重要内涵。

这是日本现阶段的"大政治"，不论谁当首相，不讲这个政治是不行的。但日本如因此而走上极端，将会导致国家和民族的毁灭，这是惨痛的历史教训。另一方面，利益集团之间冲突、纠纷甚多，党的改革危及政权稳定时，"大政治"就要让位于重选票的"小政治"。1993年以来，细川、羽田、村山及桥本政权都因矛盾交织、党派倾轧而跌了跟头。这种历史性战略性转折不会一次告成，派系倾轧与路线斗争越激烈，诞生的新政权也就势必频繁动荡，内外压力也越益增大，一点火花，即会燃起冲天大火，引发政局、朝局动荡。

十二、森喜朗临危受命

2000年4月2日凌晨，日本首相小渊惠三因患脑血栓紧急住院后，病情急剧恶化，已无法恢复公职。3日上午，内阁官房长官青木干雄出任临时代理首相。4日晚，小渊内阁集体总辞职。5日，现自民党干事长森喜朗接替小渊出任新一届日本首相。这样执政1年零8个月的小渊政权便告结束，日本政局将进入新的动荡时期。

小渊紧急住院之后，日政府虑及小渊病倒对局势的影响，延迟22小时后才对外公布此消息，起初说病因只是劳累过度，后才道出"脑血栓"的实情。3日，小渊的病情开始急剧恶化，已处于昏迷状态，脑血栓并发部分颅内出血，只能依靠呼吸器来维持生命，据主治医生讲，不能排除"脑死亡"的可能性。

62岁的小渊突然因重患倒下，与日本政局近期激烈动荡以及他本人超负荷工作有着直接的关系。此前一段时间，小渊一直受到日本警察渎职事件和他的秘书购买日本电信电话公司未上市股票谋取暴利等问题的困扰，内阁支持率不断下降。又时逢北海道南部有珠火山突然爆发，附近1万多居民被迫撤离家园，而日本政府处理自然灾害的动作显得十分迟缓，引起国民的不满。最令小渊头痛的要属如何维持自民党、自由党、公明党三党联合执政框架问题，以小泽一郎为首的自由党与自民党在政策上有较大分歧，小泽以在本届国会不兑现政策协议中的承诺就退出联合政权要挟小渊，而小渊又无法满足小泽的要求，结果4月1日晚举行的自、自、公三党党首会谈以破裂告终，小渊只好宣布解除与自由党的联合执政关系。由于当初小渊不顾党内部分派系的反对，竭力促成了与小泽自由党的政治联姻，故联合政权的破裂使其在党内承受被追究政治责任的巨大压力，这恐怕就是小渊在会谈后两小时就病倒的主要原因。

森政权是全面继承小渊路线的"选举看守型内阁"。其最大特色是未对小渊内阁人员做任何调整，将原班人马悉数收入帐中，并及时修补了因自由党的退出而发生破裂的联合政权框架，与从自由党中分裂出来的、以扇千景为党首的"保守党"重建了自、公、保三党新联合政权，确保了在议会中的多数地位。无论是从政权班底、还是从政策等方面都忠实继承了小渊内阁的路线。森表示要继承前政权的政策课题，将日本经济推入稳定增长的轨道，不改变正在进行中的外交日程。

森喜朗是自民党内实力人物，以他本人为会长的森派（65人）在自民党四大派系中排行第三。森政治阅历较为丰富，先后三任自民党干事长，并历任文部大臣、通产大臣、建设大臣等政府要职。其政治手法极为娴熟，在用人和筹集政治资金方面技高一筹，善于协调党内各派及与在野党的关系。森是支撑小渊联合政权的核心人物之一，与小渊、江藤、龟井两派形成党内主流派系，同时又与加藤、山崎两非主流派系相互倚重，在党内的基础较为稳固，也易于被公明党所接受。他此次当选在党内未遇到任何竞争对手，有利于维持原政权架构和政局的稳定。

在自民党执政期间，历届自民党总裁暨日本首相的选出均为党内派系各方妥协的产物。目前，自民党内主要有四大派系，小渊派（95人）、加藤派（69人）、森派（65人）、江藤·龟井派（63人），此外还有山崎派（30人）、旧河本派（17人）、河野集团（17人）几个小派系，可以说最大派系小渊派一直控制着自民党内的主导权。村山前首相辞职前夕，原本有意让位于当时的自民党总裁河野洋平，但由于河野在党内的根基较弱，又不是派系首领，故在自民党总裁选举中被小渊派的桥本龙太郎所取代，成为自民党组建以来唯一一个未当上日本首相的党总裁。

桥本下台后，小渊惠三、梶山静六、小泉纯一郎竞选日本首相，当时日本的新闻媒体进行了多项舆论调查，后二者无论在国民威信及政策思想等方面均优于小渊，但是小渊还是凭借该派的力量出任日本首相。此次也不例外，在小渊无法复职得到确认之后，出于重视2000年7月的冲绳八国首脑会议的考虑，以外交见长的河野外相一度被列入主选名单，但派系实力较弱再次成为其致命弱点；自民党前干事长加藤纮一曾被认为是接替小渊的最有力人选，但在 1999 年的总裁选举中与小渊对抗后，对自、自、公路线和小渊的景气对策一直持批判态度，故被排斥在外；自民党干事长森喜朗虽在内政外交政策方面没有形成一个有自身特色的体系，但这反而成为他全面继承小渊路线的有利条件。加之，森喜朗善于协调党内外各种关系，在党内除与龟井静香政调会长有过节之外，都被其他派系所接受。特别是在自民党小渊派的新实力人物野中广务的全力保举之下，顺利当选为新首相。

但是，从党政权力分配情况来看，小渊派的野中升任党干事长，本该由总裁派系出任的官房长官也继续由小渊派的青木把持，小渊派的两名副官房长官也未让位。因此，森政权的诞生可以说是森派无条件向小渊派妥协的结果，从派系力量对比来看短期内无法摆脱小渊派的控制，在解散国会举行大选等政权运筹方面还需看小渊派的脸色行事。日本舆论普遍认为森政权是小渊派的"傀儡内阁"。

森喜朗先师从岸信介，后追随福田起夫，系自民党原主流派，经常凭借其敏锐的政治嗅觉左右逢源。他继承了福田的对外政策思想，重视"亚洲外交"，主张日本在国际上发挥重大作用，但反对小泽一郎"普通国家"的激进路线。他主张与中国发展友好关系，曾先后多次率团访华。1978 年森作为内阁官房副长官随福田来北京缔结《中日和平友好条约》。1984 年他作为文部大臣访华时表示，要为发展日中友好关系、为日中两国世世代代的友好而努力。1993 年任自民党干事长期间，曾率领日本年轻国会议员团访华，受到江泽民主席的接见。1998 年曾亲自做前首相桥本的工作，促其前来参加中日和平友好条约缔结 20 周年活动，近年来在自民党内为推动日中友好起到一定的带头作用。森表示"自民党会把发展日中友好当作党的基本方针，积极同中国发展友好合作关系"。

2000 年 4 月 5 日，森在上任当天便接见了正在日本访问的中组部部长曾庆红，并通过他邀请朱总理早日访问日本，欲通过中日间的高层次对话将日中关系推上一个新台阶。森曾表示在历史问题上将恪守"村山内阁讲话"基准，在对台关系上将"遵守日中联合声明"。但是应该看到，森在对华关系上具有两面性，带有亲台色彩，现是日本国会中"日中友好议员联盟"和"日台关系恳谈会"的"双肩挑"议员，曾于 1970 年访问过台湾，近年来仍保持与台湾高层的往来，1999 年 7 月曾与访日的陈水扁会面，2000 年 3 月又接见访日的民进党"特使"。台湾舆论认为，森是"日本最理解台湾的政治家"。今后森政权在开展对华外交中如何处理历史问题、推行何种对台政策值得密切关注。

当前，日本政治、经济、外交均处于重要转折时期，新政权又具有较浓的"选举看守型内阁"色彩，如何解决堆积如山的内外课题，在森首相的执政道路上横亘着数道难关：

众院大选关。定于 2000 年 10 月举行的众议院换届选举是当年日本政界中压倒一切的大事。小渊前首相原本打算在 7 月成功举办冲绳八国首脑会议之后，利用外交上的得分在大选中赢得民心。但在日本政局出现突然变故之后，新走马上任的森首相为尽早建立稳定政权，抹去"临时过渡性内阁"的不良形象，拟将 10 月的众议院大选提前到 6 月下旬举行。其主要考虑是，最新舆论调查表明，森内阁的支持率开始出现缓升迹象，又可以在大选中充分利用"小渊同情票"，再者反对提前大选的联合执政的公明党亦开始转变态度。只要大选后现联合执政框架能够维持，森首相便可以名正言顺的身份主持定于 7 月召开的冲绳八国首脑会议。但是自民党一厢情愿的选举策略能否奏效，尚是一个未知数。特别是国民对自民党与在政策上有重大分歧的宗教政党公明党所进行畸形组合普遍表示不满，最近出现的一系列警察不祥事件，北海道有珠火山爆发后政府应急措施迟缓等，都将使自民党面临一场"逆风选举"。如果自民党大败，在众议院再度失去多数党地位，森内阁将难辞其咎。

联合政权关。小渊执政期间内能够通过诸多颇有争议的法案，主要得力于联合执政党的配合。2000年4月1日，自民党、自由党、公明党三党党首会谈以破裂告终，小渊由于无法在本届国会内满足小泽兑现政策协议内容的要求，只好被迫解除当初自己竭力促成的与自由党的政治联姻关系。在可能被党内追究政治责任的巨大压力之下，会谈结束后两小时小渊便一病不起。森上任后虽用保守党弥补了自由党留下的空缺，但联合执政党之间的维系纽带变得越来越脆弱。随着众议院大选的日益临近，各党均把赢得大选作为首要任务，故必须突出自身的政策色彩，这将使三党为谋求执政地位而已经淡化的政策主张方面的差异再度表面化，从而进一步增大了维持联合政权的难度。由于作为补充力量而加盟的保守党只在国会拥有26个议席，与公明党的72个议席相去甚远，这无疑会增大公明党在联合政权内的发言权，自民党已把维系与公明党的合作关系作为巩固执政地位的重要因素，今后将不得不以牺牲自身部分政策的代价换取公明党的合作。直接受影响的是：防卫厅升格为国防省的计划将暂时搁浅，修改宪法的进程将受阻，自卫队参加联合国军的解冻也将推迟。甚至此次在党内酝酿新首相的人选时，也把能否为公明党所接受作为一个重要的条件。这将使森首相陷入或是遭国民批判或是维系政权的艰难选择之中。

经济复苏关。森上台伊始便将自己定位于"日本新生内阁"，表示愿为日本经济的新生及大胆的结构改造进行不懈的努力，以建立起"能安居乐业、精神充满愉快、受世界信赖"的国家。他主张对经济、财政进行结构性改革，通过增加设备投资，顺利完成由"公需向民需的转变",使景气得到真正的恢复,实现由积极财政向财政重建路线的转变。充分利用个人储蓄创办新兴产业,创造"新资本主义"。建立"循环性社会",减少环境负荷,创建有效的社会保障制度。目前,日本经济正进入以民间需求为主导的自律性恢复阶段,1999年度经济转为正增长的预期基本实现。日本财界对森政权寄予希望,经团联会长今井敬近日表示,当前是日本经济恢复的最关键时期,希望新政府团结一致,迅速采取得当措施,做好经济工作。但是,受美国股市暴跌的影响,日本股市一度跌破17000点大关,给景气的恢复投下阴影。加之,小渊政权时期采取的积极财政政策共计发行了84万亿日元的国债,到2000年度末国债发行余额将达364万亿日元,在重要先进国中处于最差水平。森政权如解决不好巨额财政赤字、高失业率、金融不稳定等负面因素的影响,将会直接拖累日本经济复苏的步伐。

外交悬案关。森自称是福田政策思想的继承者,而"福田主义"的核心是重视亚洲外交,这也是日本亚洲外交的基础。故森在很大程度上将加大亚洲外交的力度,努力加强与周边国家的关系。

首先,要打开处于僵局的日朝关系。改善对朝关系是小渊内阁的既定方针,也是当前日本外交的重要课题之一。小渊曾排除执政党内的分歧,决定恢复对朝提供粮食援助,这使时隔7年5个月重新开始的日朝邦交正常化谈判于2000年4月初如期举行,日朝双方虽在促进邦交正常化方面显示出强烈欲望,但围绕"清算过去"和"绑架日本人事件"等问题双方意见明显分歧。日本急于改善对朝关系的意图是与美韩协调一致,避免自身遭到孤立;抹去日本的扩军形象,缓解朝鲜的敌对情绪,以防不测事件发生;尽早消除朝鲜半岛的冷战结构,发挥日本在这一地区的作用和影响。但是，日朝长期不相往来，彼此积怨甚深，要想真正建立信赖关系、实现邦交正常化，非一朝一夕能做到的。朝鲜正对日本新政权采取慎重观察的姿态。

其次，继续谋求发展对俄关系。在 2000 年解决北方领土问题、缔结日俄和平友好条约这一期限迫近的形势下，小渊病倒前夕为在八国首脑会议之前实现与俄罗斯总统普京的首脑会谈，曾以首相特使身份派遣副官房长官铃木宗男前往俄罗斯探路，并制定了 2000 年下半年再次举行日俄首脑会谈等开展对俄外交攻势的计划。森喜朗接替小渊后随即表示不改变对俄外交日程，已决定亲自出访俄罗斯，与普京举行非正式首脑会谈，以尽快建立与俄新政权的联系，确认叶利钦的对日政策不变。这将使森成为日本外交史上第一个首访不是选择美国而是俄罗斯的新首相。新政权如此重视对俄关系是出于今后推行"欧亚大陆战略的需要"，但在俄新政权不会在领土问题上让步的前提下，日本采取何种灵活的对俄政策，将决定日俄谈判的成败。

第三，成功举办冲绳八国首脑会议。2000 年森内阁最重要的外交课题是如何确保 7 月日本以东道国身份举办的八国首脑会议成功，以此扩大日本的国际影响和地位。此前日政府通过与各国首脑个人代表之间的协调，已将缩小伴随信息技术革命而产生的信息方面的差距、被全球化所淡忘了的发展中国家问题、应对艾滋病等传染病症的对策等列为这次会议的主要议题。小渊前首相为亲自主持这次会议显示出极大的热情，不顾警备当局的反对决定在冲绳举办，年初访问了东南亚各国，听取其对首脑会议的希望和要求，并在很大程度上与各国首脑间建立了个人信赖关系。接任小渊的森首相将担负协调发达国家与发展中国家的重要角色。4 月 22 日，森首相在太平洋岛国首脑会议上提出了推进"太平洋地区外交"的主张，并将对欧美国家进行访问，但外交能力偏弱的森首相如何在短时间内取得各国首脑的信任，正受到各方的关注。

十三、日本的国际地位

日本是否算得上"一极"（polar）的命题，实际上是对一个国家战略力量的评估，这需要考察一些基本因素。概言之，它包括一个国家的发展模式、文化魅力与军事实力。以前苏联为例，其之所以成为"两超之一"，即因为苏联是"十月革命"的故乡，文化辐射力较强，拥有一支无远弗届的战略军事力量。

80年代后期，鉴于当时日本经济咄咄逼人的上扬势头，不少观点认为，日本在西方经济的不平衡发展及经济全球化倾向中，将成为一个举足轻重的"极"；再加上日本对本国文化的弘扬，导致日本经济"赶超"成功的经济体制被世界银行提高到"东亚模式"的高度，从而使日本在世界上的地位飞跃上升。但军事地位与政治待遇（联合国的敌国条款与安理会常任理事会席位）的低档次，决定了当时的日本只是一个"经济大国"与"政治小国"，离"极"还有几级台阶要走。当时也有人预测，若日本小步快跑，加大政治与战略投入，有可能在20世纪末跃居"极"的宝座。

但90年代伊始泡沫经济的崩溃，以及1997年席卷亚洲的金融风暴，使日本自命不凡的"东亚经济模式"破绽百出，日本经济体制的耐用年数达到了极限。同时，整个90年代，日本经济停滞不前，与美国经济持续逐月增长截然相反。总之，上述构成"极"的国家战略力量三大要素在日本已不复存在，尽管这不会一成不变，但现在的日本还算不上一个"极"，而应该说，日本正处在向"极"发展的过程中，因为这个国家仍然保持着一定的发展活力与势头。

今后，在军事、安全等方面，日本将"联美入亚"、"借船出海"，借机突破宪法钳制，同美国的军事力量或战略作用汇总起来，亲美而不从美，力图扮演"极"的作用。在经济上，通过结构重组、企业兼并、加大科技投入、开发拳头产品及日元国际化，与美欧争高低。在经济体制上，搞放宽限制、发挥本国传统文化优势、建设新一代日本模式，为亚洲国家的经济改革提供活教材。因而，从目前趋势说，它具有全球国家的性质，要上升为"极"的倾向是很明显的。

日本的国家走向与中日关系 [*]

小泉纯一郎出任首相后，日本的政局变化、内外政策乃至国家发展走向引起了世界各国的高度关注，其对中日关系的影响亦成为国人讨论的热点。本文试对这些问题做些个人的评析。

一、小泉执政与日本政局

对近10年来日本形势的最形象比喻，莫过于"颠簸"这两个字。前不久，笔者与美国黄兴基金会董事长薛君度先生共同主编了一本关于日本问题的书，题目就是《颠簸的日本》。所谓"颠簸"，在这里包含两层意思：

一是说日本的政治经济形势这些年来一直处在不稳定当中。"二战"后日本的经济发展成就和政治稳定源于两大体制，即政治上的"1955年体制"和经济上的"1940年体制"以及作为其延续的"1970年体制"等等。总的来讲，这是一套以统制、调控、稳定和发展为主旋律的经济发展模式。但由于80年代末期泡沫经济的破灭，整个90年代就被称为"失去的10年"。从经济

---

* 本文发表于《现代国际关系》2001年第7期。

方面看，日本经济一直低迷不振：金融呆账居高不下；财政处于崩溃边缘；萧条阴影挥之不去。从政治方面看，从 1993 年到现在，日本已经换了近 10 任首相，从宫泽喜一作为自民党单独执政的最后一任首相被细川护熙的联合政府所取代至今，平均每年换一个首相，任职最短的仅两个月，最长的也只有两年。

"颠簸"的第二层意思是，日本也一直在反复摸索着改革的途径。行政体制改革即是典型的一例。经过不断的争论，日本国内已形成共识，在诸如扩大内阁权限、加强首相权力、使行政决策机制向英国模式发展等方面有了明显的进展。今年 1 月森喜朗政权对各行政省厅实行大合并说明，这方面改革的力度在加大。比如，日本新设立的"国家战略总部"，就是希望通过延揽学者和政界人士，研讨关乎日本国家发展战略的一些大问题，进而建立起日本的经济、外交等有关重大领域的科学咨询决策机制，由于召集人就由首相担任，这明显加强了首相作为日本最高行政领导人的决策权和科学决策的基础。经济上，确立了通过推动信息技术的发展，使整个日本列岛 IT 化的发展战略，并正在逐步推进落实。然而，这些改革并未能"拯救"日本，日本需要动大"手术"，即进行系统和彻底的改革。

小泉即是在这个大背景下上台的。"颠簸的日本"能否出现一个新局面，既决定着小泉政权的命运，也决定着日本政局的发展与变化。小泉与森喜朗属自民党内同一派系，但二者的支持率非常悬殊。森喜朗内阁的支持率只有 10% 左右，而小泉内阁的支持率高达 80% 以上，因此被视为自民党的"最后一张王牌"和日本"新生的希望"。面对 7 月末的参议院选举，自民党肯定要全力以赴，一旦失败，小泉内阁自然会成为日本的另一个短命内阁，日本的政局也难稳定。这是就近期而言。就未来一个时期而言，即使自民党 7 月参院选举过关，小泉内阁仍面临强大压力，任务非常艰巨。

首先，小泉的支持率如此之高，高处不胜寒。高支持率来自何方？其根基是什么？谁都摸不清。是因为小泉在政治改革、经济改革和外交思想调整上做出了什么非常大的举动，使日本国家发展走出了一大步、日本国民得到了很大的实惠？都不是。那只是一种空洞的希望。而如果80%的支持率靠不住、往下滑的话，那可能就像高台跳水似的，会迅速触底。最近，据权威性媒体调查，对小泉内阁的不支持率已略见上升。

其次，小泉靠着如此高的支持率，提出了"没有圣域的改革"口号。也就是说，没有一个地方、一个部门可以避开改革的锋芒。这对自民党的社会基础和内部各个派系的利益都会形成冲击，增加改革的阻力。

再次，小泉内阁在外交上背负着森喜朗内阁的负面遗产。这涉及与韩国、中国等亚洲国家关系中的一系列遗留问题，包括历史教科书问题、李登辉访日问题、中日农产品贸易摩擦和日韩渔业摩擦等等，这些问题解决起来都很棘手。

由此可见，小泉内阁在内政、外交上都面临非常艰巨的挑战。如何应对这些挑战，对小泉政权能否维持日本的政局稳定自然是巨大的考验。如果成功，"颠簸"过后，就会出现一个新的日本，当然，这要经过一个较长的过程。

二、改革是日本的"大政治"

选举是日本的"小政治"，改革才是日本的"大政治"。不管谁在日本上台，小泉也好，后小泉也好，都会在日本的国家发展问题上坚持政治经济改革的大方向。改革是当前日本的"大政治"，不搞改革，"日本丸"就要搁浅、沉没，日本国家就不会有好的发展前景，日本的政党、国民和舆论也不会答应。从上世纪末起，日本的权力结构发生了巨大变动，即决策权力从官僚向政治家移交。因这种"权力大移动"将打破官僚、政客、地方的既得利益；打破政官财三位一体的"铁三角"，掌握国家发展航向的舵把子将由政治家控制，故而将使战后半个多世纪形成的"官高政低"的格局演变为"政高官低"。

日本的改革思想，起源于对国家发展的危机意识，从中曾根内阁，到上世纪 90 年代后期的桥本龙太郎内阁，都先后提出过有关的改革战略，并付诸实行。如中曾根曾将日本的行政、财政改革称之为继明治维新和二次大战后的"第三次开国"。当时的舆论曾以《日本的自杀》来警告日本循着"大政府体制"的道路滑下去，国家必将衰亡。日本的这次改革，从 1980 年 7 月铃木首相组阁拉开了序幕，同年 11 月设置了由财界元老土光敏夫为首的"临时行政调查会"，整个改革思路是国策性的，考虑到中长期的国家发展方向。桥本内阁提出过"六大改革"（行政改革、经济结构改革、金融系统改革、财政结构改革、社会保障制度改革、教育改革）口号。尽管这"六大改革"因涉及面太宽，战线太长而受挫，但具有承前启后的意义。一方面，继承了历届内阁的改革衣钵，另一方面，毕竟为其后的小渊、森喜朗两届内阁铺设了改革轨道。

小泉内阁与 90 年代初期以来的日本历届内阁一样，肩负着如何将旧日本改革成新日本的艰巨任务。但是，这一任务所涉及的矛盾可谓错综复杂，稍有不慎，政局上的一点火星就会燃起冲天大火。有人说前首相森喜朗是因打高尔夫球丢失了政权，但实际上打高尔夫球并不会危害政权，它只是说明，打高尔夫球这一火星点燃了积蓄很久的政治火山。也就是说，小泉内阁今后在政治运作、经济调控和外交操作方面如有不慎而迸出火星的话，就会面对同样的命运。

关于小泉内阁肩负的改革任务，主要有两大项。一是经济改革，一是外交调整。经济改革涉及三个方面的问题。其一是体制问题。如前所述，日本迄今延续的或者说赖以发展的体制是所谓的"1940年体制"。这个体制的核心就在于它是依靠给企业注入计划经济的东西，如产业政策、宏观调控、质量管理、年薪序列、竞争就业、工程均包、稳定竞争等等。要改革这种体制，就要引进类似美国市场经济的机制。

其二是结构性问题。所谓结构性问题，就是迄今为止日本人习以为常的产业界、政界和官僚之间三位一体的所谓"铁三角"必须打破。要打破这个铁三角，就要触及各个方面所代表的既得利益，要触动利益集团。现在，小泉内阁已经开始修改"特别道路财源"制。长期以来，议员们就是利用这笔财源为其选举服务的。小泉的这一举措说明其开始对一些利益集团动手术了。

其三是周期性问题。周期性的经济问题现在来看就是，日本经济失去了十多年后刚刚要复苏之时，却遇到了美国经济滑坡，外部环境对它来说并非有利。体制性、结构性和周期性三大因素结合在一起，引起了日本国内市场的萧条，主要表现为私人消费疲软、民间投资增长放慢，以致国民经济在10年之后再次陷入衰退。日本国民在这10年中已经承受了很大的压力，付出了许多代价，比如失业、社会不稳定（日本的失业率和自杀率在世界上都是很高的）等。所以，他们期望能早日走出衰退。但是目前的形势并不乐观。关于外交调整，后文再述。

另外，正如舆论所关注的那样，小泉个人体现出了改革的风格。小泉上台前因为行为无常，被人称为"变人"、"怪人"，也就是没有定见。有人解释说，这实际上反映了他有变革之心。他上台后的有些举措也确实出人意料。比如日本媒体就指出：在参拜靖国神社问题上，森喜朗当首相前每年都要去参拜，上台之后就没去。而小泉任首相前从未去参拜，但任首相后却扬言要去参拜。这说明他确实有不合常规之处，有别出心裁之意。其中隐含着这样的意图，即迎合日本政治舞台上的某股政治势力，这股势力掌握了大把选票，能够决定自民党今后能否继续执政。再者，小泉迎合的是日本国内的民族主义思潮。而日本民族主义势力的发展有着复杂的原因，如政局动荡、经济萧条、社会不稳定和国际地位下降等。因此，日本国民有一种求变的心理。这当中一个明显的求变心理就是大国心理，日本要做政治大国。这是日本民族在跨入经济大国门槛后，不甘屈居国际政治婢女角色而对国家进程的重新定向，它必将引起社会思潮的变化：大国主义、民族主义、修宪思潮应运而起。而要做政治大国，就要甩掉战败国的帽子，与各大国平起平坐，小泉也迎合了这样一种心理。

应当说，经过多年的起跑、加速，目前日本的改革真正进入了攻坚阶段。具有改革志向的小泉顺应了日本的"大政治"，经过一段时间的实践之后，如果上述几个方面的改革都真正到位，那么，整个日本将发生巨大变化。其间虽然会充满曲折、坎坷，但它对日本整个国家的发展确实具有重大的意义。

三、日本的国家发展出路是走和平道路

外交调整是小泉内阁面临的另一项艰巨任务。从最近几年日本对外政策的设计和运作来看，其国家发展方向已经有一个比较清晰的轮廓。

第一，随美而不从美。日美关系处在一个非常微妙的阶段。小泉内阁继承了90年代中期以来日本历届内阁的外交遗产，就是将日美关系作为日本外交的基轴这一点没有变，今后较长的一个

时期内也不会变。但是，日美这种基轴关系使日本付出了很大的政治、经济代价。值此世纪之交，日本人也在反思日本这100年走过的道路。有一部分学者非常清楚地看到，日本在这100年中有75年是和盎格鲁—撒克逊民族结下了军事战略伙伴关系，其中日英同盟持续了20年，日美同盟保持了半个多世纪。2001年正值旧金山条约缔结50周年。日本人说，日本借助旧金山条约恢复了国家主权，走上了国际舞台，但同时日本的整个外交也都是追随美国，即对美"一边倒"，整个冷战期间日本几无外交自主权。现在，日本尽管仍然是联美，但不是对美"一边倒"，而且它还在努力防止对美"一边倒"，走的是一条随美而不从美的路：在一些大的问题如外交发展方向上继续追随美国，但并不等于从属于美国，因为一些颇具战略眼光的学者也意识到，"美国只会基于自身的国际战略，并在国内舆论同意情况下，才会保卫日本"。不久前，在小泉访美或者美国特使访日之时，日本对美国发展NMD只是表示理解，并没有表示支持。在其他方面，日本也开始显示出一些外交自主性。今后，其外交自主性的力度会加强。

第二，走均衡外交路线，"联美入亚"。随美而不从美，就要在"入亚"上、在自主外交上已经并将继续做些事情。如何多层次、多角度、多方面、多渠道发展对包括中国、韩国在内的亚洲国家的关系，使之与日美关系接近平衡，便是日本正在思考的问题。对中、韩等国的外交关系，日本将之定性为"最重要的双边关系"。基轴外交与重要外交的不失衡，确有较大难度。难度之一就是如何取得亚洲国家的信任。在美国、亚洲之外，日本也在积极开拓新的外交渠道，建立新的外交机制，譬如，加强日欧关系、谋求与俄罗斯关系取得突破，也体现了日本的外交构想。用我们的话说，就是联美入亚，拓展新的外交空间。

迄今为止，日本一直将对亚洲的外交作为对美外交的一种点缀。只有在对美外交受到挫折的时候，日本国内才会意识到在亚洲还有外交伙伴。今后，日本对亚洲的关系将会不只是对美关系的一种点缀，而会作为推动日本均衡外交路线的重要环节。日本认为应该超越在美中或美亚之间做非此即彼的外交抉择，在建立"成熟的日美关系"的同时，发展"成熟的日亚或日中关系"。

第三，一直重视与发展中国家的关系。现在，日本与发展中国家之间已经建立起一种非常密切的扯不断的关系。日本的许多经济资源来自发展中国家，同时，日本要成为政治大国、想跻身安理会常任理事国之列，也离不开发展中国家的支持。而且，日本对外经济援助的对象国主要是发展中国家。在这个问题上，冷战期间与冷战之后，日本与发展中国家的关系有很大变化。冷战期间，受冷战思维的影响，日本的援助都投向了能够配合美国战略的国家，如亚洲和其他一些具有重要战略意义地区中的国家。之后，日本与发展中国家的关系进入一个新的阶段。在对外经济合作上，日本有自己的地缘政治与地缘经济思想，而不再依冷战双方阵营来决定取舍。在对外经济援助上，日本对发展中国家尤其是环境保护、经济开发等领域的项目加大了援助力度，对一些从冷战意义上来说没有太大战略利益的地区如非洲、拉美国家增加了援助。所以，日本与发展中国家的关系很少出现摩擦，双边关系目前正呈上升之势，未来仍具有一定的发展潜力。

特别需要指出的是，无论是对美关系还是对亚洲的关系，其中都有一个实质性的问题就是，日本想成为一个"普通国家"。对日本来说，要成为一个"普通国家"，有两条道路可供选择：一是走军事大国的道路，主要依靠自己先进的武装力量、同盟关系及经济财政实力；二是走和平大国的道路。这对日本非常重要，日本许多人恰恰忽视了这一点。实际上，只有走和平发展道路，日本在亚洲才会有更大的外交空间。和平大国的含义中包括很多重要的内容，其中一个最基本的内容就是放弃交战权，不行使集体自卫权，坚持武器不出口原则，不搞宇宙空间的军事利用，保持对周边国家的经济援助，发展与周边国家的和平合作伙伴关系。这样做更能赢得包括中国在内的广大亚洲国家的信任。

从 90 年代中期日美开始调整双边关系以来，日本国内的军事色彩似乎更浓厚些。具体地说，就是有一股要求修改宪法第九条的思潮。有些保守、右翼的言论称，宪法第九条不允许日本有交战权，没有交战权即不成为一个国家，只是一个社会。现在，这种思潮有抬头的趋势。另外一股思潮是要谋求行使集体自卫权。对此，从制造舆论、朝野讨论到最后达成一致，都需要时间。但是，它在日本已不是一个会不会的问题，而只是一个时间问题，日本国内经过或长或短的辩论达成一致后就会将其变为现实。迄今为止，在一些宪法所不允许的范围内，日本都是靠扩大解释或其他"变通"的手法去实现自身目的的。所以说，和平宪法的坚持与否是日本发展与亚洲国家关系的一个试金石。

另一方面，应当看到，和平主义思潮在日本为多数国民所接受。反核、裁军、环保意识在日本有较深的社会基础。战后 55 年，日本走了一条和平与发展的道路，和平主义的积淀是亚太地区的安全财富。

四、中日关系走向

总体上看，中日关系的现状主流是比较积极的。与日本经济"失去的 10 年"形成对照的是，中日关系在 90 年代的发展还是取得了很大的成果。1998 年江泽民主席以国家元首身份首次访问日本，并达成 33 个合作项目。在一次访问中，达成如此之多的合作项目，在现代国际关系史上是不多见的。翌年，时任日本首相

的小渊惠三访问中国，推动了合作项目的落实。2000 年 5 月 20
日，江泽民主席对来访的 3000 多名日本客人发表了"重要讲
话"，这对中日关系的健康发展实际上起了积极的推动作用。同
年 10 月 12 日，朱镕基总理访问日本，期间就中日关系提出了几
个具有非常积极意义的内容，包括双方在安全领域开展对话、在
地区经济合作问题上开展中日韩三边磋商等等。小泉上台伊始也
向中国传递信息，称日中关系"是日本最重要的外交关系之一"，
这与过去历届政府没有两样。他还于 7 月 8 日派联合执政的三党
党魁前来中国，就历史教科书问题、参拜靖国神社问题等进行
解释。

另外，他还表示，自己之所以要去参拜靖国神社，目的是为
了对战争反省并显示和平主义。当然，为了反对战争、显示和平
主义，选择的是参拜祭祀甲级战犯的神社，而不是去广岛、长崎
的原子弹爆炸纪念地，根本不能自圆其说，也不能为中国、韩国
及亚洲其他国家和人民所接受。从根本上说，历史认识问题仍将
是两国关系的"结石"，处理得当能增进两国人民感情，否则将
起不好的制约作用，进而煽起民族主义，破坏双边关系的稳定发
展。笔者认为，在有关历史问题的认识上，重要的是以史为鉴，
面向未来，引导双边关系的健康发展。

具体而言，对中日关系可分三个层次加以分析。一是基础问
题，即历史问题和台湾问题。对此，有关中日关系的三个历史文
件——《中日和平条约》、《中日建交联合声明》及《1998 年中
日联合宣言》都有明确规定。但是，以上三个文件的精神时常受
到干扰，如日本允许李登辉访日、历史教科书事件等。二是支柱
问题。冷战时期，日本的外交政策主要看美中苏战略三角关系，
鉴于中国当时是美苏以外的最强一极，所以在美中关系战略化的
背景下，中日关系迅速发展。这一时期中日关系的支柱是中美日

共同反霸、防止苏联势力南下。冷战结束之后，取代它而成为中日关系支柱的是双边经济关系。80年代中期，中日贸易的规模较小，而且中国对日逆差很大。但是经过90年代的发展，现在的中日贸易规模已经突破了800亿美元，中日双方已经互相构成了对方的巨大市场。但是仅靠经济关系这一支柱还不足以支撑中日关系的健康发展。一个明显的例子就是，1996年，中日贸易额已经达到600亿美元的历史最高点，但当时中日关系却处于战后以来最糟糕的时期。这也从反面证明，中日关系需要不断注入新的动力。去年10月朱总理访日为中日关系注入了两个新动力，一是安全对话、军舰互访；一是多边合作、地区稳定。从这个意义上来说，今后中日关系的发展是有很大潜力的。

但中日关系中的问题确实还不少，这就是中日关系的另外一个层次，用笔者好几年以来常用的说法来表达，就是中日关系中存在着几个"T"问题。这几个"T"近来也被各方纷纷引用。它们是：台湾（Taiwan）问题、领土（Territory）问题、历史教科书（Textbook）问题、贸易（Trade）摩擦问题（包括几个小T，如纺织品、毛巾、领带等等）以及TMD问题。这些问题经常地或者说是周期性地导致双边关系的不稳定。

那么，如何解决中日关系中的上述问题呢？最近日本有学者提出了一种有见地的看法，认为在中日关系中要增加两个T，即信任（Trust）与透明度（Transparency）。的确，中日关系要想不断稳步地发展，除了两国领导人高瞻远瞩为之定向、给它注入新的动力之外，还要努力在民众之间谋求充分的相互信任，以扩大双边关系相互信任的基础。笔者曾在《发展中日关系之我见》文中，明确提出"关键在于增信释疑"。为此在此将其形象地具体化为四个"C"：即交流（Communication）、信心（Confidence）、合作（Cooperation）及共同利益（Common interests）。

最近中日农产品贸易摩擦非常形象、直观地显现出中日关系中存在的问题。1985 年，中国对日贸易逆差多达 60 亿美元。当时双方的政府、贸易部门和学者等绞尽脑汁所思考的一个问题就是，如何扩大中国对日出口来平衡这一逆差。最后出台了一个重要的措施，就是"开发进口"。具体内容是，由日本的综合商社、企业到中国开发能够适合日本市场和消费者需求的产品。这一措施有利于双边贸易的发展，是一项双赢的措施，因而一提出即得到了日本政府与各界的支持。这时碰巧赶上了 80 年代中后期西方国家的"广场协议"，导致日元汇价飙升，日本国内的劳动力价格急剧升高，从而促使日本的许多商家向海外投资以降低生产成本，最终维持其商品的价格竞争力。

正是在这个大背景下，日本商家在中国开发生产出了一系列适销对路的产品。15 年来，这些产品在日本逐渐站稳了脚跟，并有了一定的市场份额，但这个份额只占日本市场很小的一部分。如大葱，在日本市场上仅占 8% 的份额，但由于利用了中国廉价的劳动力和土地，其流通价格只有日本国产大葱的一半。这对日本农户和农业产生了一定的影响。然而，我们还要看到另一方面，日本政府在优化农业产业结构、提高农业竞争力方面似乎没有取得什么成绩。在过去的四分之一世纪内，日本对农业、金融业的严格保护及市场封闭性是路人皆知的。对这类产业的保护，与执政党政治、官僚机构的利益纠合在一起，这些产业被纳入一种"政治化"的过程，其结果未能显示出生产成本降低和技术结构的成熟，反而导致生产效率相对降低的倾向，最近中日农产品贸易摩擦正说明了这一点。道理很简单，由于农业是自民党的政治基础，因而受到日本政府的过度保护。整个事件的来龙去脉表明，自己找市场、通过市场来提高竞争力求得生存的日本产业，由于政府采取了限制性措施而蒙受了直接或间接的损失。没有竞争力、自己去找"市长"的日本农业，反而再次受到了日本政府的过度保护。可见，保护者与被保护者之间很大程度上是基于彼此的政治经济利益需要，久而久之，纳入了一种"政治化"过程，[1]最终势将成为日本国内的政治、经济问题，直至酿成中日之间的贸易摩擦。这虽然只是农产品贸易问题，但它揭示出了今后中日经济关系的发展大方向：中国将成为"生产大国"，依靠广袤的土地、庞大的劳动力人口、日益改进的加工技术，在某些生产领域特别是劳动密集型产品的生产方面，价格竞争力将会越来越强；日本则面临着这样的任务，即如何充分发挥中国这个"生产大国"的作用，使中日两国的经贸结构朝着互补的方向发展，最终使之能够构成亚太经济贸易区的一个合作基础。

今后中日关系不管如何发展，有一点必须强调的是，都应该服从国家利益和地区利益。从现在看，良好的中日关系不仅符合两国的国家利益，而且符合亚太地区的利益。从这个意义上说，笔者对中日关系的发展持乐观态度，中日应该进一步推进双边关系，使之能够对地区的稳定和发展做出贡献。再者，中日两国从1972年起实现了"邦交"正常化。所谓邦交就是国家关系，而前面所提方方面面的问题，则更涉及"社交"层面，是社会与社会之间的关系、国民与国民之间的关系，这些方面目前都没有达到相互信任的程度，还有大量的工作要做，因此"增信释疑"就成为发展两国关系的关键。

日本选择何种道路充当政治大国这一点，对中日关系也会产生一定的影响。一个国家是否能在国际社会上具有吸引力，取决于三个条件：国家发展的样板模式、经济实力和武装力量。苏联新生时期一度就是这样的一个国家。如前所述，日本应该成为一个"和平大国"，能否如此则取决于日本国内的和平主义者能否决定日本的发展方向。迄今来看，日本和平主义者的处境可谓曲高和寡，并且受到各种噪音的干扰。在国际上，日本若要成为联合国安理会常任理事国，非常重要的一点就是它应该取得亚洲国家的信任，自己要树立一个和平使者的形象。它不取决于中国，更不取决于日本向联合国提供经费的多寡！如果日本像迄今那样，在历史问题上总是挑起摩擦的话，那么，它通往安理会常任理事国的道路不会是平坦的。

中日关系在区域合作这一空间，应能获得更大的发展。上世纪90年代，中日关系有较大发展，推动了"10＋3"合作、中日韩首脑定期会晤等，显示出北京与东京外交思维的活跃，今后，应借鉴欧洲的建设经验，致力于在亚洲地区建立货币体制和共同市场等方面的研究。

注　释：

[1] 张威：《日本市场的封闭性与保护结构》，王惠洪主编：《新旧格局转换期的西方经济》，时事出版社1991年版，第101页。

中日关系：理解与推进[*]

近一个时期以来，"中日关系之辩"堪称国内一大思潮。在众多辩手当中，既有学界精英，亦有网民的广泛参与。应当说，这是一种可喜的现象，说明各方对中日关系的重视已到了相当的程度。然而，当我们平静地审视这场辩论时，却发现其中虽不乏卓见，但更多是情绪化、非专业化倾向充斥其间。这是我们必须加以重视的。

一、见木，更要见林

讨论中日关系，首先需要对两国关系的现状有一个客观的把握。不可否认，当前的中日关系的确存在一些消极因素和隐忧，包括日本国内或中国国内的某些民意调查所反映的情况，以及两国学者的某些消极看法。这其中自然各有各的道理，但不能说这些道理就是对中日关系比较客观全面的把握。"远即美，近即丑"是自然规律，双方交往多了，一方阴暗的、落后的、不能令对方满意的地方越来越多地暴露在对方面前，双方对对方的追求和憧

---

* 本文发表于《现代国际关系》2003 年第 9 期。

憬因此变成了相互不满和指责，如果把双方关系中存在的某些消极因素无限放大，就会是一种见木不见林的局面。对于中日关系现状，可以从两个角度判断，一是总体把握，二是进行横向和纵向的比较。

就总体而言，今日的中日关系应当说是处于建交 30 多年来最为活跃和全面发展的阶段。在经贸领域，双方建立了稳固的合作与磋商机制。自 1974 年《中日贸易协定》签订以来，截至 2002 年 3 月，中日政府间已签订了包括《投资保护协定》、《科技合作协定》、《核安全协定》等在内的 18 项协定。2001 年的农产品进口限制措施实施后，中日进一步加强了解决经贸摩擦的力度，确立了"经济伙伴关系磋商机制"，2002 年 10 月 15 日，两国第一次副部长级磋商在北京召开，就知识产权、农产品贸易、WTO 新一轮谈判等重要内容交换了意见。随着日本制造业持续向我国转移，中日经济互补关系更是不断增强。目前中国不仅成为日本最大的进口来源地，而且成为日本重要的外需市场，其地位仅次于美国。据日本财务省统计，2002 年日本出口总额按美元计价同比增长 2.6%，而对华出口则增长了 32.3%；2003 年 1 - 5 月份对华出口又比上年同期增加 53.6%，为同期日本出口总增加率的 3.4 倍。在金融领域，中日央行于 2002 年签订了总金额达 30 亿美元的"货币互换协定"，并且强调了对等原则，使"10 + 3"货币互换框架日臻完善，也表明双方维护经济安全、保证共同发展的合作已上升到战略高度。

在安全领域，双方的合作也在逐渐深化。台湾问题曾经一直是中日关系中的一个禁区，现在则有了较正式的、以民间"第二轨道"方式为主的讨论中日关系与台湾问题的渠道。中国有关机构与日本资深的外交官和著名学者每年都举行定期讨论。军事合作方面，2003 年 9 月 1 日，日本防卫厅长官石破茂作为新生代政治家和防务派政治家访问了中国，双方决定恢复中日军舰互访协议，加强军事领域合作。再如，在地区安全事务上，中日通过各种地区安全事务论坛如 APEC、"10＋3" 等加强了反恐、维护地区安全方面的合作与协调，其中，北京"六方会谈"更使双方在解决朝核危机问题上的合作达到了新的高度。

在政治层面，虽然首脑互访遇到了障碍，但两国领导人仍以高度的政治智慧，保持了中日关系这艘大船的平稳航行。2003 年吴邦国委员长出访日本，李肇星外长也访问了日本，在《中日和平友好条约》缔结 25 周年之际，日本"日中友好议员联盟代表团"、内阁官房长官福田康夫相继访问了中国。

此外，双方在文化学术、城市交往及其他各种民间交往方面均非常频繁，达到了相当的程度。如果综合考虑到上述情况，我们就可以说，今天中日关系的"热"是过去无法相比的，我们不能以双边关系中存在的某些消极因素来否定这一主流趋势。

所谓横向比较，即拿中日这对双边关系来和日美、日韩、日俄、日本和东南亚、日欧等双边关系以及中韩、中俄、中美等双边关系进行比较。这里的问题比较复杂，甚至缺少现实的可比性，但至少不能得出中日关系低于其他双边关系的结论。因此，说日俄关系好于中日关系，或说中俄关系高于中日关系，是没有判断根据的。如果说今天的中美关系是 30 年来最好的阶段，这是相对于两国关系建交以来的发展历史而言，是一种纵向比较。

同样，纵向比较，中日关系相对其 30 多年的发展来说也是较好的时期。自 1972 年两国关系正常化以来，中日关系 30 余年可谓风风雨雨，有时是金光大道，有时则坎坷不平。但今日的中日关系越来越深化是一个不争的事实。"人民币升值"问题即说明了这一点。此问题的背后反映了中日关系的实质性发展。比较日美、日欧关系的发展过程，都经历了从金融贸易摩擦到货币摩擦的演进，货币摩擦的产生说明双边关系或中国的实力发生了实质性变化，因为与一个小国或弱国不可能在货币金融领域产生摩擦。现在，日本企业在对外直接投资时，需要考虑日元和人民币之间的相对地位、汇率现状和走向等因素。日本不仅政界、外交界而且经济界、财界都已把对华贸易、对华金融合作看作本国经济外向发展或本国经济战略中的一个重要考虑因素。

另外，从一千多年的历史中看，中日两国国力的发展总是处于一种相互不断彼此领先的过程。那么，对日本来说，从上世纪70年代末开始，中国进入改革开放阶段，综合国力不断发展，经济规模不断扩大，对区域经济事务影响也越来越大，日本必然会担心受到冲击，这是一种正常的反应。同样，对中国来说，日本国家的发展走向是走军事大国的道路还是和平大国的道路，是否会重蹈军国主义覆辙，再搞上世纪六七十年代经济动荡时的做法，中国的舆论也有疑问。

实际上，在上个世纪日本成为经济大国的过程中，日本和其最大的盟国美国之间也曾有过这种情形。用日本人经常说的话，就是美国人非常嫌日，日本人也经常嫌美反美。处在美国军事安全保护伞下的日本厌恶美国人，美国人当然不愿意；美国人对处在自己保护伞下白手起家的日本在经济和贸易上挖美国的墙脚，心里也当然非常不高兴。当年日美之间发生的事情也有可能发生在其他双边关系之间，如中日关系或日俄关系等等。对此不能简单地得出当前关系处于低谷的结论。

二、中国的对日政策与外交思维

在中日建交20周年时，中日两国的学者经常开会讨论双方关系未来发展的问题，当时引起热烈讨论的问题是日方提出的一个概念，即把中日关系的发展定向为亚太中的中日关系，或世界中的中日关系。从 10 年前看，当时中方对这种看法普遍比较冷漠，或感到心中无底，但从 10 年后的今天看，中日关系的现状或发展方向已经具有了这方面的内容，10 年前日本方面积极提出了推动两国在安全方面的交流和合作，以及在地区安全经济事务中的合作，甚至在国际事务中的合作建议，中国方面对此实际是积极进行了探讨和落实，以推进双方合作领域的扩大。从这个角度看，中国的对日政策在这 10 年中发生了很大变化，把中日关系推到了一个新的台阶。党的十六大报告中关于中国对外政策有一种指导性的提法：发达国家与周边国家均是未来中国的外交重点。日本无论是从发达国家还是从周边国家来说，它都处于中国外交的中心位置，尽管还不能提上"重中之重"的位置，但也算得上是最重要之一。从 2003 年 9 月 1 日起，中国政府对短期来华从事旅游、商务、访友的日本国民实行免签证制度，"显示出中国重视日本的政策姿态"。

从二战后的历史发展考察，中国的对日政策大致经历了以下四个阶段的变化：

第一阶段，即二战结束之初，基于总体上的理想主义外交政策，对日采取的是以德报怨的政策方针。日本投降后，当时中国的领导人毛泽东、周恩来等，从争取使日本较快地摆脱战争所致的沉重负担，成为地区的一员，并和中国和睦相处这一基本战略思维出发，对日明显采取的是以德报怨的政策方针，放弃日本的战争赔偿即是这一指导方针下的产物。

第二阶段，即进入冷战后，对日则采取的是以防为主的政策。在冷战时代，中国对日政策基本是基于当时如下判断，即日本已经走向了复活军国主义道路，因此中国的政策是以防为主，在历史问题上的追究也比较强烈。由于当时中国处在美、苏战略包围圈之中，中国在利用日本、与日本合作方面基本没有太多正式的、官方的渠道，只能利用民间渠道开展民间贸易、民间外交等等。

第三阶段，即70年代后，基于联手反苏的大战略目标，对日奉行战略合作政策。60年代末70年代初，随着整个国际战略环境的变化，由于美国联华抗苏，于是中日也走上建交道路。建交后，中国对日政策的着眼点是合作，既服务于抗苏这一总目标，也服务于吸引日本先进技术和资本、以推动中国经济发展的需要。

第四阶段，即冷战之后，对日采取了以全面合作为主的政策。此时中国对日本的判断也明显出现了积极变化，认为它是在走和平发展的道路，日本的国民是爱好和平的，否定了过去日本可能会走复活军国主义道路的判断。可以说，近10年来中国对日政策的变化是一种革命性变化，这不是中日关系需要"外交革命"，而是外交行动已经"革"了中日关系的"命"。换言之，中国的外交、中国的对日政策已在10年之间，将中日双边关系推进到一个新的阶段。这种"外交革命"是"静悄悄的革命"，不对这10年前后的双边关系作一比较的话，很难发现其中的突出变化。这种"革命性变化"最明显的特点主要体现在以下四个方面：

首先，扩展了就双边论双边的视野，把双边关系放到多边关系中来谈。中日建交20周年到30周年这10年中，中日关系已经跳出了双边关系的框架，双方许多合作重心和利益交叉点以及双边探讨的内容重点，是地区安全事务或国际安全事务，如朝鲜半岛核危机问题、地区的经济合作与发展问题、中国与东盟之间的FTA（自由贸易区）问题，还有东盟地区论坛问题。所以今天的中日关系已经不再是双边的经贸问题和政治问题，许多方面是地区的经济和安全事务，这一点与 10 年前比是个巨大的变化。也就是双边关系更加成熟、视野更大。而且为今后的发展提供了新的动力，也使中日关系在今后更具有生命力。中日今后的矛盾、利益冲突也将产生在地区或国际事务中。比如说能源开发问题，中、俄、日之间围绕着石油管道的摩擦实际上是一种利益之争，也是个地区能源安全问题。又如人民币的汇率问题，实际上是今后地区金融合作的前奏或序曲。

其次，超越了就友好谈友好的层次，把友好扩大到促进相互理解的国民层次来做。1972 年中日建交时，当时报纸杂志等媒体上的口号是"中日友好世世代代传下去"，中国对日本人常用的一句话是"热烈欢迎"。现在，中日关系不再是仅讲"友好"，而是突出了讲"利益"，从单纯的、片面的、形式上的"友好"口号变成了一种兼顾双方共同利益、兼顾双赢的一种利益导向形式。当时的友好是建立在日本老一代经历过战争的政治家的认罪态度基础上的，他们对中国有一种赔罪的意识，现在这一代人已经退出了政治舞台，因此"友好"已经失去基础。因此今天的中日关系实际上不是建立在友好的基础上，而是建立在利益的基础上。在过去的 10 年中，中日所发生的一些摩擦或冲突，实际上反映的是双方利益追求的一些矛盾。在解决这个矛盾的过程中，两国关系也会更进一步发展。

第三，突破了就历史讲历史的框框，把历史问题与双方关系的发展联系起来看。倒退 10 年或 20 年来讲，日本人在与中国人交往时，一方面是中国要日本承认这段历史，向中国人民道歉；另一方面是日本人中有一部分人认为应该道歉，也有一部分人认为已经道过歉了。日本国内的一些舆论也是从这个框框来考虑问题的。现在中国对日本在历史问题上的态度仍很重视，并以历史作为中日关系的一面镜子，防止日本国内的右翼或者狭隘民族主义对日本国家走向的干扰。这是一种面向未来的态度，主要是希望日本以史为鉴，端正国家发展走向，使两国今后的合作有一个更加健康的前景，更好地利用这一份宝贵的历史遗产。历史是客观存在的，即使中国不去谈它，日本不去承认它，它也不会变形或消失。所以，问题不是中国人要日本道歉而日本人不愿意道歉的历史之争，而是包含着两国将来发展的愿望在里面。

第四，改变了"零和博弈"的思维方式，把外交摩擦与经济竞争放到亚洲外交的大视野中加以通盘考虑。比如在日本要求成为联合国安理会常任理事国问题上，中国在冷战阶段基本上遵循的是这样一种逻辑："凡是敌人反对的我们就要拥护，凡是敌人拥护的我们就要反对。"所以，在中日建交之前，日本要做的我们全部反对，这是一个绝对的逻辑。现在的基本态度是顺其自然。日本在亚太地区甚至在全世界得到了大多数国家认可的情况下，不管战败国条款是否存在，都可以作为一个"普通国家"有资格、有条件去和其他国家竞争常任理事国的席位。所以日本现在面临的是一个竞争问题，而非被否决问题。

当前中国的外交政策具有两大特征。一是国家利益与国际责任挂钩，把国家利益定在稳定周边环境上，承担起作为一个和平崛起的大国应负的责任。不论是国际还是地区事务，不论是安全还是经济事务，从1997年亚洲金融风暴中中国实施的政策、2000年提出"10＋1"地区经济合作构想、胡锦涛主席出席埃维昂八国峰会、印度总理瓦杰帕伊访华推动中印关系取得突破，到中国特使出访朝鲜、美国，积极斡旋、安排有关朝鲜半岛核危机的"三方会谈"与"六方会谈"等等，都说明中国外交具有鲜明的开拓进取特色。在此背景下，对日政策基调也是或也将是积极的。二是体现了连续性、稳定性特征。政府的新旧交替，体现在外交政策上是承前启后，一如既往。既有讲原则、讲道理的一面，也有讲人情、讲友好的一面。"以史为鉴"是原则，对日本而言，今年"8.15"是日本战败第 58 个年头，它既是战争的终点，也是和平的起点。

三、客观认识日本

谈中日关系，还需要对日本国家的战略走向有一个清楚的认识。就此，本文集中就以下四个问题做一分析。

首先，是关于日本的右倾化问题。笔者几年前曾经说过，在日本这个年过半百的"经济巨人"的大脑里，政治与军事细胞在急剧地向全身扩散，亦即指日本在做一个高难度的、向军事大国或政治大国转向的动作。有人称之为日本国家发展走向右倾化，这是一种相对的提法，需要结合历史来说明。

日本在战后有过一个左倾化现象，即在上世纪五六十年代兴起的反日美安全同盟的运动。当时学生运动、工人运动、民主运动在日本风起云涌，大学生几乎都是反对日美安全同盟的。之后，经过日本经济的高速增长和日美安全同盟的稳定，日本国内有过一段较为平静的时期。从 80 年代起，有人开始探讨日本国家走向的右倾化问题。用日本国内的话来讲，右倾化就是要成为一个"普通国家"，这是相对于战败的"特殊国家"而言。普通国家就是要恢复所有国家都具有的一切相应的权利，如交战权、军队、参与集体自卫权等等，这是日本追求普通国家的三个要素。如果日本具备了这三个权利之后，那么相对于过去的左倾化和较长时间的平静（中立）来说，可以称之为国家走向的右倾化。日本政界战后一直就此争论不止，包括有"东洋瑞士"之说，即取和平主义道路。现在来看，"普通国家论"及支持这种提法的势头在上升。

之所以如此，有国际国内环境变化的大背景。从国际上说，美国是最重要的推动因素。美国是日本在安全上的同盟、外交关系上的基轴。战后半个多世纪，日本基本上是通过美国这个"过滤器"来呼吸安全空气的。冷战期间美国要求日本多出钱分担财政负担。冷战结束后，由于整个亚太地区战略环境的变化，美国对日政策也有了重大变化。2000 年 10 月 11 日，美国的超党派亚洲问题专家向即将掌权的布什政府提交了一份堪称对日政策的《阿米蒂奇报告》，该报告将美日关系走向从"责任分担"扭向"力量共有"，推动日本在外交、安全政策等方面扮演更积极的角色。若以飞机的续航距离为比喻的话，海湾战争之后的日本国家发展，在外交、安全、政治等方面，已越过"无法返航"的航距临界点，只能进，无法退。现阶段的日本已是军事强国，与军事大国之间仅一步之遥，即尚未开发和配备战略武器、战略轰炸机、大型航母等。

从日本内部环境看，则有三大值得重视的因素：一是经济实力增强后转向政治诉求。经济泡沫巅峰时，日本曾自称是金融大国、出口大国、商品大国、制造业大国，在这种状况下，日本领导人必然要为下一步打政治翻身仗做出规划，甩掉战败国的帽子，与其他大国平起平坐，这也是日本发展到这一步必然要选择的方向。这一点从德国或其他一些国家的例子上也可以得到证明。这些国家或前或后都实现了普通国家化，恢复了集体自卫权，恢复了交战权，恢复了自己的军队。二是政治气候的改变。日本政界进行了新老交替，老一辈对战争有负罪感的政治家逐渐退出政治舞台，新生代的政治家，特别是参与防务和外交领域的少壮政治家，他们心中没有战争负担，感到没有交战权、军队和集体自卫权是日本民族的败笔，所以积极推动朝这方面发展。同时，日本政坛上一直主张走中立道路的政党，包括日本共产党、社会党等，在力量对比上相对于保守力量，如自民党、工民党、保守党等，是处于下风的。从这个意义上看，现在日本国家右倾化的国内条件基本成熟，其"政治空气"用日本式的表达方式，是"总保守化"。这种"化"约始于上世纪末期，特别是 1999 年末，在当年为期 207 天的例行国会上，一股脑推出并通过了《日美防卫合作指针关联法案》、《国旗、国歌法案》、《通讯监听法案》、《宪法调查会设置法案》等。在进入新世纪，特别是"9·11"之后的国会运作中，执政三党在未遇到强烈抵制的态势之下，先后通过了《临时反恐怖特别措施法》、《伊拉克派兵法案》等。甚至战后长期反战的日共，也已公开承认自卫队与日美同盟关系的合法性。三是示强的民族心理。一方面，日本有一种不服输、不服气的民族气节，日本政治家有句经典的描述是，"日本这个民族是不会被打扁的"。这种不服输的民族气节经过内外环境的激化而愈加明显。另一方面，泡沫经济崩溃和长达 13 年的经济萧条，给日本国内民众带来一种沮丧和失落感，由此而导致的心理错位又带给他们某种振作的"动力"。政治家的口号即迎合了这种心理。

这些因素决定向"普通国家"转变将是日本今后较长时期内的一种发展方向。当然，关于日本在国家转向的过程中会否出现性质改变，也是一个非常重要、需要做出基本判断的问题。比如，会否走向军国主义的问题，最终取决于日本国民。战后半个多世纪以来，日本走了一条和平的道路，走过这条道路的日本国民都已尝到了发展与繁荣的甜头，因而其脑海中根深蒂固的和平主义思想，已成为包括中国在内的亚洲各国宝贵的公共财富。与之相呼应的亚洲各国的和平与发展志向，是能够对日本国家走向的脱轨起制动作用的。又如，军事大国化的性质问题，其决定或牵制因素主要在美国。除美国因素外，建立亚洲或亚太地区的安全合作机制也能对日本的军事发展性质起到定性的作用。当然，最重要的因素还在于日本自身能否控制其军事发展方向，如能否像德法或德欧关系那样，用战略眼光看待对亚外交，投入地区安全、经济合作的怀抱，赢得地区的信任。基辛格先生最近就日本参加"六方会谈"发表评论说，日本应承诺不搞核武装。

其次，是小泉改革的成效问题。日本现在正从事一项不亚于中国的全方位改革，涉及整个政治领域、行政领域、经济领域和外交领域。从最新的情况看，一年来小泉改革在各方面都取得了进展。

政治上，整合成效明显。9月20日是自民党总裁选举，之后可能举行日本的大选（众院选举），小泉独占鳌头是毫无疑问的，他将继续推行其改革路线，日本的国民、各政党基本上接受了小泉的改革。这反映了日本传统的派系政治的崩溃，也反映了日本传统的保守与革新势力对立格局的崩溃。日本政界正走向总体的保守，无论是日本共产党还是民主党，基本与小泉没有大的区别。在建立自己的军队、行使集体自卫权、维持日美安全同盟、今后逐渐落实修宪等方向性问题上，这几个党没有太多的区别。即使今后六七年内日共或民主党执政，它们也未必会坚决抵制现在正进行的"右倾化"，90年代日本前社会党上台后的"急转弯"行动证明了这一点。

经济上，也有很大起色。今年可能实现1%-2%的增长，摆脱了苦恼十多年的经济萧条。经济增长的背景是产业结构调整和经济体制改革开始初见成效，并带动海外直接投资、制造业新产品开发能力的增强；积极推动与有关国家的自由贸易协议谈判，如日本和新加坡、日本和墨西哥。目前，日本正在逐步逼近改革的最后一个"土围子"——农业，无论是FTA问题还是日本其他方面的改革都要涉及改革的最后难关：农村、农业、传统受保护产业。农业问题实际是困扰日本经济外向合作发展的最大政治瓶颈，因为农业问题反映了政界的问题，有一批议员出自农村选区，对包括蔬菜、瓜果、肉类等农产品的保护都影响了日本参与对外经济的合作，影响了日本参与地区或双边自由贸易的计划。如果农业问题解决了，日本的对外竞争力会出现一个飞跃。现在日本对外合作是有进展，比如日墨自由贸易区谈判已经涉及了关于日本从墨进口肉类的问题，但未突破。

安全合作上更加积极。日本战后的一贯做法是在"和平宪法"的限制内对条款加以解释或变更，为参与对外安全活动寻求法律依据。海湾战争时期，日本由于国内法律配合上相对滞后，没有及时派出维和部队或相应的军事力量配合美国和多国部队的行动，虽然在经济上付出了130亿美元，但并未得到美国和国际社会的认可。基于这个教训，日本在"9·11"后的阿富汗和伊拉克两场战争中，都采取了积极主动的行动：在国会推动了一系列临时法律的出台，包括《临时反恐怖特别措施法》、《支援伊拉克战后重建法律》等，一步步参与到了美国的海外军事行动中。当然，对日本的这一突破也应该有一个客观的判断：日本是个海洋国家、能源进口大国和经济发展大国，它有维护海上交通线的必要，有维护海外能源进口稳定的需要，有参与同盟国军事行动的需要。此外，通过这两场战争的观察，日本的活动基本上是基于美国的要求，而且美国对其还有保留和不满意的方面。

总之，小泉推动的这一改革是日本战后最复杂、难度最大的一场改革。在一二届甚至三四届政府内可能都无法完成，一旦完成，日本将出现一个全新的面貌，与迄今我们见到的日本会有截然不同的变化。改革成功将使这个国家发挥经济活力，确立以首相官邸为司令塔、以政治家为主导、积极参与地区安全和地区经济事务的新方向。

再次，靖国神社的参拜问题。这是当前中日关系的焦点问题，也可以说是自1975年时任日本首相三木武夫在"8·15"以首相身份参拜以来，对两国关系杀伤力最大的老问题。从日本国内的政治氛围看，还看不到能突破"靖国神社"这一外交瓶颈的出口。因为在日本，"参拜"实际上是与政治联系在一起的，今年9月份自民党要举行总裁选举，也有解散众议院举行大选的可能，明年7月参议院选举，日本政坛山雨欲来。在自己"销路"不好的形势下，为了防止反对势力攻击，保住部分选票，小泉已有言在先，每年必参拜一次，作罢之念丝毫未见。中国学者董炳月先生在其"靖国神社与日本人"一文中指出："在甲午战争以来，侵略与被侵略的历史形成的日本人与中国人历史观的对立难以改变……也许只有当靖国神社里的亡灵不是被作为精忠报国的英雄来褒扬、而是被作为侵略战争的牺牲品来哀悼的时候，中日两国由参拜靖国神社而产生的政治、情感的冲突才会消失。"两国高层互访迄今未能实现，中间横着一道门槛，所以要迈过这道槛。《日本经济新闻》8月14日社论建议，"双方互相让半步，寻找一个把靖国神社问题与首脑交流脱钩的方策"。笔者认为，作为政治家，参拜并非是唯一的选择，不参拜也是选择之一，日本不少政治家就做出了后一种选择。

最后，需要认清日本对华政策的主流思想。小泉应该是这一思想的代表。日本主流或决策层在对华政策上的一种基本考虑是，中国的经济发展对日本是机遇，不是威胁。中日两国在地区中的经济关系是一种相互依存、互补合作、互相推动的关系，如果中国经济景气低迷、出口疲软、进口不振，受影响最大的恐怕将首推日本。日本官方多次否定"中国经济威胁论"，正是基于如上客观、务实的分析。当然，中国的崛起在某种程度上对日本经济和国家发展是一种冲击，日本人尽管心理上不痛快但也只有接受这个现实。按有些日本学者的观点，中日联手可以在亚太地区发挥多方面的作用，亚洲外交是日本外交的一个重要战略环节。日本战后外交中有两大块，一是"随美"或"联美"，另一是"入亚"。日本一直在两头摇摆，是对美"一头沉"还是"入亚"为重？在很长一段时间里，日本对亚外交在很大程度上是为了弥补或平衡对美外交，是一种陪衬。当对美关系无法进展时，日本就更多在"入亚"问题上思考。从最近这届政府看，"入亚"已经在其外交中摆上了一个重要的位置。日本"入亚"外交重点一是中国、二是东南亚国家，日本对东南亚外交中很大成分又与对华外交相关联。所以无论如何，中国的和平崛起，中国力量的存在，这是一个客观地事实，日本在对外政策中必须考虑中国因素。从海湾战争时期的宫泽政府起，日本政府一直明确地把对华政策、中日关系定位为日本外交的两大车轮之一。日本人的提法是：日美关系是基轴，日中关系是最重要的双边关系之一。这是日本对华政策的一种定位，迄今未改变，今后也不会变。

四、推进中日关系构想

中日关系是关乎地区安全与经济大局、符合两国国家利益的重要双边关系，几乎没有人会质疑这对关系的重要性。2003 年 8 月 9 日，国家主席胡锦涛在会见日本官房长官福田康夫时说："对于双方而言，中日关系是最重要的双边关系。"当然，中日在地区、国际的安全或经济事务上的观点与利益并非铁板一块、毫无歧见。相反，这两个国家都处在"长身体"的阶段：一个在从经济大国向政治大国发展；另一个则在接近国际经济前沿。双方打量对方的标准不一，日本在心目中要求其邻国中国的国家走向、对外关系、对日政策等符合日本国家利益的绝对要求；中国也可能会按自己的择友标准来要求日本。实际上，这种绝对的利益是不存在的，两国的外交就是在调整绝对与相对的偏差值，并找出符合双方共同利益的目标。

推动中日关系的发展需要学者提出构想，而不是仅有空的口号。提出构想，加以研究并得到双方认可，然后落实，转为外交行动，这是使双方关系保持活力的一个重要前提。本文认为，推进中日关系深入发展的构想应包括以下五个方面的内容。

第一，中日、中美、日美三对关系的联网和升级。尽管这一构想在今后 8－10 年内可能实现不了，那就大胆设想在今后 20 年中实现。当日美同盟性质发生了改变，即不再是针对一个潜在的敌国而是致力于维持地区和平与稳定的话，那么中日关系、中美关系和日美同盟是可以联网的，但是中日美的合作关系未必是一个安全同盟，可以是一个政治同盟、是一个友好的战略合作关系。如果从中日双边升级联网为中日美这样一个大的三国合作关系的话，它对地区和国际社会的稳定是有非常积极的作用的。

第二，建立东北亚安全机制。与欧洲地区相比，亚太地区的安全合作相对滞后，特别是在东北亚地区，这个地方的冷战坚冰尚未融化，它所遗留下来的问题又特别需要有这样一种机制。由中国积极斡旋达成的北京"三方会谈"及其延长线上的北京"六方会谈"，实际有关国家都在探讨同一个问题，尽管现在表现出来的是朝鲜核危机问题，但这个问题的背后实际上是东北亚地区的安全合作问题，因为朝鲜核危机的另一面就是对朝鲜的安全保证问题、美朝和日朝的外交关系正常化问题，以及中国、俄罗斯、日本、美国对朝鲜的安全承诺问题，这些都涉及东北亚安全合作机制的形成和落实问题。这需要大胆设想，在今后 10 年或更长时间里，推动东北亚地区甚至亚太地区安全合作机制的形成，从机制方面保证这个地区今后的稳定和进一步的合作。这是中日两国都应加以推进的。

第三，在既与中日两国有密切关系又与第三国甚至整个地区有关联的领域加强合作。包括中、日、俄的能源合作问题、亚太地区的能源共同储备问题，亚太地区有关国家共同维护海上运输安全的问题，打击海盗、运输船安全、防止石油污染海面问题等，这也是中日两国应该共同参与、积极落实的领域。

第四，深化金融领域的合作。以这次人民币升值为序幕而突显出来的是日元和人民币之间的货币金融合作关系，以及整个地区的金融合作关系问题。亚太地区的金融合作这两年有了很大的进展，如缔结了货币互换的"清迈协定"，最近又启动了亚洲债券市场，今后随着亚洲地区的日元市场、人民币市场进一步扩大，两种"元"之间的挂钩关系及两"元"和地区金融的合作关系也将是中日合作的一项需要构想的方面。两"元"的关系是一个大的关系，中国对外投资必须要考虑日元，日本企业对华投资也需要考虑人民币，这在10年前是无法想象的事情，过去只考虑美元，现在无论在投资贸易和结算等方面，都需要考虑两种货币今后的发展前景问题。

第五，加大两国警界的合作力度。随着双方人员交往密切而产生的对治安方面的负面影响增大，中日在治安、秩序维护、稳定方面的合作，将会越来越突出，两国的警界、警察需要在反跨国犯罪等领域互相交流与合作，甚至需要制定出一系列有益于维持稳定、打击犯罪的合作措施，鉴于中国方面对日本人免签措施的出台及中国人赴日数量的增多，尤其需要比其他国家更为有效地建立和落实在警界方面的相互合作，共同打击和取缔国际犯罪活动。

近些年两国关系的发展，说明实现上述构想的条件应该是具备的。但要使之进一步落到实处，除了我们常讲的增信释疑之外，两国尚需从以下几个方面作出努力：

首先，双方要努力或必须形成一种良性的竞争关系。中日在不少领域都处于竞争关系，当日本政财界高层频频来京，为推销"新干线"而展开全面攻关的同时，他们也在俄罗斯为进口石油铺设"安纳线"（安加尔斯克至纳霍德卡）而使出全身解数。这是排队加楔。二战后日本的成功史，是在安全、经济、思想领域从岛国意识向区域意识转向、发展的历史，即开放、博引、吸纳、利用的历史；在处于国家战略转折的新历史时刻，日本应进一步开阔视野、调整心态、提高国家发展的"全球性"，以多元化、开放性、国际协调的政策基调为风帆，带动国家发展。其中，解放思想（摆脱历史问题束缚），解放生产力（卸掉农业桎梏），突破传统外交思维（从对美一边倒到美日中平衡）尤为重要。关注亚洲地区安全与发展问题，协调好诸如东南亚地区经济发展，朝鲜半岛安全，中日两国应追求有益于推动亚太地区安全、稳定、发展的主导权。所谓"海纳百川，有容乃大"，中日在亚洲的关系或态势实质是讲一个"容"字。

其次，彻底解决靖国神社参拜问题。解决这个问题需要实现如下转变：一是推进建设日本政府着手研究的"新国立战殁者追悼设施"，一劳永逸地解决靖国神社问题。2001 年 12 月内阁官房长官福田康夫指示成立恳谈会研讨该问题，一年之后，该会提交了关于建立"国立无宗教色彩永久设施"的报告；再之后，就没了下文，2004 年度的政府财政预算中也未列入相关设施的调查费用。二是实现普通阵亡者与甲级战犯的分祭。从日本的情况看，政界、遗族、神社各方表态不一，日本遗族会曾于 1986 年发表见解，表示反对分祭，但据日本舆论反映，在部分遗族中，对将自己的阵亡亲属与甲级战犯共祭一堂，在心理上并非没有抵触。

第三，加强两国的相互了解。中国和日本政界人员交替都很快，在中日新一代政治家之间如何保持相互的密切联系和沟通、就中日关系的发展交换意见，是个非常重要的、组织方面的实现问题。此外，构想的落实、消除疑虑等，还需要国民之间、舆论方面的交流，这是老生常谈的问题，但在现实中，政治家的交流密切，而国民之间相互的了解还是不够到位。日本人到中国旅游的非常多，但其中年轻人不多。中国人访日的也越来越多，但深入了解日本不够，一般是走马观花。两国外交已经采取了一些努力措施，包括定期相互接待年轻人访问，今后有组织性的人员交流还应该进一步扩大。两国政治家应该有气魄，加大这方面的投入。

最后，解决影响双方民众对中日关系看法的情绪化问题。这方面主要有媒体的导向问题，它对双方国民的情绪化起有很大作用，2002 年夏季有关中国出口蔬菜农药问题，日本媒体炒作得很厉害。媒体本身应该加强对双方的客观认识，客观公正地报道，不要误导。在这方面有两点最为重要，一是中国将和平崛起作为自己的发展方向，要把崛起的指导思想、政策方针、外交措施等向邻国说清楚。而日本也要对自己今后的国家走向、经济前景、对华方针的内容等等进行交流。中国先贤有言，"天下之理，舍亲就疏，舍本就末，舍贤就愚，舍近就远，可暂而已，久则害生。"没有"以史为鉴"的基础，两国关系可能、或许会暂时出现升温现象，但能持久不衰吗？

随着这些问题的解决，进而推动前述五大构想的落实，相信中日关系必会有一个美好的未来。

中日关系需要"继续革命"[*]

对中日关系的探讨与辩论堪称是今年国内一大思潮。其中有三大焦点：一是关于日本国家走向之辩；二是关于两国关系现状的好坏、凉热之辩；三是关于中国对日政策思维的保守与革新之辩。就此而言，国内各方对中日关系已高度关注。这也从另一角度反映出两国关系发展及合作的深化。

中日关系越来越"吵得起"

讨论中日关系，要放在历史与国际两个大背景中加以全面观察，否则，就会犯"小马过河"或"盲人摸象"的错误。笔者在近几年的对日交流活动与研究中，感到建交长达 30 多年后，在中日关系的航船上，有一块沉甸甸的"压舱石"起着稳定的作用。这就是经过 30 多年发展，在经贸、安全、政治、学术等各个层面，双方建立的多渠道磋商机制、高密度人员往来、不断扩大的贸易规模等等。中日关系已从以往的"吵不起"越来越变得"吵得起"。换言之，双边关系不会因局部的摩擦或争吵而全面恶化，

---

* 本文发表于《国际先驱导报》2003 年 12 月 26 日。

* 本文发表于《国际先驱导报》2003 年 12 月 26 日。

伤筋动骨。

例如，中国有关机构与日本资深外交官、著名学者每年以"第二轨道"方式，突破禁区，讨论中日关系与台湾问题；中日外交部门就朝鲜核危机问题交换意见，这是自1894年甲午战争约110年之后的首次；中日央行于2002年签订"货币互换协定"，推动"10＋3"货币互换框架日臻完善等等，表明双方维护地区稳定、联防金融风险、保障共同发展的合作已上升到战略高度。

中国外交"革"了中日关系的"命"

中国先贤有言："凡交，近则必相靡以信，远则必尽以忠。"中日关系的发展，实际上正处于一个双方增进战略信任、明确战略定性、抓住战略机遇、消弭战略分歧的重要时期。双方都面临一个"视其所以，观其所由"的磨合期。

冷战之后，中国对日本国家走向的判断，明显出现积极变化，认为战后半个多世纪，日本是在走和平发展的道路，日本国民是爱好和平的，其和平主义思潮已成为亚洲各国宝贵的公共财富。可以说，从上世纪90年代后期以来中国对日政策的变化是一种革命性的变化，它将双边关系推进到一个新的阶段：扩展了就双边论双边的视野，把双边关系放到多边平台上来谈；超越了就友好谈友好的层次，把其扩大到促进相互理解与信任的层次来做；突破了就历史讲历史的框框，把历史问题与双方关系的长远发展联系起来。基于如上分析，可以说，中国的外交行动已经"革"了中日关系的"命"，目前所需要的不是新一轮"外交革命"，而是毛泽东曾讲过的"继续革命"。

从日本对华政策来看，其主流或决策层在对华政策上的基本考虑是，鉴于中日经济关系是一种互补合作的关系，因而中国的经济发展对日本是"特需"、是机遇，而不是威胁。小泉首相是"机遇论"的代表。日本官方多次否定"中国经济威胁论"，正是基于如上客观、务实的分析。此外，中国的综合国力发展迅猛，举手投足影响颇大，其和平崛起已成大势，国力的存在与发展是客观事实。故而，日本的外交政策必须考虑中国因素。从上世纪90年代初的宫泽内阁起，直至今日的小泉内阁，均把中日关系定位为最重要的双边关系之一。

未能拔掉"历史"和"台湾"两块弹片

不可否认，当前的中日关系的确存在一些消极因素和隐忧，小泉首相任内两次参拜靖国神社及近日日本驻台机构在当地举行天皇诞辰活动，折射出中日关系中长期未能拔掉的"历史"和"台湾"两块弹片，一遇阴天下雨，就隐隐作祟；一触及伤疤，就火辣辣地疼。

在政治领域，首脑互访因参拜问题至今未能实现，从日本国内的政治氛围看，还看不到能突破"靖国神社"这一外交瓶颈的出口；部分亲台势力仍在试图突破日台关系禁区，腐蚀两国关系的政治基础。因此有可能出现既搞参拜，又搞反省；既推动中日关系，又寻机"搞活"对台关系的动向。

在经济领域，两国在不少方面都处于竞争关系：中日围绕石油管道的利益之争，围绕东南亚地区经济合作的主导权之争，以及在推进与东南亚地区自由贸易区协议、与中韩的自由贸易区协议等方面，也存在因日本国内农业、农民桎梏而产生的消极因素。

在社会领域，双方民众对中日关系看法与辩论的情绪化，以及这种情绪因网络社会而加剧扩散的影响等等，令人忧虑。尽管两国在学术文化、城市交流、留学研修等方面交往非常频繁，但真正通过交流增进"知日"或"知华"力量扩展的却不甚多。此外，双方交往多了，一方阴暗、落后、不能令对方满足的地方越来越多地暴露在对方面前，对对方的憧憬因此变成了相互对阴暗面的曝光。如果把这些消极因素无限放大，就会是一种见木不见林的局面。

面对中日关系的光与影，笔者感到，一是要加强国民之间、政治家之间的交流。目前，需要加强对日本政坛的另一大力量——民主党的研究与交流。二是要重弹"和则两利"的老调，认清"二桃杀三士"的道理，建立良性竞争机制。三是就两国在亚洲的关系突出一个"容"字，强调"海纳百川，有容乃大"。

推进中日关系的建言[*]

一

随着时代的变化,今天的中日关系已与 32 年前建交时有所不同,在今天推动中日关系的意义和影响,既有与 32 年前相似之处,又有了新的内涵。

首先,中日关系本身就构成了亚洲地区安全与稳定的重要因素。中国和日本都是亚太地区的大国,两强关系的"好"与"坏"均会对周围地区产生重大影响,如果这对双边关系起伏不定或出现问题,会影响整个地区的稳定。日本 2003 年的 GDP 为 4.3 万亿美元,经济力量居世界第二、亚洲第一,占有极大的技术和资金优势,在亚洲经济中的影响举足轻重。同时,日本在安全、政治领域的影响也在上升。中国在改革开放后的 25 年中实现了年均 9.4% 的经济高增长率,综合国力迅速上升,不再是经济落后的"跛脚"政治大国,在国际事务和地区安全中的作用越来

---

* 本文为著者在"《现代国际关系》专家论坛"举办的"中日友好 21 世纪委员会·推进中日关系的建言"主题研讨会(2004 年 6 月 5 日)上的发言,发表于《现代国际关系》2004 年第 6 期。

越大，日益成为一个负责任的政治大国。对亚洲地区来说，中日关系的好坏在某种意义上甚至超过美国的军事存在对该地区的影响。

其次，中日关系也是关系亚太地区安全和经济合作的关键。32 年前，中日建交为这一地区的安全与经济合作开拓了一条新路。32 年后的今天，整个世界局势发生了巨大变化，从冷战到冷战之后，再进入现在所面临的全球"反恐"。相较而言，亚太地区在安全合作和经济合作方面进展缓慢，水平低于欧洲等一些地区，处于不活跃的状态。想要激活这个地区的安全与经济合作，关键在于中日两国能否真正共同推动。亚太安全问题的焦点在东北亚地区，而东北亚地区的合作没有中日两国的积极参与是不可能的。东北亚地区安全合作机制的建立问题已经议论了很多年，但一直没有太大进展，目前"六方会谈"机制的确立，使人们对该地区安全合作机制的建立又抱有希望，这也是与中国的积极态度和日本的参与分不开的。在东亚经济合作中也是如此。虽然目前中国与东盟在 2002 年已就 10 年内完成 FTA 谈判达成协议，日本也加快了与东盟的 FTA 谈判进程，日韩也计划于年内完成 FTA 谈判。但显而易见的是，如果中国、日本这两个东亚最大的经济体不能实现合作，东亚经济的一体化也无从谈起。从这个意义上看，中日关系对现阶段亚太地区安全和经济合作的推进具有重大意义。今年是中日甲午战争 110 周年。甲午战争从某种意义上讲，是中日为了自己在朝鲜半岛的利益而大动干戈。在 110 年后的今天，我们已经看到了一些好的趋势，为了解决朝鲜半岛核危机，中日进行着良好的沟通。

第三，推进中日关系的发展具有突出的现实意义。从主观愿望上讲，中日关系在各自的对外关系上均占有重要地位。在中国方面，十六大报告中关于对外政策有一个指导性的提法，即加强

与发达国家和周边国家的外交。无论从发达国家还是从周边国家
角度来看，日本都是中国外交的重点之一。在日本方面，日美同
盟是其战后外交的基轴，日本外交在强调与美关系的同时，也将
中日关系作为其最重要的双边关系之一。冷战后，日本外交更是
出现了向包括中国在内的亚洲地区推动的趋势，尤其是中日围绕
着地区安全形势的对话及其所产生的对地区的稳定作用，对日本
长期对美一边倒的外交政策产生了深层触动；同时，中国巨大的
市场潜力也使日本政界和经济界越来越清楚地认识到，中日两国
合则两利，斗则俱伤。因此，日本政界对中日关系的重视程度比
以前表现得突出。

但是，应该看到，中日关系现阶段的发展在客观上并没有达
到双方主观重视的要求。人们描述中日关系现状时，常用的一个
提法是，经济关系"热"而政治关系"冷"。而且，从动态的角
度看，如果这种政治关系"冷"的局面得不到改善，尤其是日本
在参拜靖国神社问题上不做出改变，那么沉闷的政治关系势将影
响活跃的经济关系。

尽管中日政治关系的沉闷直接表现在双方首脑的互访中断
上，但不同层面的消极因素也反映了两国关系中"冷"的含义。
在外交方面，小泉当政以来，日本对外政策出现了四种矛盾现
象，这也是日本对华政策的主要特征：①在推动中日关系的同
时，仍坚持错误的历史观；②既加强同中国大陆的关系，又继续
与台湾保持活跃的交往；③在推动日亚关系的同时，也在强化日
美关系；④经济、文化、旅游等方面表现积极活跃，围绕能源、
资源的开采摩擦激化。在国内政治方面，日本政治生态环境的变
化也对中日关系有消极影响。从上世纪90年代末以后，日本的选
举制度有了改变，有了小选区制，这种小选区制度下产生出来的
新生代政治家，他们的视野比较狭窄，只关心选区的利益。更重

要的是，这些新生代政治家中不少人受家族的影响，与台湾有千丝万缕的关系。所以，日本政界在现阶段或未来一段时间里，很难出现像田中角荣等当年在推动中日关系过程中起过决定性作用的政治家。此外，中日关系还在相当程度上受舆论或某种情绪化的影响。比如，日本民间与中国接触交往比较多，他们中一部分人通过日常生活来体验中国，由此突出了中国人在日本老百姓心中的某些负面影响。同样，在中国百姓眼里看到的是日本右翼的反华事件，以及少数日本游客的"嫖娼事件"等。

当然，尽管中日关系有风浪，或者说现在政治关系很沉闷，但两国政治家中有一种理性的、健康的力量在推动中日关系向好的方向发展。所以，在这种情况下，加强两国的相互理解，从主观上积极推动两国关系，既具有特殊重要的现实意义，也是中日21世纪友好委员会当前和未来一段时期的一项重要任务。

二

如何认识新形势下中日之间存在的矛盾或问题，两国的政、学界，包括中日21世纪友好委员会进行过广泛的讨论，我认为这个问题可以从两个方面分析。

第一个方面是中日相互适应调整的问题。冷战后经过十多年，中国和日本都发生了很多变化，日本追求大国地位，经济经历了长期的低迷；中国经过改革开放，经济有了较大发展，对外政策积极活跃。这些变化导致中日两国关系原有的一些心理平衡被打破，对此，无论是日本还是中国，都需要一个适应调整的过程。

从日本方面看，它对中国实力上升有一个适应与接受的过程。中日两国正处于一种国力强强并存的阶段。比如在经济上，双方的影响力相当，特别在进出口规模上，已逐渐地出现一种中国规模扩大、日本相对缩小的态势。所以，合作、竞争和矛盾是当前两国关系的基本态势。现在不少日本人往往只看到竞争和矛盾的一面，而没有看到合作；把中国综合国力的发展看成是对日本的一种冲击，而没有看到它为日本所提供的机遇。这实际上是一种潜意识的较劲心理。日本有些舆论夸大中国的所谓对日政策新思维，但同时日本国内缺少对华政策新思维，其对华思维中冷战烙印很深。尽管表面上不太讲"中国威胁论"了，但内心里同中国竞争的意识还很强烈。小泉外交的四大矛盾现象正是反映了这种思维。

实际上，日本国内在处理对美外交与对亚外交问题上、在对华外交是竞争还是合作的抉择上，学界和舆论界一直有争论。从最近的舆论及学者言论来看，围绕着对华关系基本上有两种不同观点。就宏观和战略层面而言，日本的政界和经济界基本上看到了中日经济关系日趋密切，中日关系在本地区安全和经济态势中的重要性，也希望能在当前形势下进一步推动中日关系；但就微观和战术层面看，部分政界人士更多的是考虑国内政治的需要。

从中国方面看，一个最大的问题就是如何对中日关系进行定性的问题。日本经过半个多世纪的发展，认为自己应该摘掉战败国的帽子，在国际舞台上和其他大国平起平坐；以小泉为代表的决策层，想的是重振大国地位，提升日本在亚太和国际上的安全和战略地位。如借"反恐"先后出台了一系列旨在拓展军事活动范围的政策，出兵伊拉克、并可能要参与多国维和部队等等。日本的转型必然引起中国关于日本国家走向的思考。我认为，当今的中日关系不能用"敌我友"的关系来套，而应用"你我他"的关系来划分。这能比较客观地看待双方关系。

第二个方面是中日在现阶段尚有许多具体问题，或者说还有许多门槛没跨过去。这些问题以前也谈到过，就是几个 T 的问题。

一是领土问题。最近几年，钓鱼岛问题越来越明显地成为易于激化两国民族情绪的热点问题。钓鱼岛是中国的领土，双方对主权有争议。在无法解决主权争议的前提下，如何维护现状，共同开发，是今后需要协商处理的问题。这几年，日本越来越加强对钓鱼岛的实际控制，而且想将美日安保条款应用于中日领土争端上。

随着近年来日美同盟关系的加强，特别是日本在阿富汗反恐战争和伊拉克战争中在政治、军事上均明确支持美国行动，美国在钓鱼岛问题上的立场也明显发生了变化。1996 年，美国驻日大使蒙代尔曾明确否认美军根据日美安保条约介入钓鱼岛争端的强制性，但今年 3 月，美国国务院副发言人却明确表示："钓鱼岛属于日本施政范围，日美安保条约适用于钓鱼岛。"今年 6 月 1 日《朝日新闻》文章指出，美国转变在钓鱼岛问题上的立场是出于自身战略需要，因此是"靠不住"的。领土问题直接关系到国家的自尊和民族感情，日本的一些做法，如 2002 年通过由政府向私人"领有者"租借加强对钓鱼岛的实际控制，以及拉着美国介入，极易使两国对立升级，并不利于问题的解决。

二是台湾问题。在陈水扁当局炒作公投、制宪，出现单独改变海峡两岸现状举动的形势下，日本如何从维护地区稳定的角度确定立场，是一个重要的问题。从目前看，日本的举动，并不让中国感到放心。2003 年 12 月 12 日，不顾中方强烈反对，日本交流协会台北事务所公然在台北举办天皇诞辰招待会，邀请台湾当局"外交部长"、"总统府秘书长"等政要出席。同年 12 月 25 日，曾于两年前核发签证让李登辉赴大阪"就医"的前首相森喜朗"因私"访台。这也是中日邦交正常化后，继福田赳夫后第二位前首相访台。短短 3 天的行程，不但办完了为亡友扫墓和与台湾的经济、体育团体交流等事，还偷闲出席了台当局的授勋仪式，"抽暇"会见了陈水扁和李登辉，其效率之高，令人咋舌。另外，日本还公开支持台湾加入只有主权国家才能加入的世界卫生组织。虽然日本一再声明遵守中日联合声明中的立场，不搞"两个中国"和"一中一台"，但这些做法的确可能给"台独"势力发出错误信号，也有损中日关系的正常发展。

三是教科书问题。这是当前中日政治关系的一个重要障碍。小泉明知道，参拜靖国神社对中日关系已经产生了直接的不良影响，但仍然我行我素。小泉的做法引起了中国的强烈不满。在这个问题上，有一种观点认为小泉参拜靖国神社主要是出于国内政治考虑，对此我不甚同意。因为从某种角度讲，小泉执政已经很长时间，基本摆平了自民党内各大派系的利益争斗，稳定了首相宝座。今夏日本将进行参院选举，从目前的形势看，小泉的胜算较大。所以，作为一届首相，小泉对面临的选举以及对党内利益平衡问题都已不再担心了。在这种情势下，小泉坚持参拜靖国神社，实际上是出于将日本发展成政治大国的国际"大政治"考虑，同时也是日本对华的一种"较劲"心态的反映，其目的是想让中国吞下这枚苦果。小泉参拜时，总有一批官员前呼后拥，他在这方面有一批"志同道合"者。换句话说，即使小泉不去参拜了，其他政客也会去参拜。

四是战区导弹防御体系问题。这个 T 也是老问题，但联想到现在美国在东亚地区调整驻军结构，日本在美国的东亚安全中地位上升的情况，令人感到在干预台海局势上日美合作的步子越来越快。近年来，美国一直要求日本发挥更大的军事作用，甚至明确要求日本修改宪法，行使集体自卫权，通过《周边事态法》、《有事法制》等，日本自卫队对美军提供战时合作的范围已大大扩大，日美军事合作机制明显得到加强。日本于1998年12月决定与美国共同研究开发战区弹道导弹防御系统，2003年12月日本决定引进美国的弹道导弹防御系统，可以说日美间在弹道导弹防御方面的合作步子大大加快了，这既是美国的要求，也符合日本的愿望。导弹防御系统并非单纯的防御武器，而是完全可以转用为进攻武器。这肯定会增加中日间在战略上的不信任，甚至引发东亚地区的新一轮军备竞赛。另外，日本一直不肯把台湾排除在其《周边事态法》的适用范围之外，这也不得不让中国认为日本有干预台湾事态的企图。

五是贸易问题。2003年中日贸易额达1324亿美元，比2002年增长30.4%，但同时两国间的贸易差额也导致了贸易摩擦。前两年农产品问题出现时，中国出口的蔬菜在日本就被炒作为毒菜。此外，日本对中国的大葱、纺织品欲提高关税，甚至引发两国摩擦。从现在来看，中国的进口市场越来越大，而且增长速度惊人。1991－2001年，全球贸易额增长1.8倍，而同期中日贸易从189亿美元增加到759亿美元，增长5倍；中国与"亚洲四小龙"的贸易从66亿美元增加到516亿美元，增长7.8倍；中国与东盟四国（菲、马、泰、印尼）的贸易从44亿美元增加到210亿美元，增长4.8倍。1997－2003年，中国进口总量从1423.7亿美元增加到4128.4亿美元，增长2.9倍。2003年，中国从日本进口额为572亿美元，比2002年增长43.6%，占日本出口总额的12.2%。中印的贸易规模已经超过了日印的贸易规模，中印贸易额1999年为19.87亿美元，但2000、2001年分别增长46.6%和23.4%，2002年中印贸易额达49.46亿美元，增长54.8%。专家估计，中印贸易额2004年即可达到100亿美元。目前，中国已成为印度的第三大进口国。相比之下，日本在印度贸易中的地位呈下降趋势，双边贸易额从1999年到2002年下降了6.7%，2002

年为 37 亿美元，在印度主要进口国中仅列第 8 位。所以，今后不管是中日贸易本身的内涵还是中日贸易发展对地区内的影响，都是现实的重要问题，需要我们认真加以处理。

三

尽管中日关系存在着许多问题，但鉴于这种关系的重要性，作为中日 21 世纪友好委员会中方委员，我认为我们应该为推动中日关系的发展提出一些有益的思路或具体方案。我们应该看到，在政治和经济的各个领域中，两国还有许多合作机遇。日方委员曾把这些机遇进行了系统总结，按照主要问题的英语字母排列，我把它归纳为以下几点：

A（Asia-Pacific region）：亚太地区的安全合作。这涉及的是覆盖面积比东亚更大的区域安全合作。在这方面，亚太地区有很长的路要走，现在刚刚处在一个设想阶段，处在由休眠向激活状态转换的时期。如何从机制方面保证这个地区今后的稳定是中日两国都应该加以推进的。我认为，无论是建立亚洲经济共同体、还是亚洲安全合作体，都是我们亚洲国家的一个梦想。

B（Bretton Woods institutions）："后布雷顿森林体制"的区域金融合作。自从上世纪的金融风暴以后，该地区许多国家都在构思建立亚洲地区防范金融危机的机制。现在国际货币体系处于一种混沌的"后布雷顿森林时代"，很多国家已经意识到亚洲金融合作的必要性和紧迫性，2002 年围绕着《清迈协定》中日之间签订了货币互换协议，双方承诺一旦一方遭到金融风暴的袭击，另一方要利用本国的金融力量给对方以稳定支持。中日迈出的这一步对亚洲金融合作具有重要意义。这也意味着在今后构筑经营整个地区的合作机制方面，中日两国是能够发挥作用的，特别是现在人民币越来越受区内许多国家的欢迎，今后日元与人民币的关系应该成为中日两国关系中的一个重要内涵。

C（CBMS）：建立相互信任。这里指的是广义的相互信任。我一直讲，安全问题实际上是安心问题。中国人对日本国家走向如何认识，而日本人对中国国力的发展、对中国在本地区影响的扩大，或者说对中国今后国家发展的定向如何理解，这也是中日关系内涵中的一项重要内容，它关系到整个地区的稳定问题。中日两国需要在这方面做一些切实的工作。

D（DPRK）：在朝核危机上的合作。围绕着朝核危机，六方会谈已进行了多轮回合，中国与美、日、朝、韩、俄都分别交换了意见，起到了两面劝和的作用。这本身已经构成了中日关系发展稳定的一个重要内容。我想，在朝鲜半岛问题上，中国加强与日本的交流，对中日关系的深化无疑是有积极作用的。

E（energy and environment）：能源合作和环保合作。能源和环保是现在中日关系中的两个热点，也是未来双方所要面对的。提到能源，人们马上就会想到"安大线"和"安纳线"之争，实际上，在"安大线"和"安纳线"问题的背后，是中日两国在能源问题上的长期竞争。说它是良性的，那就是竞争；说它是恶性的，那就是争夺。中国和日本都是能源消费大国，今后在能源的海外开发、运输，以及海洋通道安全、节能产业结构建立等方面，中日都有必要相互沟通、交换意见，需要确立一种双边的良性合作。我认为，能源合作应该能把中日关系推进到一个新的层次。众所周知，欧盟的形成起源于法德煤钢联营。因此，中日之间的能源合作如果做得好，既能把中日关系推向一个新的台阶，也能推动地区合作向前发展。至于环保问题，这是中日面临的另一个合作机遇。长期以来跨国环保合作被称作绿色安全合作，它涉及包括海上油轮泄漏、沙尘暴、海洋污染和治理等问题。在这个领域，中国需要借鉴日本的经验，加强中日环保合作，推动两国关系的发展。

F（finance）：金融领域合作。这里提到的金融合作是更广泛意义上的合作，涉及建立亚洲地区的债券市场，建立亚太地区共同基金以防范金融风暴，以及今后的地区外汇储备的币种安排问题和人民币与日元汇率相对稳定问题，等等。

上述机遇中的每个方面，既能深化双边关系，又能推动双边关系发展。这实际上是中日两国面临的重要工作任务。我认为，中日21世纪友好委员会应该在推动中日关系的发展上有一个"路线图"，抓住机遇、迎接挑战。确定第一个甚或第二个"五年计划"。我们的指导思想应从简单、容易的问题人手，逐步推动复杂的问题得到解决。当然，指望这届委员会解决5个T的问题，甚至所有T的问题，是不现实的。但起码有一点，就是增进双方的舆论、双方的国民对由T所代表的双方关系中的障碍有一个正确的理解。

制定"路线图"是明确今后的发展方向，要切实落实还需要有一个"行动图"。这其中重要的一点，就是从"草根阶层"推进到政治决策层，以民促官，这是中日关系发展历史已经证明的一条成功经验。在1972年中日建交之前，两国间的民间外交十分活跃，各种渠道非常多也非常起作用。通过方方面面的合力，推动了日本执政党对华关系的最终改善。中日建交后，日本在很长一段时间里是自民党一党执政。今天，日本政界的新旧交替有了很大变化，我们面临全球化、信息化时代，面临的问题越来越复杂，双方需要处理的问题很多。所以还是要强调加强交往：青年政治家之间要加强往来，两国的学界、舆论界都要加强往来。这届委员会日程中有一个非常好的安排，就是安排中国的媒体与日方委员见面，其中不仅有中国的主流媒体，如《人民日报》、新华社等，影响较大的网站，如新浪网、搜狐网等，也包括中国的一些非主流媒体，如《南方周末》等。大家坦率地交换意见，中国人听听日本人的想法，日本人也听听中国媒体的想法。除媒体外，我想还应该加强青少年的交往。

加强公共外交也非常重要。中国外交部最近新建立了公众外交处，这也是公共外交的一个重要组成部分。应该让中国国民正确地理解日本，这次日本大相扑访问演出，在中国引起了非常积极的反响。那么，中方要做的就是让日本国民了解发展中的中国，中国有她积极向上的、实力强大的一方面，但也有落后、问题的一方面。如果日本国民对中国方方面面能有一个全面的、客观的看法，双方对对方的期望值或估价就会越来越趋于合理。这对双方的发展是有好处的。

最后，我想强调的是，中日关系的好坏取决于双方的努力。我们在期望日本做出积极努力的同时，就中国来讲，我认为需要优先加以改进的地方有如下几个方面：

一是加强对日本的研究。尽管我们有许多人在日本进修过，学习过，但国内研究日本的队伍相对较弱。一方面是中日关系越来越重要，中日关系对亚太发展越来越重要；而另一方面，研究日本、真正客观认识日本的人越来越不相适应。学术交流的一个重要组成部分就是中国要有自己的研究队伍，并且能够真正客观、冷静、理性地分析日本国情和中日关系。

二是需要一定的资金支持。最近日本方面的行动给我一个启发，日本政府出台了两项措施，主要内容就是拨出一定的经费聘请中国年轻公务员到日本进修。随着中国国力的增强，当我们接近全面小康状态的时候，我们也应该请一些日本官员来中国考察，既要看城市也要看农村，既要看沿海城市也要看内地；既要接触高层干部也要接触平民百姓。这样他们才能看到一个真正的中国，了解并理解中国。

三是发挥舆论的正面影响作用。舆论有它的一个职业特点，就是要写一些能够吸引读者或者说吸引"眼球"的内容。所以，它既有不冷静的时候，但也有非常冷静的时候，报道一些客观的事实，国内有些报纸已经发出了一些很理性的声音，如"反日不一定就是爱国"。无论如何，媒体应该更多地进行客观报道，不能一边倒地追随或附和某种情绪化的东西。

日美关系会成为
美英同盟第二吗[*]

　　随着布什政府第二任期外交、安全决策班底调整结束，赖斯国务卿开始了世人瞩目的欧洲之行，显示出欲修补大西洋两岸关系裂痕、重塑美国国际形象的外交主题。与美国的大西洋外交相呼应，太平洋地区国际关系也发生了明显变化，中美两国自"9·11"后建立在"反恐怖、反扩散"基础上的双边关系仍在磨合中继续深化，日本心神不定地看着美中关系的变动，"把脉"东北亚安全局势的变化，以防成为美中两国的"战术球"；同时，美日两国在内涵发展战略思路的推动之下，再次推动双边安全同盟在时隔约10年之后的战略升级。美日关系在政治与安全快车道上越走越近。

　　在美国"两洋大外交"的背景下，欧洲对华关系与日本对华关系这两组双边关系的变动不同；美欧中三角与美日中三角关系亦出现了不同的变化态势。特别是以美国外交为轴心而转动的太平洋政治与安全版图显示出与大西洋不同的组合与色谱。

　　在大西洋方面，欧洲对华关系"越来越密切"，令人刮目相

---

　　* 本文发表于《中国改革开放论坛·中国战略观察》2005年第3期。

看。被日本视为样板的美英关系实际上也在悄然发生变化：以英国为例，布莱尔政权已经表明今后仍将会坚持美英同盟的外交方针，但将在这一战略安排框架内逐步将轴心向欧洲大陆移动，在对华或对外政策上同美国保持一定距离。

同样，在中美欧三角关系中，以中国经济突飞猛进及逐渐步入国际政治舞台中枢为背景，欧盟采取了具有自主外交色彩的行动，以使这一大三角关系趋向平衡：如让中国参与了与美国全球定位系统（GPS）相对抗的欧洲"伽利略计划"；酝酿解除自上世纪90年代初以来推行的对华武器禁运。这一系列对亚外交或对华外交，表明了欧盟正在把自己的外交理念落实到实处、在积极自主地发展对华关系，并有意识地使之向三边平衡方向发展。

另一方面，在太平洋一线展开的大国外交折冲却并不与大西洋两岸同步脉动。号称亚太地缘政治棋手之一的日本，在展开其对美、对华外交时，会否借鉴欧洲的对华或对外政策思路，校正其外交罗盘，使日美、日中外交与"时"与"势"俱进，在联美的同时，稳步发展对亚关系，实现"联美入亚"战略，并推动美日中三角关系的平衡发展，从而使美中关系的发展不对美日关系产生负面影响；或美日关系的发展不以中国为假想敌呢？

日本与美国的关系，除了在亚太地区忠实追随美国外，也在海外跟随美国的战略旋律起舞，加强军事战略作用。就好比影子离不开主人，尾巴离不开牛一样，这是它的弱点，并一直被美国所利用。在日本的外交大辞典内，这种外交举措被称之为"世界范围内的日美关系"。

不能说日本一点没看到对美外交一边倒的危险与失衡，一些具有战略视野的学者认为，日本"不能把其（欧中关系及美欧中三角关系）视为与己无关而置之不理"。京都同志社大学教授滨纪子说，从长远看，日本政府必须与北京实现和解，这就意味着要从根本上改变与华盛顿的关系。

但关键问题在于决策高层的民族主义、大国主义与"联美制华"战略意识的作祟，以及政官结构调整之下，部分政治家的狭隘视野、舆论的分化及政策思路的对立：如早已退居二线，兼具情报官与外交官头衔的冈崎久彦说："亚洲的未来取决于中国与美日联盟的双向平衡，而非三国之间的三边平衡。日本的未来对华政策是什么？加强美日联盟。"

不能否认，日本国内的"中国观"很复杂，它与新生代政治家的狭隘民族主义情绪、国内的政治斗争、美国的幕后影响或台湾的谋略活动互相纠缠在一起，使日本的对华及整个亚太外交颇为沉闷。在关于台海局势及中国发展前景的战略研判、以及维持东亚军事力量平衡上，日本本能地根据眼前的"时"与"势"，采取"联美制华"的外交方针。日本希望美日同盟能与美欧同盟并驾齐驱，并在此前提之下，实现其矮化中国的战略意图。

对日本而言，日美同盟在对华关系上实际上在起着"缓慢包围战略"的作用，即对话与遏制两手并用、软硬兼施的对华战略。或者说是对华的"战略威慑装置"，即诱压中国在台海、在半岛、在发展的道路上，按美日的要求"循规蹈矩"，不战而屈人之兵，特别是"遏制"中国以武力打击分裂祖国的活动；否则，就会对中国搞"战略遏制"。

美国在现阶段，对日本基本上持扶持政策。这令人想起冷战前夜，美国为将日本建成远东战略基地而采取的一系列政策。冷战结束后，美国也一直在调整对日外交思想，企图制止"同盟号"的颠簸，使双边关系有一个客观的定性。美国对日政策的根本性变化始于 2000 年的《阿米蒂奇报告》，该报告直接导致了美日同盟关系的重新定义。这位曾是副国务卿的阿米蒂奇的对日政策思维，在较大程度上代表了美国的主流对日政策，即将日本拉入美国的国际战略部署之中，促进日本在亚洲"能动性"地发挥作用，就东北亚安全"先做棋盘，再布棋子"。美国对东亚战略、对日战略思想有长远的谋略。在对日外交上，时有"重日轻华"现象。

在亚太地区另一对重要的双边安全关系方面，中美关系一直处在一种稳定、摇摆、恢复的动态稳定状态之下。从美日自身的安全角度看，从1996年到2005年的近10年间，这"一超一强"所面临的外部安全环境发生了深刻变化，尤为突出的就是中国经济和军事两大力量及"软国力"的迅猛发展。可见，美日同盟关系调整有着广阔的时代大背景，且有较大的发展空间。可以用"强化"与"深化"来形容此次两国关系进入新阶段。它是日美安全体制自1996年发生部分质变后的又一次质变，它从当时失去明确战略目标的"同盟漂流"走向了"同盟重塑"及"同盟定型"。

布什政府的决策团队中时有"鹰摇鸽摆"现象出现。鹰派的对华外交观点一直是鼓吹布下"战略陷阱"，将中国拖入军备竞赛、经济泡沫、汇率攀升等全方位的困境。据说，阿氏最近将发表《第二个阿米蒂奇报告》，就2020年之前美日两国的共同战略目标、外交、军事、能源等重大战略问题提出看法，其思想精髓就是鼓励日本跨出以前不敢或不愿跨出的一步。

美日的"2＋2"会议，是国务卿赖斯上场后首度和中国交手。实际上就是调整外交与军事，从而使美日安全磋商正式步入正轨。一方面，欲实现双方军事力量的"2＋2"，使日本自卫队与驻日美军分担责任，并在美军全球兵力大调整的大盘子内，实现驻日美军的重组，同时使身处"一超"身影下的日本的战略力量显现。所以，日美共同战略目标着眼于全球安全与地区安全两大焦点。

可以说，美日对双边关系已经定型、定调、定向，其共同战略目标是台海稳定，未来只要判定中国的军事力量对美日构成威胁、中日政治关系紧张依旧，美国对中国继续维持"谨慎戒备"的态度就不会有改变。在"2+2"会议上，双方提出了"9·11"后日美同盟在安全方面应向何方的问题。对美日"2+2"的言论中国深为不满。

走出"一超"身影，日本将与美以世界为战略舞台，如在阿富汗、伊拉克、印度洋海啸，以及反恐怖、反扩散等问题上，增进美日同盟关系，打造国际安全环境，以"超强联手"提升日本战略地位，以安全环境塑造日本，换言之，这是一种"世界范围的美日同盟"，驻日美军基地是美国世界战略的据点，不论日本是出于自身国际安全战略的考虑，还是要配合美国的全球战略，都不能回避台海问题这道坎，这也是两国发展"世界中的美日同盟"的重要一步。日美在亚太战略上，将会出现更紧密的战略与安全结合。

日本《东京新闻》的一篇报道在较深入地分析了美日同盟与中国的关系后，不无担忧地指出："日本夹在世界盟主——美国与明显崛起的中国之间受夹板气的日子未必不会到来。"台海发生战事时日本将面临艰难选择。日本面临战略困境，这就好像汉字中的"囚"、"困"、"围"等字，不论在门框内放"人"，还是放"木"，都改变不了大的格局或态势，除非突破"门"框，即突破美日同盟关系的束缚，从根本上奉行自主外交，或者以亚洲为外交依托，或者向欧洲那样，对美国说"不"。

避免中日关系"冷战化"[*]

中日关系好比"逆水行舟，不进则退"。当前的中日关系正处在十字路口，面临何去何从的历史性挑战。对于激流中的双边关系之舟，只能使劲撑住，走出漩涡，力防失控。对于当前旧摩擦未消、新矛盾激化的外交现状，应该找出深层次原因，并加以妥善解决。如果就事论事，只会影响两国关系的长远发展。

中国对日政策未变

中日关系始终面临如下四个问题：教科书、台湾、领土、美日同盟等。近几年来，围绕这几大问题，日本的政治消极，严重干扰两国关系的健康发展，致使国民对华感情出现下滑势头，给两国深化合作带来了阻力，并使中日关系恶化。

尽管如此，中国的对日政策并没有改变。在中国的"大周边"外交中，日本处于"首要"与"关键"的外交定位，因为中日两个大国的战略抗衡，容易导致"中日邻"三边关系的"冷战化"，迫使周边国家重新站队，收窄中国与印、俄、韩、东盟等

---

  * 本文发表于《国际先驱导报》2005 年 4 月 22 日。

重要邻国的外交舞台，这对中国对该地区开展的能源、贸易、安全、文化合作及外交都是不利的，直接影响中国战略机遇期的维护。

一百年来，日本战略与外交两面性极强，且对华政策历来就有两面性。战后半个多世纪，其外交重心经常在美中、美亚、美苏及海峡两岸的平衡上摇摆。小泉内阁对华关系的两面性更为突出：坚持参拜靖国神社与发展中日关系同步走；发展中日关系与对台地下活动同步走；升级对美关系与增强日亚关系同步走。

从日本国内因素看，其对华政策思想有传统战略文化的深深烙印。海洋民族与农耕民族两种战略文化冲突的痕迹明显可见。在中国的战略文化中，战略对抗不可能是纯粹的暴力对抗，相反，它既应该是暴力的对抗，也应该是道德的对抗。而就文化的合法性而言，后者的意义甚至还要远远超出前者。受这种战略文化的熏陶，我们深刻认识到，中日"合则两利、斗则俱伤"，中日关系来之不易。今天的中日关系是在日本正确处理历史等问题的基础上逐步发展起来的，今后也只能在"以史为鉴、面向未来"的基础上，加强合作，共同发展。

日对美"一头沉"是错误思维

相反，日本片面地认为中国的反对日本右翼的行动是政府"反日"爱国主义教育的结果，无视右翼美化侵略史实的事实，忽视邻国感受；片面强调首相参拜靖国神社是民族文化传统，是内政因素；片面加强日台安全合作，忽视台海形势的复杂性及"台独"的严重危害；在东海划界问题上，单方面决定授权民间公司在未得到中方认同的所谓"中间线"以东试开采，导致东海形势更加复杂和尖锐。

当然，日本的政治家、战略分析家也并非都是外交"独眼龙"，自上世纪 90 年代以来，历届内阁均将日中关系定位于"最重要双边关系之一"的重要位置。1997 年，日本时任首相桥本龙太郎访华，前往沈阳"九·一八"抗战纪念馆，挥毫写下"和为贵"三个大字，折射出日本决策层对华外交的深层战略思想。同样，日本财界对中日关系的重视程度也相对突出，经团联、经济同友会的首脑多次向小泉首相建言，以免参拜问题进一步恶化两国关系。

2005 年 2 月 19 日召开日美安全保障协商委员会（2＋2）会议后，有日本资深专家分析，小泉政府错误地认为，只要确保与作为"一超"的美国的同盟关系，就能牵制中国、确保日本安全。日本的对美一头沉外交实属错误战略思维所致。京都同志社大学教授滨纪子说，从长远看日本政府必须与北京实现和解，这意味着要从根本上改变与华盛顿的关系。《东京新闻》在深入分析了美日同盟与中国的关系后，不无担忧地指出："日本夹在世界盟国美国与明显崛起的中国之间受夹板气的日子未必不会到来。"台海发生战事时日本将面临艰难选择。

中日关系稳定符合双方利益

面对现阶段的中日关系，需要认识双边关系变化的大背景：中日综合国力与国际地位的消长变化，中国处在一个将超欲超的阶段，需要有一个心理适应过程。日本欲用"中国牌"顶美国，用"美国牌"制中国，但其真正的疑虑还是中国的崛起。这种政策思维与其海洋民族及其秉承的西方战略文化密切相关，因而也是新版"中国威胁论"的鼓吹者。另外，要看到在日本走向"政治大国化"的过程中，美日同盟升级、政治整容扮"人造美女"、拉票"入常"、"重修家谱"等行为，都是其"化疗"过程中的生理反应。

当前，合作、竞争、矛盾是中日关系的基本形态，但其中合作仍然是主流，利益切合面仍然很大。一个长期、稳定的中日关系是双方战略利益交汇所致。关键在于双方都要避免成为民族主义情绪的对立面，切勿使之主导各自的舆论，进而影响外交决策。中国一贯高度重视发展对日关系，希望日本保持发展势头，理解日本要在国际舞台上有所作为的愿望。中国有改善和发展中日关系的诚意，也希望日本政府拿出善意和诚意，真正把中方看作合作伙伴，而不是对手。

浅析日本新政权及
其外交走向*

一、"迷失东京"

自 2001 年入主永田町（日本国会及首相官邸所在地）迄
2005 年 8 月 8 日解散众院，日本小泉纯一郎内阁执政寿命在战后
的政坛中位居第四，算得上长命政权。四年多来，小泉共经历了
两次自民党总裁选举、两次参院选举及一次众院选举，内阁支持
率尽管也偶入低谷，但算得上是"高开高走"，稳掌权柄。在 8
月 8 日解散众院后，民意对以自民党为中心联合别的党派继续执
政，以及小泉蝉联的呼声，仍然高于其他任何政党。日本媒体最
新民意调查结果显示，解散众院后，小泉的支持率攀高至 52%。

政坛博弈恰如棋局，"收官"是棋局的收尾阶段，关系到下
一届内阁的首相人选及政策色彩。"官子"水平如何，往往左右
全盘局势。可见，在解散众院的"收官"之后，即将迎来大选的
全面铺开，此次大选的意义非同寻常，可能会给这个处在发展十

---

* 发表于《中国改革开放论坛·中国战略观察》2005 年第 8 期。

字路口的国家带来动荡。

首先，它是一次"邮政政局"。小泉解散众院，打响了自民党的内战，党内外各股政治势力及其背后的压力集团围绕"邮政改革关联法案"的政治歧见与攻防态势，导致朝局、政局风生水起，尤其是从自民党内部斜刺里杀出一彪人马，扯旗造反，令小泉的邮政改革折戟沉沙、功亏一篑。围绕邮政改革的功过是非与自民党内各股势力的争权夺利纠缠在一起，成为提倡市场机制的改革派与维护既得利益的保守派之间斗争缩影。因而也称得上是一出"改革政局"。

风暴过后，日本秋季政局有如下几大看点：一看从未执政经验的民主党能否抓住政敌送上门的机会，提出足以令国民信服并刮目相看的施政纲领，抢班夺权。该党党首冈田克己颇具战略眼光地看到了这场选举的历史与现实意义。二看自民党造反派能否形成气候、形成组织，建立新党，进而拨动"千斤"政局。目前，"国民新党"与"日本"两个新党已打出战旗应战。三看自公两党的联合政权能否继续在小泉改革人气的光环之下强撑过关，组建第三次小泉内阁。当然，也不排除自公两党加上一个造反新党，搞联合政权的力量组合。

其次，此次大选恰逢日本外交处于"扳道岔"的十字路口。细言之，小泉当政四年多来，在日本国家发展战略的背景音乐下，继承了上世纪 90 年代以来历届内阁走"普通国家"道路的衣钵，并突出了对美"一边倒"的外交音符。另一方面，被认为是"继日美关系之后最重要双边关系"的日中、日韩等双边关系则因历史、领土、领海纠纷而出现严重"政冷"现象，特别是2001 年 8 月 13 日小泉参拜靖国神社，致使中日关系陷入建交以来的最坏局面。日本的对亚外交沉闷、低调，"四面楚歌"，走进"死胡同"。

小泉连续四年参拜靖国神社，有其"个性"桀骜不驯的一面，但更重要的是自民党的保守主义"党性"及国家右倾化走向的"共性"使然。这些综合因素使得小泉内阁做不到像彪炳战后史册的吉田茂、池田勇人、佐藤荣作、中曾根康弘等长期政权那样，在日美亚大三角关系中搞战略平衡：强化对美关系，并以此为杠杆促进对亚关系，进而以亚洲国家代言人自居，加强对美的要价力量；以紧密的日亚关系拓宽对美外交空间，两头通吃、游刃有余，实现外交关系的扩大均衡。

小泉外交对美"一头沉"、对亚"一根筋"的弊病已是有目共睹。日本主流媒体在众院解散前后搞的两次民调均显示，约有一半的日本人认为由于道德和经济的原因，应停止参拜靖国神社。自民党内部及为联合执政伙伴的公明党等敦促小泉放弃参拜靖国神社，修复对华、对韩关系的呼声越来越高。前首相中曾根康弘最近坦率地说："我认为停止参拜靖国神社将是一个值得赞美的政治决定。"所以，如何保持日本对美、对亚关系的平衡，并使之互相推动、水涨船高，进而加强日本外交的整体性、平衡性、战略性，将是下届内阁的重要政策课题及必不可少的"家庭作业"。

再次，战后60年的"甲子周期"过去了。近10年日本出现的所谓"普通国家"的国家发展导向，实际上就是大国心态。小泉内阁四年多来在国内煽动的"自我中心主义和排外主义"，致使日本社会思潮出现了巨大的变化。战后根深蒂固的和平主义思潮基本风化，整个社会与和平主义渐行渐远，代之以突出政治整容、重修家谱、唯"我"独大的大国主义及民族主义意识。

日本以"入常"为标志的联合国外交、"9·11"后以"反恐"为由将军旗打向印度洋、伊拉克的国际军事行动，以及呼之欲出的为行使集体自卫权松绑的修宪舆论导向，均表现出日本民族、日本国家战略意识深处对国际战略格局的研判，对国际秩序新旧交替的解读，对崛起于本国门槛边的中国的竞争意识，以及参与大国战略角逐的迫切心态。所以，日本在外交上变得更加强硬，在军事方面更加活跃，并重新加入代价昂贵的全球军事游戏。

二、选举摇滚

小泉纯一郎于 8 月 8 日解散众院、从而拉开大选帷幕之际，正值中国抗日战争胜利 60 周年之纪念盛典，与"8·15"战败纪念日仅隔一周。为此，小泉会否于该日参拜靖国神社，吸引了中、韩等亚洲主要国家观察家的"眼球"，也是日本国内关注的焦点话题。"8·15"之前，绝大多数的分析或预测是小泉"极可能参拜"。因为，此次参拜与日本政局走势、自民党内部斗争及朝野势力消长互相紧密联系在一起，是一个复杂的力学方程式；也是一场震耳欲聋的摇滚演出。

什么是摇滚？摇滚自始至终与战争有着千丝万缕的关联。当然此处所谓"战争"，主要指紧张的战争状态与尖锐对抗。在目前这场如火如炽的选举中，自民党内的造反派与改革派、造反派与社会政治力量、自民党与在野的民主党、右翼与执政党、财界与自民党等各方面的关系，都出现了复杂与多变、聚合离散的组合动向，"参拜"成为搅动政局的躁波、一种声嘶力竭的呐喊。危险显然是存在的，但这也是不少政客期盼已久的。"9·11"的选举结果有可能对摧毁传统政治体制起到推波助澜的作用。

关于小泉必会参拜的理由是：邮政民营化改革在参院受挫后，小泉已无大牌可打。为此，打参拜牌、以强硬的外交姿态刺激民族主义情绪，取信于右翼势力，从而赢得大选将是小泉的选举战术。但从"8·15"之后的选情看，以小泉为首的自民党主流派在参拜靖国神社的问题上，有点"高音区走低"的味道；相反，受挫的"邮政改革"则"出场费走高"，成为选举的大牌。小泉在8月8日解散众院当天说得很清楚，"绝没有把参拜靖国神社作为选举焦点的意思"；自民党已把此次大选定性为"就邮政民营化之大是大非问信于民的选举"。

为什么以小泉为首的自民党高层要炒作"改革"主题而不打"外交牌"呢？原因也比较清楚，导致对亚外交搁浅的小泉外交并非其政绩强项与亮点，再说国民对外交、防卫、安全、战略等问题不甚感兴趣。故而小泉只能扬长避短，以"将改革进行到底"的姿态，把自己与自民党的政治生命押在"邮政改革"上，避免选举受外交逆风冲击，再借助高民意支持率重掌权柄。公明党作为联合执政的友党，也反对首相继续参拜。

从选情发展看，在野的民主党在改革问题上能与小泉过招的政策招数不多，该党在邮政改革方案上是投了反对票的，故而欲打"外交牌"，捅小泉的软肋。在民主党的政权契约中，"重视对亚外交"，缓和同中、韩两国的关系以及承诺从伊拉克撤兵是重要内容之一。

当然，也不能因为小泉未于"8·15"去参拜，就断言小泉政权就已卸下了靖国神社问题的沉重包袱，因为小泉已连续参拜四次，第五次再去也非空穴来风，仅仅是年内的时间选择而已。

三、外交探戈

以小泉"个性"之顽固，及日本国家发展的脉动，日本对华、对韩外交会峰回路转吗？小泉在"8·15"未去参拜，除一方面是出于上述对众院选举的考虑外，另一重要原因是他对日中、日韩政治关系因之由"冷"转"寒"忌惮的一面。在某种程度上可以说，小泉对中韩虽然是"一根筋"外交，但并非一条道走到黑，也并非日本统治阶层整体是"一根筋"外交。财界是拥护小泉搞改革的，但不希望自民党一党执政，更不愿看到因小泉的外交"强硬"导致中国市场"疲软"。

小泉在"8·15"纪念日本战败60周年之际发表了首相谈话，强调日本要对过去的殖民统治和侵略给亚洲各国造成的伤害和痛苦表示"深切的反省和由衷的道歉"，并表示日本愿与一衣带水的中韩等亚洲国家携手，一道努力维护本地区的和平，共谋发展。自1995年自社两党联合政权时村山富市首相发表"首相谈话"以来，日本首相发表这样的"谈话"尚属首次。

据透露，小泉的"首相谈话"三个月之前就着手在首相官邸与外务省等核心圈子里"秘密"起草，据说是"首相主导"的，换言之，小泉本人的决断促成了"谈话"的起草。"谈话"发表之前曾在政府与自民党小范围内传阅征求意见，其主要精神是以1995年的"村山讲话"、2005年4月万隆会议（亚非会议）上的小泉演说为基调。外务省官员认为，小泉当政以来"首次"在"谈话"中特意点明中、韩两国。

值得思考的是，在小泉解散众院前夜的8月2日，日本6大报之一的《读卖新闻》刊登了对前小渊内阁外交顾问、神户大学教授五百旗头真就战后60周年进行的采访。文中就小泉外交谈到如下看法：①"对'后小泉政权'如何维持日美关系不容乐观"；②"'小泉外交'缺少综合性，对亚外交麻木不仁"；③"如果'日本股'在亚洲低跌，日美同盟的利益也将受到影响"；④"重新构筑对亚关系将是下届政权的外交课题"。

无独有偶，在解散众院后的8月19日，日本著名专栏作家、《同盟漂流》一书的作者船桥洋一发表文章，认为日本缺乏能够利用外交实现国家利益的领导人和政治家。在现阶段，日本需要为克服过去、走向未来作出战略决断：一方面同美国维持同盟关系，另一方面构筑亚洲共同体，日本应作两者间的连接器，这才是日本21世纪最大的战略课题。船桥文中还以犀利的语言谈到："60年后的今天，日本又一次茫然于废墟之上，有谁会想到日本会以如此的惨状迎来战后60年的夏天。""我在这里要说的是日本外交的失败，战后日本外交的最大失败。"

笔者认为，五百旗头教授和船桥洋一先生的外交观在现阶段有一定的代表性，显示日本可能在"联美入亚"外交轨道上加大对亚外交力度，使日本的"一头沉"外交恢复一定平衡，从而实现日本对外政策效益的"可持续发展"。正如船桥先生所讲，"外交是有对手的，'探戈是两个人跳的'"，"外交是艺术，应该用这门艺术去实现国家利益"。

问题的关键在于，日本政界由谁来推进这一调整：石原慎太郎？安倍晋三、麻生太郎？还是福田康夫、高村正彦、谷垣祯一？在选举还未落幕之际，推断谁将出任首相略嫌过早，但能够在亚美关系的跷跷板上保持平衡的看来只能由福田、谷垣、高村来实现，石原等人难以与邻国结为舞伴，跳出优美的探戈。

中日关系怎样度过 "历史更年期"*

唐人李冶的"八至"诗前两句饶有哲理:"至近至远东西,至深至浅清溪。"用这两句来形容中日关系现状再贴切不过了:高层往来中断、民族主义抬头、政治矛盾加剧,构成了一衣带水的两个近邻现阶段国家关系"政冷"的特征;然而,它又有"经热"的表象,突破2000亿美元的贸易规模,折射出两国经济、贸易依存的加深,对区域乃至国际经济影响的上升。可见,中日关系这个"东西"说远也远,说近也近;说深也深,说浅也浅。

当前,日本对中日关系现状的思考,有一种颇具代表性的提法,即"1972年体制消亡论"。其论点是支撑中日关系发展迄今的基础、结构及国际环境都发生了巨大变化,一个适应新格局、新内涵的双边关系体制未能应运而生。旧矛盾未解,新摩擦不断,导致了这对双边关系发展的不顺。

确实,中日关系正面临1972年建交以来最为复杂的局面,两国的政治与安全困局有从结构性性质转向国家利益引导性质的危

---

* 本文发表于《国际先驱导报》2005年12月30日。

险。现实争议的"历史化",历史问题的"现实化",导致双边摩擦加剧,增加了解决争议的难度。其背景是两国综合国力发展的碰撞及中国国力对日本将超未超的"擦肩效应"。可以说,这是中日关系的"历史更年期"现象。

在此背景下,很长一段时间以来,日本对华政策出现了双重性特点:重视发展对华关系与历史翻案同步走;强化对美关系与发展对亚关系同步走;维持对大陆关系与对台地下活动同步走。这种外交战略的两面性反映出这对双边关系的困局:一是当年针对前苏联的美日中联手反霸战略格局的内存矛盾的显现;另一是历史问题几成"死结"。2005年1月,自民党的一份新纲领政策显示,首相参拜靖国神社可能"常态化"。显然,日本对华关系中的消极面在扩大。"1972年体制消亡论"流露出部分日本精英、舆论对中日关系发展前景的怀疑,对两国共同利益扩大的怀疑,以及对中国国家走向的怀疑。

实际上,从中日两国所处的地缘政治环境、国际战略格局、区域合作态势、经济发展势头等看,冷战结束后,中日在安全、政治、经济、环境、能源、技术方面的共同利益、现实利益、战略利益、长远利益、潜在利益越来越大。中日关系的稳定,以及两国为谋发展、求稳定而做出的努力甚至姿态本身,都对两国、本地区乃至整个世界具有重要意义。

李冶"八至"诗的后两句是"至高至明日月,至亲至疏夫妻"。伉俪情深固然有之,但貌合神离、同床异梦也大有人在。夫妻间有隐私、也有利害冲突、也有反目成仇的。目前,中日这对"夫妻"确已从寻求诗和梦的艺术境界进入了寻求一个实实在在家的技术境界——应该在《中日联合声明》等三个政治文件的基础上,具备婚姻车间熟练技工的操作技能:大故障不出,小故障及时排除,以免落入走火入魔的境地。

转换成外交语言讲，就是以两千多年的中日关系史为鉴，排除干扰，正确对待历史，取信于邻国，积累政治善意，加强战略对话，形成对利益共同体的认知，进而使双方的利益冲突得到制度化规范。

日本进入"外交政局"[*]

　　日本前首相桥本龙太郎和日中友好七团体的北京之行,引起了各界对中日关系动向的关注和猜测:中国会对日本发出什么信号?小泉内阁以及"后小泉"政权会否在参拜靖国神社问题上改弦更张?中日政治关系会否因之而升温?

　　国家主席胡锦涛对中日关系的表态充分体现了中国对改善双边关系的诚意。他表示,只要日本领导人明确做出不再参拜供奉有甲级战犯的靖国神社的决断,中国就愿意改善和发展中日关系并与日本领导人会晤和对话。因为,中国并不想因"历史问题"而影响经济、贸易、文化、教育、旅游、民间交往等两国关系发展的所有层面;并且,中国更是指出了两国政治关系低迷的"症结",希望日方主动"解铃",从而推动中日关系走出谷底。

　　但日方的表态并未从解套、和解、转圜的角度来领会胡主席讲话的积极信号;反而以"个人信仰"为借口,关闭了可能使得中日关系"峰回路转"的通道,并可能影响下届政权对华关系的开局及起步。由此联系日本对华外交打"贷款牌"、"舆论牌"、"会费牌"、"领海牌"等动向看,日本对华外交政策有其深层的

---

　　* 本文发表于《国际先驱导报》2006 年 4 月 14～20 日。

战略构思及其对国际与区域安全局势的解读。

例如，日本国内有代表性的"1972年体制消亡论"认为，支撑中日关系发展迄今的基础、结构及国际环境已发生了巨大变化；中日现实利益的冲突及国际安全格局决定了日本对美外交的倾斜，中日关系需要另建框架。可以说，这一战略构思所折射的日本国家发展走向的"共性"与自民党保守的"党性"及小泉所谓"个性"之结合，导致了日本对华外交消极面的凸显，并由此决定了中日政治关系将在较长一段时期内低徊。

当然，日本各股政治力量、自民党各派、各大媒体对有关首相参拜靖国神社、日本对华外交及亚洲外交的态度并非是"右撇子"或铁板一块。最近，日本《朝日新闻》与《读卖新闻》两大报社负责人在对谈中对小泉参拜靖国神社的批评，以及自民党内原宫泽派重组"大宏池会"、成立"亚洲战略研讨会"等动向，反映出精英集团对国家利益、区域利益的深层担忧。

如果说，2005年"9·11大选"前的政局是"邮政政局"的话，那么，今年9月自民党总裁选举之前很可能是"外交政局"：自民党各股力量、各在野党将围绕对华及亚洲外交展开政策交锋，并由此打响诸王夺嫡的选战。但是，不论"小泉之后"谁入主永田町首相官邸，在关乎国家发展走向的"共性"方面，调整航舵的可能性不大，充其量是领导人"个性"的变化，可能在参拜靖国神社上找台阶下，由此有限地弥合对韩、对华关系。

可见，中日关系已出现"行到水穷处，坐待云起时"的复杂格局。直面这一态势，日方应抓住机会，"莫放春秋佳日过，难得风雨故人来"，主动解套，突破历史问题"瓶颈"；应拓宽渠道，积极寻找亮点，在民间交往、文化交流、经贸往来、战略对话甚至强力部门的交流等方面挖掘潜能，积累政治善意、增进相互信任，增强双方对利益共同体的认知，进而使中日关系走出死胡同。

安倍政权与自民党派系[*]

一、自民党总裁选举的派系"元素"

2006 年 9 月 26 日，执政 5 年半的小泉政权时代终结了。刚 50 岁出头的安倍晋三成为第一位出生于战后的自民党总裁及国家首相，因而也成为战后 21 任首相中的"小字辈"与"青年团"。选举大战之前，很多人认为安倍是"鹰"，因而新政府势将是一个保守、右倾、走"政治大国"路线的政权无疑。

欲分析安倍政权的政治色彩及其对日本国家发展航向的导向，就离不开对自民党派系的梳理。在这方面，既要展现战后 60 多年自民党派系斗争的历史画卷，点出日本派系政治、闺阀政治、金权政治等选举"元素"的化合作用；又要在政党沉浮、纵横捭阖、派系关系错综复杂的历史天空下，"时尚解读"政坛的新动向。

5 年之前，在自民党党旗下长大的小泉纯一郎上台伊始，曾信誓旦旦"要打破派系政治"。但 5 年半过后，自民党派系政治

---

* 本文发表于《中国改革开放论坛·中国战略观察》2007 年第 1～2 期。

仍然是"涛声依旧"，剪不断，理还乱。派系之间争夺总裁宝座的明争暗斗仍在继续；各派系的选举战术，仍然是总裁选举的重要因素之一。

而在选战落幕、安倍晋三以绝对优势胜出并组阁之际，仍然要考虑派系因素：论功行赏，安排座次，"胜者王侯败者寇"。在选战中为安倍站台或摇旗呐喊的派系成为主流派系，并获得丰厚的政治回报。相反，与安倍分庭抗礼的派系，则成为旁流而坐了冷板凳。如谷垣祯一派就因敢与安倍论战竞选而在内阁席位分配上吃了零蛋。

自民党是个"一身多头的怪物"。该党于1993年丢失权柄下野后，党内经过了多轮分散聚合及急剧的新旧交替。从5年半的政局变动确实看出，自民党派系的凝聚力在下降，派系在变形，小泉仅仅改变了自民党的派系结构，但并未消除派系。至今在以往的派系基础上形成了森喜朗、津岛、谷垣祯一、伊吹、二阶、山崎、丹羽—古贺、旧河野等大小九个派系。在2006年9月的选战中，九大派中的伊吹、津岛、二阶、山崎等大派系全都搭顺风车，一窝蜂地"挺安"；与安倍竞选的谷垣则背靠"大宏池会"。这场选举本应是安倍晋三与福田康夫的角逐。通过选举，修补或平衡小泉政权的国家发展路线。但2006年7月21日福田宣布退出选举后，已无人与安倍晋三竞争。这种不战而胜的力量格局导致政策、路线上的"反小泉—安倍"势力顿失后劲，从而呈现向安倍一边倒的现象。据《读卖新闻》2006年8月4日在网上做的一项调查显示，福田退出竞选后，他的"粉丝"25%转向支持谷垣，22%倒向安倍，10%投向麻生。多数派系在外交、税收等政策上回避辩论，玩弄迎合主流的搭车战术，从而成为一次"极其陈腐的以派系为单位合作的选举，而不是政策争论"（加藤纮一语）。日本不少政治评论家认为，这种力量态势使自民党的选举失去了政策论战焦点，从而很难达到利用选举来激活党内路线之争，修正小泉政权外交、内政航向之目的。

冷战期间，日本的国家走向基本上是在"保守"与"革新"两大势力较量中保持微妙平衡的。冷战后，则是在总体保守化的格局下，在"保保"的较量中保持一定弹性。对党内各派的这种"安倍一边倒"的举动，自民党元老担心该党将因此失去生命力，"这场游戏看似刚开始便结束了"。舆论则一针见血地指出，自民党以往"右了之后向左，左了之后向右"，前任首相下台，后任首相纠偏的"钟摆政治"已失去效力。自民党丧失了路线论战的能力，因而也就失去了自我修正的能力。

二、自民党派系的历史天空

自民党建党51年来，总裁选举就是一部争斗史。一位长期在首相官邸、各政党、外务省采访的资深记者户川猪佐武撰写过一本纪实小说《吉田学校》，这本书由8部分内容组成，各个篇章的标题恰如其分地凸现了战后自民党的离合聚散史："保守本流"、"党人山脉"、"角福火山"、"金脉政变"、"保守新流"、"田中军团"、"四十日战争"、"保守回生"。

简而言之，1955年成立的自民党是由吉田茂所率领的自由党和以鸠山一郎为党首的日本民主党两大保守政党合并而成。党内有"官僚派"和"党人派"之分。前者是指官僚出身的专家型政治家集团，后者是指职业政治家集团。

1955年起至70年代，日本政坛基本上形成了"三角大福中"五大派系共主政坛的力量态势。70年代中后期，基本上是田中、大平两派横行江湖，联手打擂，与福田派激烈抗衡。从自民党派系渊源来看，佐藤荣作派与池田勇人派都是"吉田学校"的优等生。佐藤派传位于田中派，故而田中派与池田派乃至池田派传人的大平正芳情有独钟。

另一方面，在"三角大福中"五派割据的政治格局及论资排辈的政治生态之下，出现了号称"安竹宫渡"的"新领袖"集团，分别是安倍晋太郎（安倍晋三之父）、竹下登、宫泽喜一、渡边美智雄四杰。他们崛起于日本政坛，并各自成为派系的新掌门人。目前，除宫泽喜一尚健在外，其他三人均已驾鹤仙去。

1993年自民党以党内分蘖出新党先驱（1993年6月）、新生党（1993年6月）两党而解体，后经溶解、铸造、冶炼，在经过近10个月的权力空白后再次借社会党之力而登上权力中心，直至今日。在此前后，党内还有过一个号称"YKK"的政治组合：山崎拓、加藤纮一、小泉纯一郎（YKK分别依次是这三人姓的首字母）。

此次竞选中的两员悍将——安倍晋三与福田康夫分别出自自民党元老安倍晋太郎、福田赳夫两大显赫家族。这两位元老在位期间，为争夺首相宝座而产生的恩仇，在党内至今未理清搞顺。但在政治恩怨外，政治名门之间又有掰扯不清的利益关系：福田康夫的主婚人是安倍晋三的外祖父岸信介，岸在战后不久曾被作为战犯嫌疑人调查达3年之久；安倍晋三的主婚人则是福田康夫之父福田赳夫。

此外，安倍晋三与福田康夫竟然出自同门同派——目前自民党最大的森喜朗派。该派创始人可追溯到原首相岸信介（战后第三代自民党总裁）。该派的实力人物如岸信介、鸠山一郎等人都继承了战前鹰派领导人推动修宪以及提升安全角色的思想衣钵。

森喜朗派是从福田赳夫派、安倍晋太郎派、三塚博派一脉相承下来的。现在门面上打出的招牌是"清和政策研究会"，该会前身是老福田创设的"清和会"，第二代会长是老安倍。老福田靠着岸信介的势力行走于日本政治江湖，曾因打响与田中角荣争权的"角福战争"而一度成为田中派死敌。

谷垣派落胎于上世纪 60 年代以"国民所得倍增论"闻名的原首相池田勇人派。池田在当时创设了派系组织"宏池会"，沿袭了"开国宰相"吉田茂的"轻武装、重经济"的国家发展路线。迄今"宏池会"已更替了约 10 代掌门人：分别是池田勇人、前尾繁三郎、大平正芳、铃木善幸、宫泽喜一、加藤纮一。由于这些大佬大都掌管过日本的财政命脉，是党内传统的财政帮。田中派与池田派的历史渊源颇深，这两派一直保持着"亲戚关系"。

在加藤纮一接班之际，"宏池会"发生了两件大事：一是河野洋平因不满权力交接而脱离宫泽派，另立山头，成立了河野派；另一件事是 2000 年加藤纮一对时任首相森喜朗呛声造反，发动了日本政局的"加藤之乱"。这场政变以流产结束，加藤辞去派系领袖下野，"宏池会"因之分蘗为堀内派（堀内光雄）与小里两派。小里是正统的加藤之后，又为谷垣所继承至今；堀内派则由丹羽—古贺继承。

自民党第三大派由丹羽雄哉和古贺诚两人共掌山门。古贺诚曾任自民党干事长。出于同门同宗的"历史血缘"及政策倾向趋同等"基因"，谷垣派（15 人）与丹羽—古贺派（48 人）、河野派（11 人）为了选举这一共同的目标走到一起，在原"宏池会"的基础上撮起了一个"大宏池会"。

从政策思想上看，三派流淌着吉田茂首相外交脉管里特有的思想"血液"，并以此为基础成立了"亚洲战略研究会"。在安倍入主永田町已成定局的情势下，2006 年 8 月 18 日，以加藤、山崎为首，联合十多名资深议员成立了"亚洲政策远景研究会"。这几派在外交上强调突出对美外交的同时，更需要加强对亚洲外交，以保持日本外交政策的平衡。这一外交思想既包含矫正小泉对亚外交一根筋的策略，也有以此为杠杆，与小泉—安倍抗衡的选举考虑。为此，部分舆论将该派称为"鸽派大联合"。

从力量上看，这三派所属的国会议员合流将达74人，堪与森派的85人、津岛派（会长津岛雄二，原桥本派）的75人相抗衡，一举崛起于日本政坛，成为名副其实的政治"第三极"。"大宏池会"在2006年总裁选举中固然胜算渺茫，但该派系主要是瞄准了"下下次"选举。

出于对2007年夏季参院选举的政争考量，山崎、加藤、古贺等派正在悄然推动跨派系活动，以此牵制森派势力的发展。因为森派已在王位争夺战中三连冠，连续推出了森喜朗、小泉纯一郎、安倍晋三三位领袖，彪炳政坛。在日本政坛上，自民党总裁落胎的"嫡亲派系"及攀附于该派的势力称为"主流派"。主流派能独享政治大餐，占据大多数重要的党政职务，垄断政治资源，并进而对政权施加极大影响。

蝉联外相的麻生太郎属于党内最小的派学河野派，与河野关系较近，商界的"青年会议所"是其主要人脉基础。安倍上台之前，河野派内部的大部分意见都认为应将改善与中韩的关系作为外交政策支柱。麻生是"开国宰相"吉田茂的孙子，其官拜外相后，一度曾在对华关系上屡放厥词，妖魔化中国。但自中日外长卡塔尔会谈后，他关于中日关系的积极言论增多。2006年6月22日麻生在"亚洲战略研究会"发表演讲，认为中日相互为邻，日本无法搬家别迁，应基于"日中共同利益"行事。山崎派是自民党第四大派，山崎拓曾任该党副总裁，也曾考虑过出马竞选。但派内有不少人支持安倍。

津岛派是党内望族，其派系渊源始自田中派，后经竹下派、小渊派、桥本派演变而成。现会长是津岛雄二，副会长是原科学技术相笹川尧，该派长期因人多势大而掌握总裁决定权。在小泉掌政的 5 年间大权旁落，底盘下沉。在此次选举中，党内少壮议员曾不甘心当分母而力推额贺前防卫厅长官出马抗衡安倍，后经仔细斟酌，担心成为"福田康夫第二"而作罢。其派系成员的大部分票投向安倍。

评论家们饶有兴致地看到，2006 年 9 月自民党总裁选举前夜的 7 月 27 日正逢导致原首相田中角荣下台、并给自民党政治史上"田中时代"打上休止符的洛克希德案件发生 30 周年。"田中政治"的最大功绩是恢复日中邦交，随着田中派对华外交笔墨的加大，这一外交决断导致对美关系一边倒的自民党内出现了一个政策分野明晰、并与派系相重叠的新政治格局，形成了施政重点、外交哲学不一的两股"保守"势力：一股是重视金权政治、派系政治，属于利益调整型、官僚主导型，重视对亚洲或中国外交，坚持护宪的"田中派"保守政治势力；另一股是主张强化日美同盟、建立政治家主导型"小政府"、鼓吹修宪及集体自卫权的"反田中派"保守政治势力。从原首相中曾根康弘到对亚外交一根筋的小泉纯一郎，都与这股势力政治势力一脉相承。

三、安倍政权的"右翼基因"

安倍当选后，人们的"眼球"已转向将决定安倍政权寿命的 2007 年的参院选举。安倍派已在积极备战。一旦选战打响，能与安倍政权相抗衡的似乎只有民主党党首小泽一郎。从安倍晋三的身世、思想、主张、所属团体，以及部分智囊团成员浓厚的右翼色彩等角度看，安倍是一个"右翼指数"相当高的政客。

国际媒体也注意到了安倍的"右翼基因"。国外舆论认为，安倍是个冒险性强的激进派，当选前强调民族自豪感及国家安全。此外，他的侧近、智囊、家庭等各种因素打造了一个"鹰派"的形象。英国报刊称他为"上世纪50年代以来民族主义情绪最强的首相"。这些因素使之能够"吸引退伍军人组织和执政党中的右翼人士"。

安倍1954年9月出生于政治世家。外祖父岸信介曾任战时的内阁大臣,美军占领日本后一度被捕入狱,后逍遥法外,并参与筹组自民党,1957年当选为首相。岸信介的胞弟,即安倍的外叔公佐藤荣作曾任首相。其父安倍晋太郎曾任自民党干事长,是上世纪80年代的日本外务大臣。

因而,安倍被部分媒体形容为出身保守世家的"纯种鹰派"、"温室培养出来的'世袭鹰派'"。在保守势力占据主流的当今日本政坛上,称得上"根红苗壮"。安倍于1993年在其政治后援组织——"六晋会"的支持下当选议员步入政界。在小泉当政的5年内青云直上:从官房副长官、自民党干事长、干事长代理直至2005年10月出任第三届小泉内阁官房长官,不断地拉近与总裁交椅的距离。

从安倍的外交观、安全观看,他与美新保守主义者气味相投,故而又被称为"对外自信的新日本的化身"。2002年9月,他曾与时任首相小泉一起对朝鲜进行了闪电式访问,并与金正日进行了会晤。2006年4月曾秘密参拜靖国神社。同年7月20日,安倍推出了阐明他保守主义、民族主义立场的著作——《建设美丽的祖国》。在书中,安倍将其政治理念定位于"开放的保守主义"。

安倍晋三的内阁人选反映了新政府的保守主义倾向。但正如有媒体所言,"越是鹰派越能改变现状","鹰派的安倍有可能摇身一变,成为改变中美关系的尼克松"。一个对安倍较为了解的日本政治评论家三宅久之认为:"作为国家的代表,安倍认为不应把个人信仰和国家利益混为一谈。"从安倍入主永田町后对华、对韩外交政策及关于核不扩散的言论看，国内外正面评价较多。或许正如新加坡资深时事评论员黄彬华所言："日本人现在也搞不清楚，当了首相的安倍到底是'鹰'还是'鸡'，但可以肯定的是，他是个有变通性的实用主义者。"

福田政权与自民党保守政治[*]

一、背水之阵

2007 年 9 月 26 日，福田康夫胜选自民党总裁，并出任日本第 91 任及第 58 位首相。福田康夫当选后，在 2005 年出版的、阐述其政治信念的对谈集《夫国以一人兴，以一人亡》（书名来自苏洵的《管仲论》）旋即售罄。据说，福田信奉的座右铭是"光而不耀"。此语出自《老子》第 58 章——"福兮祸所伏，祸兮福所倚"："直而不肆，光而不耀。"其大意可以译作，正直而不放肆，光明而不炫耀。它与《老子》的另一名言意思相近："自我炫耀见解的人别人不觉得高明；自以为是的人不能光辉受敬；自吹自擂的人没有功劳；自我矜持傲慢摆架子的人不能高大。"

由此看来，福田的为人与施政风格可能是低调做人，行事缓慢而稳定，与党内外"静悄悄地达成共识"，取代那种对抗性更强的做法。为此，有媒体点评说，福田的治国之道与小泉、安倍不同，日本进入了"福田时代"；小泉是"动"的领袖，追求

＊ 本文发表于《中国改革开放论坛·中国战略观察》2007 年第 11 期。

"剧场性效应",即"总统型领导体制";而福田是"静"的领袖,追求"务实稳重",给人以"希望与安心";其温和的外表背后,却深藏着"反小泉"、"反安倍"的激情。

日本护宪色彩浓厚的大报《朝日新闻》在配发的社论中指出,福田的登场意味着小泉和安倍时代的结束,一个张扬个性、以决断型政治家形象展开的大刀阔斧政治模式进入转折点。但也有媒体更尖锐地指出:"如果把小泉政治理解成是对'旧'政治的革新,那么福田政权的诞生就意味着政界又走上了回头路。"

舆论调查显示,福田新内阁的支持率攀升至60%。令人担心的是,"一曲新词酒一杯,去年天气旧亭台",安倍内阁执政伊始的支持率还要高。福田内阁若难以突重破难,扭转颓势,届时风又飘飘,雨又潇潇,难免步安倍政权高开低走的覆辙。

"福田号"是在国内政治气候险恶、"改革疲劳"心理沉重、"外交空气"指数下降、政策难题堆积如山的局势下扬帆出海的。而且,还面临在野的民主党杯葛延长《反恐特别措施法》的重重难关。令人感到日本政坛即将上演一场不顾一切的堂吉诃德式的"风车大战"。所以,至同年10月25日,"福田号"启航满一个月之际,支持率出现大幅下滑。可见,福田搭建的本届内阁是"背水之阵","一着不慎,自民党就有丧失政权的危险,必须小心翼翼。"福田内阁具有以进三步、退一步的战术稳定执政基础;以稳健、内敛、圆滑的施政风格赢得党内外支持的几大特点:

一是强化官邸,背靠町村派大树,以防肘腋生变。在作为内阁枢纽的官房长官人选上,起用了本派系首领、政策精通、党务娴熟的町村信孝,欲使之发挥辅佐首相、协调派内外关系、润滑党政关系的作用。

二是减少摩擦、保持稳定,避免翻船,建立举党体制。日本政坛历来是成龙上天,成蛇钻草。党总裁的"嫡亲派系"及攀附于该派的"主流派"往往能独享政治大餐，垄断政治资源。福田是自民党八大派系用轿子抬进首相官邸的，因而在分配权力上必须搞"排排坐"，打破山头、讲"五湖四海"，打破"一朝天子一朝臣"的惯例，多用前朝就臣，擢升派系首领。所以，福田对安倍第二次内阁的面孔几乎不动，在17名阁员中任用了15名老阁员。这种排兵布阵，得到了党内各派支持。

此外，为缩小选举产生的党内摩擦，福田经过深思熟虑，在干事长、政调会长、总务会长、选举对策委员会这自民党四大要职安排上，起用了政坛经验丰富的派系首领，从而圆滑地处理了派系平衡与论功行赏问题，打造出以伊吹、谷垣、二阶、古贺四派领袖为主的自民党领导核心。"让重臣们在自己周围围成一圈，做出固守城池的架势。"为维护党内团结，福田还高姿态地延请与之竞选首相的麻生入阁，遭麻生婉拒后，又不拘一格，将选举中的反对势力代表鸠山邦夫、甘利明延揽入阁。

三是重吏压阵，严格"体检"，安全第一。福田新政权诞生于小泉内阁改革引起的社会动荡及安倍内阁丑闻迭出的政治失信大环境下。为改善执政环境，强撑过关，其搭建的党政两套班子都呈现出稳健色彩。内阁整体上人才济济，不搞"带病"提拔，也算得上是清清白白的"无劣迹"内阁。

二、派阀政治

自民党被称为"一身多头的怪物"，半个多世纪以来，该党的总裁选举就是一部严酷的派系争斗史。自2001年4月小泉纯一郎任党魁后，经过五六年"搞垮派系"的折腾，派系的凝聚力及派系领袖的统辖力虽已大为削弱，但派系林立的政治生态并未完全改变。至今蜕变成町村信孝、津岛雄二、古贺诚、山崎拓、伊吹文明、麻生太郎、二阶俊博、高村正彦、谷垣须一等9个派系。

福田康夫早在2006年9月的上一届自民党总裁选举中就发力与安倍角逐。这两位竞争者均出自自民党最大的町村派。该派在上世纪实力一直较弱，直到近10年，才发展为雄居各派之首的大派。该派创始人可追溯到战后第三代自民党总裁岸信介及鸠山一郎等人。这两位实力人物继承了战前鹰派的思想衣钵，积极推动修宪及提升安全角色。同时，该派也是亲台势力的大本营。

上世纪70年代，该派掌门大印传到福田赳夫（福田康夫之父）手中。老福田仰仗岸信介的势力扬名立万，笑傲江湖。1972年6月，时任首相佐藤荣作引退，引发了自民党内争夺大位的"三角大福之争"（三木武夫、田中角荣、大平正芳、福田赳夫）。作为佐藤路线继承者的福田赳夫横刀立马，与号称"三角大"的"反福联盟"鏖战一场，尤其是与继承池田路线的"宏池会"激烈抗衡。竞选态势最后从四方大战演变为"角福争雄"，并以福田赳夫败选告终。

该派系其后从福田赳夫派、安倍晋太郎派、三冢博派、森喜朗派一脉相承下来。从派内的"护官符"看，这几大首领又皆连络有亲，扶持遮饰，俱有照应。例如，森喜朗和小泉纯一郎在政治上都是老福田的门生；而小福田的政治出仕则得益于森与小泉的提携。可见，这种紧密和复杂的裙带关系把他们在政治利害上紧紧地捆绑到了一起。

2007年9月安倍辞职前夜，日本媒体普遍分析，与小泉、安倍治国哲学一致的麻生太郎"距离首相宝座最近"。安倍第二次组阁时对麻生的安排，也体现出对下一步权力结构的设计。但人算不如天算，一夜之间风云突变。这种似乎顺理成章的政权交接程式失灵于自民党派系力学。

因为在该党的派系版图中，麻生太郎属于党内最小的河野洋平派。作为河野派的中坚力量，麻生一向单枪匹马、我行我素，紧跟小泉、安倍，历任党政多项要职。不到 7 年时间，扩充实力、号令山头，创立了自己的派系。但不幸功高盖主，高处身寒，怨声一片，遭受党内冷眼。

此次权力交接，除该派外，自民党其他 8 派明确表态"挺福弃麻"，致使力量天平向福田倾斜。在"挺福弃麻"活动中起到关键性导向作用的居然是"派不惊人"、为数不多的古贺派。因为，古贺派首先开山放炮，扯旗挺福；紧接着，谷垣派、山崎派鼓噪而起，加入"弃麻"潮流，推波助澜。古贺事后坦言："较之麻生太郎，我的政治信条更接近于福田先生。"随后，福田所落胎的町村派依仗人多势众，摇旗呐喊，一锤定音。据说，在该派内部，前首相森喜朗分别与町村信孝、中川秀直及福田康夫本人密谈，最终就支持福田达成共识。

在自民党派系格局中，古贺诚和丹羽雄哉两人曾共掌第三大派的山门。此次总裁选举，古贺支持福田，丹羽力挺麻生，两人分道扬镳，各为其主。由于丹羽在派系内为孤家寡人，势单力薄，该派在福田当选后正式更名为古贺派。

从派系渊源看，古贺派与谷垣派、麻生派都从"宏池会"分蘖而来。在政策思想上，"宏池会"护宪色彩鲜明，与保守色彩浓重、强行推进修宪，以打造"政治大国"的小泉、安倍两届政权一直保持着距离。本来，作为志同道合、同宗同源的派系，古贺、麻生、谷垣三派曾计划尊重已故原首相宫泽喜一遗愿，合三为一，组建"大宏池会"。但此番丹羽落单，麻生遭挫，三家已不太可能再同吃一锅饭，看来今冬明春，由古贺、谷垣两派为主的"中宏池会"很可能扬帆起航，备战下届大选了。

此次总裁选举，福田的得票数共占 60% 强（议员票加上地方票），不能算高；如按"挺福"的八大派人数看，应该超过 300

票，但实际仅得 254 票。相反，在派系格局中以小博大的麻生竟然拿到了 132 票，令人不能小觑。麻生得以在此基础上，铺平了"福田之后"的夺嫡道路。

三、鹰还是鸽

对于日本首相的政治态度，舆论好以某届内阁或某人的对华政策言论为尺度来评判其善恶。福田康夫胜出后，有舆论立即将其归类为"鸽派"。福田到底是"鸽派"还是"鹰派"？笔者认为，该问题很难以非黑即白的标准来回答，对日本当政者政策倾向的分析，应在日本外交与安全战略转型之大背景下，从日本"保守政治"的思想与政策分野的角度，摸清其对华政策定位或定向，才可能判断准确。

从源头上讲，日本政界历来有"保革之争"的说法。战后初期，日共、社会党、社民党等所谓"革新"势力声势浩大，与自由党、民主党等"保守势力"不相伯仲。特别是 1954 年，左右两派社会党合并，"革新"势力崛起，影响飚升，大有东风压倒西风之势。为与之抗衡，1955 年，自由与民主两大保守政党，在鹰派主导下，实现了"保守"联合。日本政坛因之形成了保革两大势力对峙、自民党一党执政长达 38 年（1955－1993）的"1955 年体制"。

作为"保守政治"载体的自民党，因关于国家发展与安全战略思想的不同分为"保守主流"与"保守支流"两大政策思想集团。所谓"主"、"支"之分，主要是指在一个特定阶段，政策思想上升到国家战略的高度并付诸实践，忠实贯彻这一基本路线的政客集团为主流；未被践行的政策思想与政客集团为支流。当然，主流与支流的划分本身是带阶段性的，在内外条件与环境变化并到达某个历史拐点之后，主流可能成为变革对象，支流则可能上升为主流。

自民党政治的"保守主流"主要指主导战后日本外交与安全战略的"吉田路线"。"吉田路线"的精髓是以经济大国为目标，以"深化日美关系"为基轴，坚持"和平宪法"及"轻军备"。吉田茂长期为相，并延揽了一大批年轻有为的官僚，该政策集团及坚定贯彻此路线的官员因之被戏称为"吉田学校"。从1955年至1993年，"吉田路线"被战后保守政治奉为旗帜，"如'吉田学校'一语所示，后来成为内阁首相的自民党各派领袖在制定内政外交的路线方针尤其对华政策时，基本都沿袭'吉田路线'"。

"保守主流"在关乎日本国家走向的以下三方面定位明确：一是对修宪态度谨慎；二是建立及巩固日本经济大国地位，在外交、安全、防务等方面更强调作为"西方一员"及"日美欧三边"的一员；三是将日美关系定位于"基轴关系"，视之为日本外交关系的重中之重。坚持和平宪法、参与国际协调、推行轻军备等政策色彩使该派被贴上"鸽派"标签。

"保守主流"从吉田茂算起，代表人物有池田勇人、佐藤荣作、宫泽喜一等原首相。池田勇人推行"国民收入倍增计划"，佐藤荣作推进经济高速增长，无疑都巩固及发展了"保守主流路线"。宫泽在派系与思想上承袭于池田勇人，算得上根红苗壮的"保守主流"派。

宫泽又是"保守支流"鼓噪而起、两种国家战略路线激烈碰撞之后，坚持贯彻"以和平的国际协调的经济国家为中心的立场"的代表人物，因而也被称为"吉田学校"的最后高足。俗话说，形势比人强，在上世纪90年代初期，冷战结束、海湾战争爆发、自民党下野前夜的特殊阶段，号称"鸽派"的时任首相宫泽喜一批准自卫队出国扫雷，战后首次将军旗打出海外。

　　自民党"保守政治"的另一面是"保守支流"。战后，该派的政策思想经历过几个拐点，在政界出现过多股抵制"吉田路线"的新老"保守支流"势力。一是上世纪80年代以前以岸信介、鸠山一郎两届内阁为代表的"激进保守主义"。二是80年代之后出现的推进日本国家安全战略转型的"新保守势力"：中曾根康弘的"政治大国"论；小泽一郎的"普通国家"论；安倍晋三的"美丽国家"论；麻生的"自由之弧"论等等。

　　这股政治势力是海湾战争爆发后自民党内欲给"吉田路线"划上休止符的政客。他们注意到了美国世界战略调整对日本安全环境的影响，因而认为"吉田路线"的历史使命已近终结。故而，欲以"自主外交"为名，扭转不平等对美关系，突破和平宪法的束缚，提升安全与战略角色，引导日本跃居"普通大国"地位。

　　例如，安倍于2006年9月当选后提出了一整套政策思想。"安倍政治"可以概括为一个核心、两个基本点。前者是指"摆脱战后体制"，即改变政治、经济、外交及安全等战后基本框架；两个基本点分别是修改宪法与教育改革，打破和平宪法对日本放弃交战权、不行使集体自卫权，以及扮演地区与全球战略与安全角色的钳制；推进爱国主义教育，加强对传统、民族、文化、历史的教育力度。在外交上，安倍打出了两面旗帜：一曰"自我主张型外交"，主张自主；一曰"价值观外交"，以制划线，基于"普遍价值"，以日美同盟为基础，与澳、印和欧洲国家等具有共同价值观的国家加强合作。

　　实质上，"安倍外交"的"四国同盟战略"是对"保守支流""自主外交"的传承，如鸠山一郎寻求与苏联恢复外交关系，摸索"独立外交"道路等；岸信介通过外交谈判，修改了日美安全条约的不平等性等等。"安倍外交"说穿了，既具有构筑对华隐形战略包围网的地缘政治意图，也暗含修正对美一边倒战略的长远考虑。

安倍对华外交提出的"战略互惠关系"，是"自主外交"的实践，目的在于运用"作为亚洲一员"的重要资源，寻找机遇，夯实基础，着眼点既在华，也在美，是战后"保守支流政治"在新形势下的延长。

要而言之，中曾根—小泽—小泉—安倍—麻生，这几股"新保守主义"所鼓吹的治国路线是日本现阶段的"大政治"、"大战略"。从这一角度说，传统的自民党"保守支流"已逐渐上升到"主流"位置。传统"保守主流"所褐橥的"和平主义"、"轻军备"等言论政策是阳春白雪、曲高和寡。所以，福田内阁成立伊始，作为"保守支流"及"新保守主义"代表人物的中曾根康弘指责福田根本不属于保守政治的"主流"，而是"左派"。他认为"安倍政治"才是日本政治的"主流"；"麻生这样的政治家才让人放心"。

综上所述，一般而言，以建设"经济大国"为目标、坚持护宪的吉田茂、池田勇人、佐藤荣作、宫泽喜一等被称为"鸽派"；以建设"政治大国"为目标、突出强兵色彩的岸信介、鸠山一郎、中曾根康弘、小泽一郎、安倍晋三等被称为"鹰派"。从实质看，"保守主流"也好，"保守支流"也罢，都是日本统治集团在多重国家利益矛盾和冲突时，突出核心利益的一种取舍。都是时与势所致，均在力争为阶段性国家发展与安全战略作最佳服务。

四、福田外交

福田康夫的派系渊源是福田赳夫派。老福田在佐藤荣作政权时代曾出任大藏大臣、自民党干事长和外务大臣等重要位置。从这点看，福田也算受到"吉田学校"的真传。但福田与宫泽一样，森与小泉两届内阁的诸多派兵法案都是在福田康夫在内阁官房长官任上精心策划或参与下出台的；福田也是《反恐特别措施法》的主要起草人之一。

与"保守主流"政治血缘颇深的福田康夫如何继承"保守主流"的政治遗产呢？驶上高速公路的车是很难原路倒回的。福田重出江湖，不一定能产生"钟摆效应"，因为在"55年体制"崩溃及国家外交与安全战略转型的大背景下，以建设"政治大国"为战略目标的"保守支流"思想已逐渐获得了上升的战略空间；再加经小泉、安倍扳过道岔的日本国家发展路线，"福田号"只能在匝道上稍事停留。

对福田政权的政策走向，日本一位资深战略家看得格外清楚。今年10月10日，自民党元老中曾根康弘在防卫大学演讲时盛赞了安倍晋三，认为安倍执政不到一年，即实现了中曾根多年梦寐以求的政治目标。相反，他对福田嗤之以鼻，指责福田政权仅仅是安倍政权之后的一个反动，认为他既不谈修宪，也不加强以爱国主义为核心内容的道德教育。

另一位权威学者——美国传统基金会亚洲问题资深研究员布鲁斯·克林纳于今年9月26日发表文章说："尽管人们预计被称为'鸽派'的福田会对一系列政策做出重大改变，但他极可能保留其保守前任的大多数政策，只不过将对其中一些政策进行调整而已。"

克林纳说，关于"战后体制"问题："最重要的是重新考虑安倍最关注的问题，即修改和平宪法并修改法律以使日本自卫队承担新使命，并使日本在地区和国际舞台上发挥更大的安全作用。"关于"四国同盟"问题："不像安倍那样热衷于组建'更广泛亚洲’的民主伙伴关系——由日、印、美、澳组成——以遏制中国。”关于日美基轴关系问题：“福田不会像其前任一样，实行一种以美国为核心的外交政策，但将这视为美日双边关系将遭到否定是错误的。”关于亚洲外交问题：“福田将继续推动安倍为修复日本与邻国的关系而做出的努力。”关于历史问题：“福田已发誓不以官方身份参拜靖国神社。”

可以预见，福田秉承的政治路线是在前任基础上的微调，在关乎日本国家安全与战略转型方面逐渐淡化“安倍色彩”。福田将避免提及修改和平宪法，反对行使集体自卫权，否定安倍激进的“摆脱战后体制”路线。在外交政策上，将“坚持日美轴心”关系，注重“联美入亚”，将美亚两大外交轮子一起推，发展对华关系，重视亚洲外交。从其外交内涵看，流淌的是“吉田路线”脉管的血液，借助的仍是“吉田路线”的惯性。受其影响，其外交政策走向将保持既往路线。日美关系、日中关系均会保持目前的势头。由于参众两院力量格局的变化，在对美关系上面临的变数相对更大一些。

一是关于延长《反恐特别措施法》的期限，这一法案将决定日本能否更大步伐地发挥相应的国际安全角色，为政治大国战略作最佳服务，进而决定日本在美国国际安全格局及双边同盟关系中的有为及有位。民主党出于倒阁考虑而反对延长该法案是完全可能的。日美关系会否受影响值得注意。

二是中日关系。福田政权仍将致力于推进对华关系。安倍上台后，对华外交得分较高，故而福田对华外交不会出现根本性变化。中日关系将继两国元首的破冰、融冰之旅后，进入小幅升温阶段。两国崛起的错肩阶段的心理调节、重新认识、民族主义的防患等方面，经常会面临困难。

日本政局回顾与前瞻[*] ‖

一、政事如棋

年光似鸟翩翩过，世事如棋局局新。2007 年日本政局以参院选举为重大转折点出现格局性变动，波谲云诡、剧烈动荡，好似一幅幅意境深远、耐人寻思的画面，政局的瞬间被封存、定格在光影胶片构筑的世界之中，展现在战后日本政局的历史天空之下：安倍的"闪电辞职"、福田与麻生的"夺嫡大战"、小泽以退为进的党内斗法，政治人物栩栩如生，过招拆招令人眼花缭乱。摊开这鲜活的政争长卷，以下三幅画，引人驻足深思其画面背后故事的究竟。

其一，2007 年 8 月 28 日，时任首相安倍晋三出席了在日本武道馆举行的原首相宫泽喜一（同年 6 月逝世）的葬礼。安倍在悼词中高度评价宫泽，称其以政界首屈一指的才干、绝无仅有的先见，贡献于世界的和平与繁荣，堪称"战后政治活证人"。并誓言要竭尽全力，为建设一个能经受今后 50 年、100 年之时代风

＊ 本文发表于《中国改革开放论坛·中国战略观察》2007 年第 12 期。

浪考验的新国家而奋斗。

众所周知，宫泽喜一被称为"鸽派"，他在思想上承袭于"开国宰相"吉田茂，是"吉田路线"的代表人物，坚持"轻武装、经济主义"的国家战略路线。上世纪90年代初，海湾战争爆发后，自民党内出现了一股欲终结"吉田路线"的政治势力。他们认为"吉田路线"的历史使命已告结束，在新的国际战略与安全形势下，日本必须突破和平宪法束缚，提升安全与战略角色，引导日本走向"普通大国"。

这股势力的代表包括中曾根康弘、小泽一郎、小泉纯一郎及安倍晋三等自民党保守主义者。尤其是安倍于2006年9月当选首相后提出了"摆脱战后体制"的口号：改变政治、经济、外交及安全等战后基本框架，在上层建筑领域重新打造一套合身的时髦套装，以"建设美丽的新国家"。

话说回来，在日本国家战略走向调整这一时代大背景下，安倍对宫泽的吊唁，在时间坐标、空间坐标、思想坐标上，象征着两个历史阶段的交替、两个国家战略目标的交叉、两股政治潮流的交汇，以及两条国家发展路线的碰撞。在更深层意义上讲，亦即安倍代表"新保守主义"向宫泽代表的"吉田路线"之诀别。

其二，2007年9月21日，安倍晋三告病辞职后，福田康夫与麻生太郎在日本记者俱乐部展开政策论战，打响了自民党政治舞台上老戏老演、老演老戏、常演常新的争夺首相大位的"福麻战争"。从上世纪90年代迄今，在"普通国家"、"美丽国家"等大国主义思潮主导国家战略发展的时代背景之下，小泉—安倍—麻生，作为"新保守主义"代表，结成神圣同盟、政治轴心，踌躇满志，大展身手。麻生理所当然地应是安倍的接班人。

麻生较安倍小14岁，选举之前，麻生自认为自民党总裁一职，非己莫属，并扬言"若安倍—麻生连任，干满10年，足以给战后保守与自由两派对峙的政治格局划上句号，一举巩固保守态势。"民族主义色彩浓厚的东京岗崎研究所副所长川村纯彦由衷地赞叹："麻生认同安倍所秉持的日本应在亚太地区发挥更大作用的观点，具体包括修改宪法第九条和重新解读对行使集体自卫权的限制。"

可见，在权力承袭上，麻生与安倍零距离，权柄似乎唾手可得。但人算不如天算，福田赳夫冷不防从斜刺里杀出，一呼百应，横刀夺嫡。表面看，福田的胜出是反安倍势力的集结，是一种政策"钟摆效应"。它表明参院选举失败后，党内要求修正小泉、安倍路线的势力抬头；自民党看到了激进改革浪潮对执政基石的冲刷，开始寻找改革与稳定的结合点，以巩固社会基础、稳住阵脚，迎战众院大选。

从深层原因看，"麻退福进"的政治转折，表明"小泉—安倍政治"陷入低潮，"麻生时代"未能继往开来。宫泽喜一虽然驾鹤西去，但以"宏池会"为代表的"吉田主义者"还大有人在。这折射出"大国主义"的步伐放慢，奔驰的"政治大国"战车失速。同时，也要冷静地看到，沿循"吉田路线"、并以此为旗帜集结政治力量并非易事。换言之，日本国家走向不会因政权更迭而急剧转向。

其三，2007年10月30日、11月2日，福田康夫以自民党总裁身份与民主党党代表小泽一郎连续两次举行党首会谈。席间，福田提议小泽能否"思考一种新的政治模式"，即建立自、民两党"大联合政权"构想。旨在以此香饵换取民主党合作，一举打破"扭曲国会"僵局，扭转被动局面。

福田打的绝对是当面笑、背后刀的传统拳法。面对"福翁微笑"，小泽本可姑妄听之，付诸一笑。无奈小泽"犹抱琵琶半遮面"，有心接招。小泽的"向权看"姿态，顿时引爆了民主党内不同派系、不同声音的窝里斗，并把炮火集中到小泽身上。

自民党此举一石三鸟：引发了民主党的内斗，弱化了小泽在党内的向心力，减轻了众院选举的威胁；转被动为主动，与民主党的"攻防格局"出现逆转；离间了在野党联合，与民主党在参院保持合作的国民新党出于对"大联合政权"的警惕，已对一些动议投弃权票，两党的距离在拉大。微雨池塘见，好风襟袖知。眼见民主党乱了阵脚，自民党偷着乐。行政改革担当大臣渡边喜美说："民主党把机会搞成了危机，我们想把危机转化成机会。"

迫于党内主流意见相左，小泽长袖善舞，演出了一场以退为进的"政治秀"，并给福田回电话，告之民主党高层拒绝"大联合政权"。为什么小泽不干脆拒绝福田的招安？舆论猜测，小泽一来脑里"有神"，忌惮美国。美驻日大使希弗为日本在印度洋为美国舰队供油一事登门会见小泽而遭拒绝，小泽担心遭美报复。二来心中"无底"，怀疑民主党的执政力量与施政能力，想见好就收。三来脚下"无力"，担心民主党一盘散沙，是扶不起的阿斗。尽管小泽收回辞表，但党内仍然疑心暗鬼，留下难于愈合的硬伤。

二、局势混沌

"风乍起，吹皱一池春水。"2007 年的日本政局以参院选举为重大转折点，掀起阵阵政潮。其中，有四个关键词起着点睛作用：

（一）"摆脱战后体制"。这是安倍政权大国战略的旗帜。战后历届自民党政权都好提一些引导国家走向的口号。如池田勇人的所得"倍增计划"、田中角荣的"列岛改造计划"、中曾根康弘的"战后政治总决算"、小泽一郎的"日本改造计划"等等。"安倍政治"的执政目标是要一举突破和平宪法对日本提升战略与安全角色的钳制，行使集体自卫权，加快军事大国的发展步伐，推行价值观外交等等。

关于国家战略发展的定向，从上世纪90年代以来，日本一直有两股思潮：一股倾向于继续扮演"和平国度"角色，为全球提供航海自由、稳定国际金融体系、带头遏制全球气候变暖等"公共商品"；改善与亚洲国家的关系，以提升日本的"软实力"。另一股是以中曾根—小泽—小泉—安倍—麻生为代表的"大国主义"思潮。安倍当政后，依靠政权优势，"破字当头"，立在其中，通过了《防卫厅升格相关法案》、《改正教育基本法》与《国民投票法》，使日本的大国战略前进了一大步。

2007年7月参院选举的政策论争焦点并非战略问题，而是"养老金"等民生问题，选民对安倍政权投了反对票。安倍政权仅维持一年，便人去楼空、曲终人散。安倍政权的"摆脱战后体制"，好比破茧为蝶的过程：蝶竭尽全力使身体突破茧的束缚，破茧的过程异常艰难，进展非常缓慢。从化蝶的过程看，茧的束缚和身体的力量都是必需的，在克服阻力的同时，蝶也获得了生存的力量。这提示人们要从更长远的角度、辩证地看日本"战后体制"一时"摆脱不了"的局势。

（二）"扭曲国会"导致决策"半身不遂"。2007年参院选举后，朝野力量伯仲，首相难以依靠执政党多数对重大事项做出决断。不少日政界人士认为，这种失衡状态短则持续5—6年，长则10年，受此影响，政局将多空对峙，震荡成常态。

在"扭曲国会"态势之下，民主党在参院从水手升为船长，成为支撑日本政治的"半边天"。自民党决策首先要考虑在野党的态度及由此产生的政治交易成本。小泉当政时曾大力提升首相官邸、政策班底的决策地位，组建以内阁为枢纽的决策"司令塔"，自上而下地强力推行改革政策与大国战略。但在众参两院朝野伯仲态势无法扭转的情况下，决策重心将被迫从首相官邸移向国会，在重大政策出台之前，福田必须屈尊与在野党举行系列性党首会谈，通过协商，寻找妥协点，争取合作。

从短期看，国会立法运作停滞，重要法案难以顺利通过；2008 年度的财政预算与税制改革等相关法案审议迫在眉睫。从长期看，即便自民党在下一轮众院选举中获胜，由于参院议席任期的时效，朝野众参伯仲的态势将长期持续。

（三）"大联合政权"。面对朝野伯仲的力量格局，福田政权被迫在荆棘密布的道路上摸索前行。日本政界党魁、财界巨头多数认为，稳定政局、理顺两院关系的"不二法门"是建立"大联合政权"，以从根本上消除"扭曲"局面。

首选模式是自、民、公三党实现大联合，力争在众参两院占居90％的席位，进而以这股强大势力推动修宪等动议"闯关"，掀开日本政局划时代的一页。自民党元老中曾根康弘、山崎拓等人，以及财界、经济界都非常希望自民、民主两党联合执政，稳定政局。

经常披露政界内幕的保守杂志——《选择》月刊最近刊文，以德国现任总理默克尔领导的、由中右翼政党和中左力量组成的大联合政府为样板，将日德国内政治生态现状做了比较研究，并得出结论：有政策、政治风俗、选举制度等三大壁垒阻碍日本朝野政党联合，今后加剧朝野两党裂痕的大规模政界重组不可避免。

自民、民主两大党联合执政，既有其能联手的有利因素，但也存在不少不利因素，好比"油水混合"，难度颇大。从负面因素看，自民与民主两党基本上都是"鸡尾酒型政党"，各自内部都有从保守主义到自由主义的多股势力，在理念、主义和观点上相去甚远。

从有利因素看，自民与民主两党在涉及政权基础的外交、安全战略和结构改革方向等问题上立场相近。民主党内以鸠山、前原为首的主流意见也同意加强军事实力，以国际维和行动为跳板，提升日本的国际安全与战略角色。自民、民主两党在关乎国家发展战略的大政治上有不少共同点。例如，小泽一郎曾作为自民党干事长，亲历过海湾战争，福田康夫也曾作为官房长官亲身经历了伊拉克战争，在将军旗打向海外这一点上，两人的战略观、安全观、外交观基本一致。

（四）"第三极势力"。除自民党与民主党建立联合政权之摸索外，在政界大分化、大重组的基础上，"美丽国家"加上"普通国家"的政治力量，很可能形成一个新老保守主义大联合的、规模更大的"自由之弧"，导致政治"第三极"或"第三势力"的出现。这将进一步加大政局的扑朔迷离。有一句谚语说，雄鹰衰老后，必须在岩石上打磨鹰喙，经历痛苦的换羽过程，才能重新展翅。老字号的自民党、民主党能否会像鹰一样，经历脱毛换羽的炼狱，再次高飞呢？

美国舆论敏锐地抓住了这一政治动向，有分析家指出："日本将有第三党兴起。"他们认为，小泉的追随者及其他支持改革的自民党党员将脱党与民主党志同道合的脱党者联手另建新党。其核心将是年轻的城市政治家。他们在外交政策上是强硬派，基本上是亲美的。例如，自民党原政调会长中川昭一已开始筹建约有平沼纠夫等 16 个议员参加的跨派系"学习会"，欲继承安倍晋三"摆脱战后休制路线"。

三、新桃旧符

"风吹一片叶，万物已惊秋。"一次参院选举，致使日本政治格局出现了自民与民主两大政党对峙的局面。这正是 1993 年以来小泽一郎高喊"造反有理"分化自民党的目的。如果民主党主导的政权建立在众参两院过半数的基础上，日本有可能"脱毛换羽"，成为两大政党更替的国家。问题是，民主党准备好了吗？

民主党是 1998 年由部分自民党、社会党、民社党、新党先驱、日本新党等各个党派组成的大杂烩。2003 年，鸠山等人谋划，为取得保守阶层的支持及借助小泽丰富的从政经验，与当时小泽任党首的自由党合并。在党内，小泽与鸠山关系较近，再加上菅直人这位元老，组成了"三驾马车"式领导体制。党外有党，党内有派。民主党内派系林立，共有大小 7 个山头：小泽一郎派，主要由年轻议员组成的"一新会"构成，约 50 人；菅直人派，名为"国之构造研究会"，约 30 人；旧社会党系，约 30 人；鸠山由纪夫派，约 30 人；前原诚司派，号称"凌云会"，约 30 人；野田派，约 25 人；旧民社党派，约 25 人。

2007 年参院选举中民主党的胜利，是战后日本政治的格局性、历史性变化。民主党在地方、农村、大城市大胜；自民党在农村的"金汤城池"及公明党在大都市的"不败神话"破灭了。美国舆论敏锐地指出："自民党执政可能终止于福田康夫。"他们认为，福田政权无法解决小泉改革的后遗症，自民党在连续执政近 50 年之后，"政权更迭"已迫在眉睫。

如果说 1993 年自民党是因为"保守"而丢失了长达 38 年的政权，那么，2007 年则是因为"改革"而败北。确切地讲，是小泉的"结构性改革"腐蚀、涣散、流失了自民党政权的社会基础。从小泉纯一郎到安倍晋三两届政权，都未解决好改革与稳定的关系。

一方面，自民党长期依赖的由宗教、官僚、学者、媒体、财界等"东京精英"组成的支配体制开始摇晃。在 2007 年 11 月 18

日举行的大阪市长选举中，民主党候选人再次战胜自民党当选。这是继参院选举后的又一次政治较量，暴露了自民党的地方基础之脆弱，加剧了党内对众院选举的心理恐慌。

另一方面，自民党农村、农民、农业所代表的"草根力量"造反，导致自民党传统"保守王国"的崩溃，该党的一些重量级人物被撵出了盘踞多年的选区。英《泰晤士报》称："愤怒的中产阶级选民"导致自民党惨遭溃败；贫富分化严重的大部分农村也抛弃了自民党。自民党对权力长达半个世纪的垄断已近黄昏。

但是，民主党党内也并非士气高昂。影响该党内部团结的是"手表定理"作用：围绕党的"政权战略"，有两块手表在嘀嗒作响：

一块表是欲挟参院选举大胜之余威，憋足劲备战众院大选，一席一席地争夺，最终在众院挤走自民党，一举翻盘夺取政权。故而拒绝"联合政权"，称其是"政治野合"，担心一旦迈出与自民党联合执政这一步，民主党会随之瓦解。这股势力主要是党内的中间力量、年轻议员和旧社会党党员构成。他们反小泽，拥立副代表冈田克也。另一块表是赞成与自公两党建立联合政权，抢占政治资源，积累执政经验，加强理政能力，建立政绩，并分占6个阁僚席位，为长期执政做准备。该党副代表前原诚司等人倾向于此种观点。鸟无头不飞，全党搞不清哪块表的时间才是正确的，导致无所适从，行为混乱。

四、山雨欲来

展望新年的日本政局，豚去政局呈迷离，鼠来政潮风雨急。一面是福田政权欲掌握大选主动权，寻机突围，拿下众院选举。为此，自民党高层已发出"常在战场，准备不懈"的动员令。另一方面，民主党步步紧逼，欲乘热打铁，抢班夺权。可见，提前打响原定于 2009 年举行的众院选举是局势爆炸点，日本政局将在鼠年初始出现巨大波动。

其一是近期波动：围绕《反恐特措法》的表决，民主党亮剑逼宫，福田被迫解散众院。11 月 13 日，自民党凭借众院联合政权的力量优势"闯关"，通过了旨在恢复印度洋供油的《新反恐特别措施法》。提交参院审议后，肯定遭民主党抵制。该法案撤回众院后，自民党可再以三分之二的票强行于临时国会闭幕的 12 月 15 日之前通过。政局的爆炸点由此形成：民主党势必针锋相对，提出对首相的"问责决议案"，亦即启动对首相的弹劾程序，国会运作瘫痪，福田将被迫解散众院，明年 1 月投票。

其二是近中期波动：围绕新财年年度预算展开攻防，福田政权欲通过预算、稳定经济，挟民意优势打赢大选。民主党则计划借追究自民党财务大臣额贺福志郎卷入军需品商社收受贿丑闻问题，杯葛财年预算，趁福田政权阵脚未稳，乱中取胜。2008 年 1 月国会例会开幕，到 3 月末的预算案通过后，举行大选的可能性颇大。

其三是中期波动：日本作为东道国，在举办北海道洞爷湖八国峰会之后，自民党将在暂无后顾之忧的情况下，解散众院。

其四是中长期波动：作为执政党另一搭档的公明党，因其重要支持组织——创价学会的盘算，认为解散众院最好在秋天之后；部分自民党议员也认为解散越往后拖越有利。

中日关系何以柳暗花明[*] ‖

　　2006 年 10 月，时任日本首相安倍晋三启动对中国的"破冰之旅"，给两国政治关系的沉闷局面画上了休止符；翌年春天，中国总理温家宝回访日本，化冰融雪，巩固了双边关系的转圜势头；2008 年元月，日本新任首相福田康夫飞赴中国，踏雪迎春。经过两国高层的不懈努力，目前的中日关系确已进入"江汉春风起，冰霜昨夜除"的新阶段。

　　2008 年春季，中国国家主席胡锦涛将在时隔 10 年之后访问日本，从而推动搁浅多年的中日首脑互访机制走上正轨。两国关系这种春回大地的局面，与小泉时代"政冷经热"的格局相比，颇有柳暗花明之感。正如福田首相所言，"中日关系迎来了春天"。

双方努力双轮运转

　　中日关系的良好发展势头，与中国对日政策内涵的战略思维及世界眼光密切相关；同时，也得益于日本政局变动引起的外交

＊ 本文载于新浪网"环球财经"专栏，2008 年 1 月 31 日。

思想与人事布局调整。换言之，日本决策层在对亚洲与中国外交政策进行"回头看"后，做出了客观、理性的调整。

从中国方面看，中共十六大确立的外交思想，鉴于日本兼具发达国家与周边邻国的双重属性，将其定性、定位于"关键"与"首要"的战略位置。中共十七大继承、发展了十六大外交思想，提出了"继续同发达国家加强战略对话"、"加强同周边国家的睦邻友好和务实合作"等政策思路。从中可以解读出对日外交思想的连续性、稳定性和积极性。

从日本方面看，一年多之前，安倍为扭转小泉外交对美一头沉、对亚一手软、对华一根筋的局面，闪电式访问北京，颇有思想地提出让中日关系"政治"与"经济"两个车轮强力运转，成效明显。福田入主永田町后，提出了对美与对亚"共鸣"的平衡外交思想，并在对华安全、经贸、文化和环保领域的合作进行了积极探索。

滤安倍渣滓得吉田真传

有媒体点评说，福田的治国之道与小泉不同：小泉是"动"的领袖，追求"轰动效应"；福田是"静"的领袖，追求"务实稳重"。

从源头上说，福田内阁对华外交的积极面，源于战后坚持"和平宪法"及"轻军备"的"吉田路线"。由于吉田茂长期为相，这条政策路线及其坚定贯彻者被戏称为"吉田学校"。"吉田学校"的"学员"因而被贴上"鸽派"标签。从吉田茂算起，该路线的代表人物有池田勇人、佐藤荣作、宫泽喜一等原首相。福田康夫的派系渊源是福田赳夫派。老福田曾出任佐藤荣作政权的外务大臣。从这点看，福田父子也算受到"吉田学校"的真传。

从福田当政几个月看，其在日本国家安全战略转型方面不提修改和平宪法，反对行使集体自卫权；否定安倍激进的"摆脱战后体制"路线。在外交政策上，强调"坚持日美轴心"关系，注重"联美入亚"，将美亚两大外交轮子一起推。实际上，其外交思想流淌的是"吉田路线"脉管的血液。

不容否定，安倍执政伊始提出的中日建立"战略互惠关系"倡仪，打开了中日关系的大门。但安倍外交的另一面旗帜——"价值观外交"（基于"普遍价值"，以日美同盟为基础，与澳、印、欧等具有共同价值观的国家加强合作），具有构筑对华隐形战略包围网的地缘政治意图；从而成为影响双边关系发展的障碍。

福田内阁接过了"战略互惠关系"这面旗帜，滤掉了其中的渣滓。无疑，这将进一步推动中日双方更好地运用战略思维，找到打开未来发展之门的钥匙。

攀山登顶不进则退

站在高处看风景，中日关系发展的起伏才能一目了然。

笔者记起南岳衡山玄都观的一副楹联。该观因居山之半，亦名"半山亭"。半山亭联云：遵道而行，但到半途须努力；会心不远，要登绝顶莫辞劳。笔者想说的是，"步百里者半九十"。中日关系正处在攀山登顶、不进则退的费劲关头，须脚不停步、再攀高峰。为此，双方应进一步深化对"战略互惠"内涵的认识。

首先，是要进一步缩小关于"战略"这一概念的歧见。在中日 21 世纪委员会上，日方委员也曾与笔者讨论过诸如战略思维、战略文化的问题。中方有代表性的看法是，思想文化是战略的底蕴，战略思维在一定程度上反映出不同民族在历史发展、地理环境、文化背景、社会制度等条件下所形成的思维特征；它深刻地反映一个国家和民族的历史文化和哲学传统。中日作为农耕文明与海洋文明的两大典型民族，围绕战略思维与战略文化，尚需进一步求同存异。

其次，是要围绕如何充实"互惠关系"献计献策。可以说，"互惠关系"即"双赢关系"。这一概念的积极意义在于肯定了中国和平发展给双边关系带来的现实利益、长远利益、潜在利益、共同利益、关联利益、区域利益。在实现双方首脑互访之后，两国势将进一步在经济上开展相互合作，安全上加强增信释疑，环保上协力推进。

同时，要预见到，在台湾、领土、东海油气田等问题上短期内取得突破的难度；以及中日综合国力对比"擦肩"阶段、两国关系"更年期"特有的"病症"。对此，既要在思想上做到"形势稍好，尤须兢慎"；居安思危，加强危机管理；又要在行动上官民互动，政经互促，战略互信，全方位发展。

"情丝千尺挽韶光，百舌无声燕子忙"，这是宋代诗人范成大《初夏》诗句。正值春夏之交的中日关系更需要无数燕子衔泥筑巢，辛勤劳动。笔者所服务的新一届中日21世纪委员会，为两国关系止跌回暖而欢呼雀跃，更为如何进一步推进双边关系发展而沉思谋划。

福田改组内阁的人与事[*]

一、"脱小泉、安倍色彩"的人事调整

以"睿智和亲切"闻名、闲暇时爱听巴托克音乐的福田康夫首相终于动手"装修""官邸"了。8月1日傍晚,福田进行了上任以来首次党政人事"改造"。因为,住"二手房"怎么也没有住新房来劲儿,"旧气"在内,挥之不去。所以,掸去尘埃、洒扫庭除,装修出风格,挂上"全家福",是福翁的当然之意。

二次"装修"之前,福田内阁正经受着上台以来民调支持率降到最低点的煎熬。众所周知,福田于2007年9月在党内选战中胜出,入主政治中枢所在的永田町。福田入住"首相官邸",接手的却是一局残棋。其前任小泉纯一郎、安倍晋三两届政权给他铺设的施政道路弯曲艰险。

在政局运作上,去年9月,自民党在参院选举中败北,时任首相安倍晋三临阵卸甲、借病辞职,留下一个在野党把持参议院的"扭曲国会"。所谓"扭曲",即参议院对内阁提出的议题拥有

---

[*] 本文发表于《中国改革开放论坛·中国战略观察》2008年第9期。

至关重要的搁置和否决权，福田施政余地受限。面临派兵关、预算关、倒阁关、税收关等一系列坎坷，福田把这次内阁定位为"背水之战内阁"。

在人事布局上，当时的内阁班子除文部科学大臣渡海、防卫大臣石破茂之外，大多是安倍内阁的"遗老遗少"。这些政客在执政理念、人格魅力、施政风格等方面与福田同床异梦、同而不合。正如自民党大佬山崎拓所说："现内阁尚称不上福田内阁，福田必须建立自己的内阁，实行福田色彩的政策。"

在政策课题上，福田政权面临"乱峰幽谷不知数"的混沌形势：金股汇行情剧烈动荡、粮油矿价格骤然飙升，资源、能源、粮食等大宗商品的"再国家化"亦即"价格卡特尔化"持续发展，国内贫富差距拉大，通胀压力释之不去，景气衰退迹象日益明显。

政治家一举一动都是有目的的。随着大选的脚步声越来越清晰，党内关于"换马"的风声一阵紧似一阵，政权基础开始动摇。在这种形势之下，福田被迫动用内阁人事权这一利器来巩固政权：内阁改组究竟是一付"妙药"还是"毒药"？这一利器的功效因人因时因地而异，用得好是利器，用得不好反伤自己。一年前，安倍政权也曾动用这柄"家传宝刀"，屡屡换将，改组内阁，以剔除在"拉链门"和"孔方门"上屡出问题的阁僚，但事与愿违，越抹越黑。可见，福田此番动用这一利器，是抬升内阁支持率的最后一张王牌，也是一招有风险的棋。

一年来，福田内阁的外交活动颇显成效。福田一直希望籍"马不停蹄"外交实现政权支持率回升。其突出表现是：外交上以日美关系为基轴的同时，注重改善与亚洲国家的关系，并展开了一连串眼花缭乱的外交活动：今年5月，中国国家主席胡锦涛成功访日，两国首脑发表了推进战略互惠关系的联合声明；5月底日本举办了非洲开发会议，为大国的非洲外交竞争注入日本元素；6月上旬，福田访欧，分别与德、英、法、意等国首脑举行会谈，为八国峰会做准备，并相机提出了气候变化、粮食安全和能源安全等触动选民的议题，公布了"低碳社会构想"。在北海道洞爷湖举办的八国集团峰会俨然成为对日本外交政策的一次舆论测验，福田显然取得成功。福田首相7月10日在电话中对作为执政伙伴的公明党党首太田昭宏表示："外国首脑们满意而归，没有什么比这更高兴的。"

八国集团峰会之后，似乎政局、朝局的风势风向都在转顺。其侧近也希望借东风扭转颓势。确实，外交旋风过后，迷漫于日本政坛上诸如"解散众院"、"总辞职"之类的紧张、低迷气氛已经消散。于福田而言，正可谓：才得吹嘘身渐稳，当风轻借力，一举入高空。此时择机改造内阁，既是为继续平稳施政服务，又是着眼于明年众议院选举的重要布棋。

二、打造"水立方"内阁

在日本，内阁换班就像中国奥运场馆"水立方"建筑一样，是个非常有规则、被严格制约的几何游戏。其表面的泡泡代表了一种灵动，要把所有参与其中的元素都组合在一起，形成结果。此次改组，福田既要考虑"上上下下"的关系：国民支持率、财界肯定度、政策执行力等；又要处理"方方面面"的平衡：党内派系、联合政府席位、男女新老搭配等。处事稳健人脉宽泛的福田较好地处理了多重关系。一般认为，福田改组内阁的主要目的有以下几点：

一是提高"站位"，抬升支持率，伺机解散众院，拉开大选帷幕。福田执政近一年，仅能以20%的支持率"低空飞行"。以如此之低的支持率迎战选举，自民党必败，福田必将"切腹"。所以，中日舆论多认为，内阁改组是"扬帆起航的解散准备内阁"，亦即准备高台跳水、逆境求存的内阁。据《读卖新闻》全国舆论调查结果显示，新内阁支持率大幅跃升至41%，远远高于改组前的26%。

二是形成"合力"，搭建"福田—麻生新体制"，摆出"举党一致"态势，稳固执政基础。从人事布局看，内阁的17位成员中，除官房长官町村信孝、外务大臣高村正彦、厚生劳动大臣舛添要一留任外，13位大臣走马换将。其中，起用了野田圣子和首次入阁的林方正，以显示"重视稳健派和年轻面孔"。野田圣子是日本政坛后起之秀。这位名字与奥运圣火有缘的政治家，早在1998年8月就以37岁当选战后最年轻大臣的声势，成为小渊惠三内阁的"红一点"，出任邮政大臣。此次在席位分配上，福田兼顾派系平衡。町村派、麻生派、古贺派、二阶派的魁首都得到了应得席位。从党的领导层（干事长、总务会长、政调会长、选举对策委员长）四大班子看，既考虑党内派系平衡，也突出个人实力因素。特别是起用麻生太郎任党的干事长，被普遍认为是"后福田时代"的接班布局，"福麻政权体制"令人瞩目。综合福麻两人的党内派系、政策轨迹、政治理念、个人感情等多方面因素来看，两者关系就像两条平行的铁轨，从未有过交叉。此番入阁，对福田而言是借力用力，以化解党内不合作势力，助推选举。

麻生太郎出任党干事长，被舆论认为是起用实力人物。麻生早在2001年4月就参与了自民党总裁这一最高权力的角逐。当时首相森喜朗因舆论压力辞去总裁职务，时任经济财政大臣的麻生与桥本龙太郎、小泉纯一郎、龟井静香角逐，虽败于小泉，但也崭露头角，凭借实力在小泉时代先后担任政调会长、总务大臣和外务大臣。党内多认为麻生掌控政局的能力不在其外祖父吉田茂之下。

麻生在党内有自己派系。他出道伊始，就加入大平派。大平派的开山鼻祖是麻生的外祖父吉田茂，后加入池田勇人派，至宫泽喜一挂帅改为宫泽派后，麻生因政见等原因，"离宫"闯荡，自成一派，小小派阀，虽然仅有十几个人，但抱团较紧。此外，麻生因喜欢漫画而在年轻选民中也有颇高支持率。麻生在2007年9月的总裁选举中，面对党内8个派系全部力挺福田的不利情况，虽然以133票的差距不敌落选，但势单力不孤，其所获普通党员票数直逼福田。麻生的强项在于他一直关注"如何打动老百姓，如何从他们当中汲取能量"。自2007年9月总裁选举过后，麻生到地方出差近70次之多，他认为到各地巡视察访、倾听反映，比呆在政治中枢的永田町更能掌握第一手真实情况。

三是经济阁僚大换血，推动经济政策转型，改变小泉内阁的改革路线转而奉行社会经济稳定与生活安心型政策。桥本、小泉、安倍数届内阁大力推行"新自由主义改革"，把国民财富重新分配给大企业，以加强其竞争力。小泉时代的结构改革尤为激烈，削减公共开支、清理银行呆账，推行邮政民营化。小泉改革加速了日本贫困人口的增加、医疗体制的崩溃。福田此番调整党政班子，打破禁区，起用反邮政改革的先锋人物，公开将小泉改革的"牺牲者"——野田圣子和保利耕辅延揽入内，以纠正"混乱与差距"，显示出福田的政治魄力。当然，福翁之意恐怕在于2009年9月的众议院选举，因为日本邮政部门传统上与自民党关系密切，于选举拉票有力。人事调整的另一看点是起用与谢野馨出任经济财政大臣、伊吹文明担任财务大臣。这两人被称为"增税派"与"政策通"，前者主张将消费税提高到10%，后者曾任自民党税制调查会成员，也重视重建国家财政。另有曾担当数任经济阁僚的二阶俊博为经济产业大臣，可见此届内阁中经济财政军团的实力，从中得以看出福田在改变"涨潮派"的财经政策主张。换言之，实践证明经济与税收"水涨船高"的同步增长、增收的主张不切实际，必须改行提高税收充实国库的政策。福田指望经济团队能推出新的经济政策，推动选民对内阁的支持。

四是维持外交政策延续性，继续推行"美亚共鸣外交"，维护并促进对华关系。日本外务省副发言人铃木浩表示："福田康夫首相的对华政策不会改变，那就是在双方共同战略利益的基础上，扩展两国间的双赢关系。"在福田新内阁中，积极推进中日关系改善的町村信孝留任官房长官，高村正彦留任外相，二阶俊博与谷垣祯一分别担任经济产业大臣和国土交通大臣，林芳正担任防卫大臣。有专家学者评论，这一人事布局有利于从对中外交大局与经济贸易、两军交往等具体领域维持并推进双边关系。此外，长期负责处理"绑架"问题的首相助理中山恭子升格为大臣，有突出日朝关系、维护日本在朝核问题六方会谈中利益的考虑。

三、"福麻配"与大手笔

福田改造内阁，是在世界政治与经济形势结构性变化的大背景下进行的，也是日本新世纪政治经济社会改革大屏幕的投影：小泉纯一郎改革了日本政治，改造了自民党；后任的安倍晋三提出修改宪法、改革公共教育，调整外交和防卫政策，欲通过改革展现"美丽日本"的新形象。有人说，从安倍晋三挂冠而去到福田施政一年仅有20%左右的支持率看，应该给自民党的执政能力画上问号，给民主党与政权的关系画上等号。问题在于，自1993年保守与革新两大政党对峙的"1955年体制"崩溃之后，日本政治形成"政局大于政见,知名度大于支持度"的特征。这种现象,致使几届自民党内阁都能在政局的风雨飘摇中延续生存下来。

换言之,无论是联合执政的自民党、公明党,还是在野的民主党或其他各党,这些党派的政治家或是缺乏政见,不擅于思考国家战略大势,或是仅埋头于政权争夺、拉选票固地盘;相反,无地方人缘或基层经验,但知名度极高的"黑马"纷纷当选。这种国内政治环境弱化了国政反映选民意向的政治功能。所以,在参议院占人数优势、本应在政见上与福田内阁一争高低的民主党,除了动辄在国会搞"人海战术"杯葛自民党的法案外,提不出太具竞争性的政策方案。例如,日本在上世纪成功实现赶超欧美的国家战略目标后,政治家们虽长期酝酿、辩论,但仍未有统一的新国家战略目标;从与国家安全概念相关的三种政策——维持与深化日美同盟、维持及巩固经济大国地位、维持并强化民族凝聚力等方面亦看不出具有前瞻性、战略性的远景规划。美国在半年后将诞生新总统,不论是共和党的麦凯恩还是民主党的奥巴马入主白宫,对日美关系都有一个再定位的问题。日本如何与美"无缝对接"?如何在国际战略格局的"春秋战国"时代开展"日本特色外交",调整地缘战略估算,选择新的战略思想?进而对本国在太平洋安全格局中的角色重新定位、定向等等,可谓关乎日本国家走向的安全与外交涅槃。

当下,新内阁亟需解决的问题也是堆积如山,包括能源紧缺、食品价格、养老金、老龄人口医疗、气候变化、消费者政策、市场开放、军事透明度等一系列问题。福田首相在首次内阁会议上说,将致力于消除国民对生活的不安,构筑一个能让国民安心生活的经济社会,同时致力于维护世界和平与稳定。可见,福田的政策特点可以概括为"安心"与"安全",是个"安心实现"型内阁，福田将其细化为"五个安心计划"，并因之被称为福田式"平静革命"。

当然，这一政见如通过预算转化为政策及措施，对解决当下的日本经济社会矛盾，应该是有一定效果的。问题的严重性在于，这些经济财政社会问题无不受到结构性、体制性、全球性因素的掣肘：如世界经济形态的变化、金融资产与资源和粮食的"价格革命"、国内市场因"少子"（日本年轻一代不愿生育）和人口老龄化而急剧缩小，如何积极实施结构改革，以恢复日本经济的中长期活力；如何在世界经济明显衰退的形势下，参与亚洲新兴国家市场竞争，加快日本经济复苏步伐？政界——准确地讲，"福麻配"能对这些大战略问题给以迅速、准确、客观的解答吗？

把脉天下

国际金融体制危机与改革前瞻*

一、国际金融领域的“千年虫”

当1997年在泰国爆发的金融风暴演变为亚洲甚至全球性金融危机后，经济学家终于看出了这场危机的症结所在，即这次金融危机并非亚洲的土产，它与1994年末的墨西哥金融危机、1998年的俄罗斯、中南美危机及美国长期资本管理基金的破产一起，构成了国际金融危机的多幕悲剧。它起源于短期资金的汹涌出入，发生于资本输入国，随后波及资本输出国的银行系统，美欧日三大经济区分别暴露出储蓄率过低、银行体系脆弱的弱点，进而引发地区性或国际性的金融动荡。从危机的起因与恶性发作机制看，可以说是国际金融体制的危机或国际资本市场的管控危机。

在对世纪末的国际金融危机定性后，我们可以说，就像电脑行业的“2000年”问题一样，国际金融领域也有一条影响资金大

---

* 本文发表于《现代国际关系》1999年第1、2期。

动脉畅通的"千年虫",即"布雷顿森林体系"年久失修的"金融疲劳"及其更新换代问题。其实质是半个多世纪以前构筑的、以相对规模的资本移动与固定汇率为前提的国际金融调控体制,客观上已不适应迅速发育成长的世界经济实体及绝对庞大的资金流量;不适应资本瞬时移动、危机即刻爆发的国际金融现状;其游戏规则也不适应当代国际力量格局,因而在不同的地理和经济环境中都会引发金融恐慌。通俗地说,即衣服小了、裤子短了、式样旧了,显然,量体裁衣,跟上时尚,构筑新一代国际金融体制,是国际金融领域的重要课题。

布雷顿森林体系是现代国际金融体系的基础。1944年美国挟其雄厚综合国力,在美国的新罕布什尔州的布雷顿森林举行联合国货币和金融会议,旨在稳定及扩大战后的国际金融动脉,润滑世界经济运行。以当时美国金融实力的"一超"地位为背景,其货币专家怀特的方案"自然"为44个与会国所接受,其基本内容主要有三:第一,确立了美元"天然就是黄金"的地位,美元跃居国际枢纽货币地位,其比价与黄金固定挂钩,别国货币汇率与美元固定挂钩。第二,确立了资金供求调节机制,先后成立了国际货币基金组织和世界银行。前者主要调节"头寸",即侧重于国际收支危机的缓解;后者主要调节"资本",即侧重于发展中国家资本慢性不足的扶持。可见,这是一个具有多项功能的"全球银行"体系。

布雷顿森林体系的建立对调节国际金融储量,促进国际贸易发展起了重要作用。但另一方面,由于国际枢纽货币发行规模受美国内外不同金融环境影响的"先天缺陷",以及资本主义经济发展不平衡规律导致各国经济实力的消长,该体系自60年代起就不断变形,不少功能弱化或丧失。1971年8月15日爆发了美元与黄金脱钩的"美元危机",该体系的固定汇率机制崩溃;同年

12 月有关 10 国达成"史密森氏协定",对 114 个国家的货币汇率进行了调整。但这一协定仅维持了 1 年零 2 个月,就因大规模的美元抛售风潮而崩溃,致使布雷顿森林体系严重扭曲。1976 年 1 月有关国家达成"牙买加协议",同年 4 月对该体系的另一大功能——国际货币基金组织章程做了修改,增强了该组织的中介作用,大体上一直延续至今,构成了现代国际金融体系的基础。

如上对战后国际金融史的简短回顾,是要说明两个问题。其一,国际金融体制难以"一制定终身",它是一个需要不断调整、修正、完善的历史过程;其二,狭义的单指固定汇率制的布雷顿森林体系仍在起作用,问题在于它到了必须更新换代的又一历史时刻。基于这一思路,可以说从亚洲金融危机发展为全球性金融危机的过程看,最突出的问题有两条:第一,国际投机资本财雄势大,呼啸而来,扬长而去,操纵市场,扰乱秩序,现行体制难以规范;第二,货币汇率受投机影响暴涨暴跌,特别是对冲基金套利运作,导致外汇市场从正常浮动变为反常痉挛,给生产、贸易、金融带来巨大影响,在全球范围内造成经济兴衰循环的危险。为此可以说,国际金融体制的改革已势在必行。

二、国际枢纽货币的"双轴时代"

新年伊始,欧元启动,这从枢纽货币的一面使战后美元本位的国际货币体制再次发生部分质变,揭开了国际金融体制中美元与欧元并立的帷幕,即货币"双轴时代"的开始。不言而喻,在诸如石油交易等贸易往来中,使用美元的传统仍将延续,美元仍将是国际金融的"大哥大",但作为交易货币、储备货币、投资货币,欧元的国际地位将不断提高。这将对世界经济格局产生巨大影响,布雷顿森林体系也面临因时制宜、修改规则的时代课题。

货币的国际化，实质上是一个国家综合国力的金融折射。形象地讲，好比一般中国佳肴，讲究"色、香、味"三个条件。所谓"色"，是指发币国必须政局稳定、经济繁荣、外贸发达、财金实力雄厚；所谓"香"，是指发币国应具备品种繁多的投资工具及规模庞大的投资市场，足以吸引持币者投资获利，并能容纳巨额游资；所谓"味"是指发币国的投资市场必须开放、低税、公平。它代表的是一个货币所赖以生存的真实经济。美元之所以能稳居枢纽货币宝座，即在于它色香味俱全。国际贷款总额的75%、债券的40%是以美元计价，而且还有纽约市场这么一个金融商品丰富的"大餐厅"。

亚洲金融危机的另一国际背景，即货币菜单品种单一而导致有关国家对美元的"偏食"及与美元的"联汇制"。欧元的诞生，好比给国际金融餐桌上又端上了一盘佳肴。除美元这道大菜外，人们又多了一个选择，美元的"一超"地位势将因之动摇。据匡算，欧元11国的经济规模已达世界总生产的20%，其股票、债券等市场规模已达21万亿美元，虽低于美国的23万亿美元，但远远高于日本的16万亿美元。随着欧元区金融资本市场的统一及金融交易成本的下降，以欧元计价的金融资产作为色香味美的"健康食品"将受到各国政府和私人投资者的青睐。

由上可见，欧元将为倾斜于美元的亚洲国家提供一个分散风险的机会。日本一些大机构的投资者已提出增加购买以欧元计价的股票和发行以欧元计价的债券，其高达1200万亿日元金融资产的一部分及央行外汇储备的一部分将换购欧元，国际外汇、储备货币将因之多样化，外汇市场格局将出现较大变动。与此同时，欧元也将作为干预货币介入外汇市场。

自1985年"广场协议"以来，国际货币体系的一个常规课题即减轻美元所承受的压力，各主要国家的中央银行，为之实施大规模协调干预，以维持汇率相对稳定。进入"双轴时代"后，金融领域的国际协调势将更趋重要，也更为复杂。今后的国际汇率变动将主要取决于这两大枢纽货币之间或"双轴"与日元的行情变动，其他国家或地区的货币与"双轴货币"是搞"联汇制"还是"外汇走廊"，是搞有管理的浮动还是全由市场定调，此类问题尚在探讨，但可以肯定地说，美元与欧元这"双轴"之间货币汇率或预期汇率稍有变动，就将在美元与欧元资产间产生大规模的资产移动。总之，战后的国际金融史上还未有过复数货币发挥枢纽货币功能的先例，欧元的崛起，对国际货币体系和汇率体制将产生重大影响。

面对欧元的诞生，美日金融当局的心态已从"怀疑论"变为"警戒论"，美国担心美元的"一超"地位将受到挑战，因为不管怎么平衡心态，欧元毕竟是自美元夺取英镑枢纽货币宝座后的第一个挑战币种。美国在经济运作上将被迫"循规蹈矩"，那种以本国货币来填补贸易收支赤字的金融特权也将难以长期维系，这不仅将对国际资金的大循环格局产生影响，国际政治的力学结构亦将随之发生部分质变。

此外，日本则担心日元将沦为"地区性"二等货币及美欧金融摩擦的牺牲品。因为目前日本达 2000 多亿美元的官方外汇储备中的大半是投资于美国国债，若将之抛售转购欧元，势将引起美国利率上升，触发日美经济摩擦。这实质上提出了一个在"双轴"货币时代，日元如何定位与定向的问题。从国际外汇储备构成看，美元占据 57%，欧洲 11 国货币占 19%，日元仅占 5%，其地位之低，一目了然。面对欧元的挑战，日本金融当局也已盘马弯弓、蓄势待发，准备于 1999 年放开对短期证券投资的诸多限制，加快日元国际化步伐。日本首相小渊惠三 1998 年 12 月 16 日在河内发表外交演说，其中特别强调，"日元应和美元、欧元一道，为稳定国际货币体制做出贡献，为此将为日元的国际化做出认真努力。"

三、布雷顿森林体系改革艰难

这场金融危机引起了新理论的胎动，"市场规模论"上升，金融市场开放中所出现的问题与教训已引起人们深思。加快了改革布雷顿森林体系新思路的形成，在改革思路上，围绕应对资本的跨国流动如何摆正国家与市场的关系成为焦点之一，是市场万能，还是国家至上；市场和政府怎样才能最好地配合？在这方面，国际经济界的一个切身体会是"市场不是万能"的，应对市场进行必要的干预。

亚洲受灾国——日本、韩国、泰国的体会是，应利用现代制度来监督金融机构，为此，它们已着手整顿经济和金融体制。欧洲有代表性的观点认为，"资本主义的最大敌人是资本主义自身"，并提出由国家管控市场、维持秩序的思想，如德国提出的欧元与美元汇率有秩序浮动的构想，法国提出的加强国际货币基金方案等，英国财政大臣布朗建议建立新全球经济宪章，主要内容包括：为全球经济规定新的竞赛规则，建立全球金融规则，建立一个旨在防范和解决危机的现代框架，以便把国际货币基金组织、世界银行和重要的管制当局都集中起来，组成一个新的永久性全球金融管制委员会，监督全球金融事态发展进程。且不论这种统一的国际管理思想是否行得通，但起码表明欧洲从国际金融危机的观众席走进了答辩席。

在美国，由于学术界与国会对 IMF 主导的亚洲与俄罗斯金融危机对策颇为不满，以及无序的资本流动已危及美国的经济利益，市场万能论也发生动摇，开始"修正政策轨道"。克林顿也已承认"公正的限制非市场之敌"，认为有必要制定框架，防止资金的大出大进。其意图是在重视市场的前提之下，通过相对的规制，来确保美国对经济全球化的主导权。

在上述背景下，美欧亚主要国家对国际金融体制改革也提出不少看法。大体上涉及如下问题：①美元、欧元、日元之间汇率体系的应循状态；②汲取新兴市场发生的金融危机教训，对短资游窜的监控；③国际货币基金组织及世界银行的机构改造等。

围绕如上课题，主要国家从1998年起已陆续迈出了几步。第一，1998年4月13－17日，国际货币基金组织和世行春季会议在华盛顿举行，期间还召开了西方七国财长会议，7国与亚洲、中南美洲等发展中国家22国财长和央行行长会议，就完善国际金融体制提出了一些新思路。10月末西方7国再次召开财金首脑会议，就控制金融风险提出了若干改进措施。第二，APEC吉隆坡峰会，在一定程度上反映了金融危机受灾国的意见，就监控短期投机资金及其信息公开等提出了相对具体的建议。第三，计划于1999年2月西方七国财长会议，1999年6月的西方七国峰会进一步讨论。迄今，西方发达国家已就改革提出了初步设想：①创设IMF新融资制度框架；②研究完善对对冲基金的监控；③要求IMF公开信息，制定评估机制等。

从上述思路及步骤看，国际金融体制的大调整需要很长时间，对资本流动加以有效国际管理难度颇大。因为，战后半个多世纪以来，美欧日为争夺国家战略利益，积极使用金融权力，营造于己有利的地缘经济环境，形成了美国—中美洲、德国—俄罗斯与中东欧、日本—亚洲这三大战略金融板块。据金融专家匡算，美国的银行占对中南美贷款总额3000亿美元的22%，日本的银行占对亚洲贷款总额3250亿美元的30%，德国银行占对东欧、俄罗斯贷款总额 1300 亿美元的 40%。这种金融利益格局决定了国际金融体制改革进程中表现为规则、程序、重轻之争，实质是经济利益与金融权力之争的激烈。由于地缘金融利益的不同，美国强调在解决金融危机上应继续依靠 IMF 发挥主要作用，美国更关注作为经济腹地的巴西货币雷亚尔与美元的"联汇制"能否支撑得住，以免金融危机蔓延到整个拉美。而日本则出于战略需要，独自提出了以亚洲为对象、高达 300 亿美元规模的援助计划——"新宫泽构想"。

总之，发达国家仰仗其金融实力，主要兴趣在于拓宽资本流动空间。另一方面，这些国家围绕各自利益与金融主导权而产生的"规则之争"、"程序之争"使改革空转，而发展中国家的思路与利益难以充分表述及体现。要达成一个为南北都能接受的方案难度颇大，可见金融改革知易行难。

世纪之交的国际经济
形势与经济安全 [*]

一、金融权力的提出及其战略含义

1997 年亚洲爆发了金融危机。这场金融危机是由"对冲基金"发起、掠夺发展中国家财富的货币战争,同时也是美欧日垄断资本对金融权力的争夺战。今天,我们还习惯于称之为"亚洲金融危机",但这已不能准确反映出这场危机的范围及实质。两年多来,俄罗斯、巴西相继爆发金融危机,并动摇了整个资本主义经济体系。在这场金融动乱中,亚洲国家遭抢了,巨额财富流失,并由此触发了政治动荡、社会动荡。日本被打瘫了,经济一蹶不振。反之,富了美国,肥了欧洲。

时隔两年,当我们总结这场危机的教训时才发觉,本世纪内,没有哪一场危机的冲击如此之大,蔓延如此之广,斗争如此之残酷,形势如此之严峻。它既是一场金融动乱,又是一场现代金融战争;同时,它也是一场惊心动魄的情报战及有关经济安全

---

　　[*] 本文发表于《现代国际关系》1999 年第 6、7 期。

的活教材。这是对一个国家经济与金融安全的实战考验，没有哪一个国家的政府，实际上也没有哪一位经济学家预言过这场危机、分析过这场危机的严重程度或预计过它的持久危害。它对承受能力相对薄弱的发展中国家的冲击自不待言，对发达资本主义国家经济及整个资本主义体系的冲击和影响，也在相当大的程度上出乎西方战略家和战略思想库的预料。

针对目前的形势发展，有人说，对多数受金融危机重创的国家来说，最困难的时候可能已经过去；但也有人说，亚洲金融危机才刚刚开始，下一幕才最为"精彩"，美国、欧洲的许多人就毫不讳言地说，继泰国、韩国、日本、香港的第一波冲击，俄罗斯、巴西的第二波冲击之后，阿根廷将不可避免地成为金融风暴的下一张"多米诺骨牌"。这两种不同的诊断，反映出对危机起因认识的深浅，以及对危机进程判断的正误。1997 年下半年爆发的亚洲金融危机，在很大程度上是因为一些国家对国际金融的新变化缺乏了解，因而不能未雨绸缪，采取相应的应对措施。可以说，当前形势的分析，需要"过去未来共斟酌"，只有找出这场危机的策源地，铲除危机土壤，建立有效的经济安全体系，才能防患于未然，否则经济或金融体系随时会遭受冲击。

"就亚洲金融危机来说，在人们没有充分精神准备的情况下，以极大的破坏力和宰割力，以极凶猛的方式，把世界范围经济发展中的深层矛盾一下子揭露出来。这就使我们更加懂得，在和平与发展成为主题的条件下，在经济全球化和世界格局多极化的进程中，以经济和科技为主战场的综合国力的激烈较量，是何等的尖锐复杂。这种较量，将是各个国家为争取在 21 世纪的更有利地位、在国际经济合作空前深化而竞争也空前深化的条件下，涉及经济、政治、文化、军事诸因素的综合国力的激烈较量。还必须看到，这种较量，又是在西方占优势、国际政治经济旧秩序没有根本改变的条件下进行的。这就使态势变得更加复杂、曲折和风险更加难以避免。这样一场全世界范围的综合国力大竞赛不可避免，就其激烈程度和影响后果而言，甚至还可以说是一场'大战争'。"[1]

从经济、政治、军事之间的关系看，马克思主义认为，经济是基础，政治是经济的反映，军事服务于政治。普鲁士著名军事理论大师克劳塞维茨有句名言，即战争是政治之继续。但战争的工具则种类繁多，金融就是其中之一种。如此推演的话，可以说从国家角度而言，战争为政治服务，金融也为政治服务，亦即为国家战略服务。[2]

一场利益冲突实际上是在不同的战线上进行的：军事斗争、外交斗争及经济斗争。一些国家可以避免卷入军事冲突，但却无法避免卷入经济冲突。发生于 20 世纪末的北约对南联盟的军事干预，从金融角度看，欧洲的许多国家，从北边的波兰到南边的土耳其和希腊都被卷入了这场冲突。因为据欧美一些资深金融机构的分析，战事虽发生在欧洲南部，但因北约军事开支的上涨及巴尔干难民的外涌，影响到欧元在国际市场上的地位，欧元对美元的比价降至它启动以来的最低点。欧盟国家舆论曾做过一个形象的比喻，将欧元货币的票面画成靶心，意思是北约对南联盟的空袭，击中了欧洲的金融心脏，导致欧元汇率走低。这些"金融现象"实质上是市场对一个国家经济实力或综合国力的评价，是对一个国家金融权力的评价。由于市场对美国金融权力的颇高评价，美元就发挥了"天然就是黄金"的"避风港"功能，在一定程度上推进了华尔街股市的飙升。因而可以说，金融是为国家战略服务的重要工具，特别是经过长期积累和沉淀已经在国际金融中形成的"金融权力"，更是一种战略工具。由此可见，从战略角度看，金融不仅仅是金钱，而是一种权力，一种可与海权、陆权相提并论的战略权力。从金融权利的角度讲,这是下世纪一切经济关系和国际关系中起决定性作用的力量,谁掌握了金融权利,谁就控制了世界经济。

对个人或企业、银行来讲,资金融通与周转,确实仅仅是经济行为。但对国家来讲,对国际交往来讲,更具战略性。对金融权力的这种战略涵义,列宁最具洞察力。在《帝国主义是资本主义的最高阶段》这本书中,他多次点出了金融作为战略工具的意义所在。列宁指出,"总之,20 世纪是从旧资本主义进到新资本主义、从一般资本主义统治进到金融资本统治的转折点。"列宁还指出,"少数拥有金融'实力'的国家比其余一切国家都突出","金融资本是一种在一切经济关系和国际关系中的巨大力量,可以说是起决定作用的力量,它甚至能够支配而且已经支配了一些政治上完全独立的国家"。列宁的这本书谈到了奥地利著名经济学家鲁道夫·希法亭。希法亭曾两度出任奥财政部长,对金融权力的体会颇深,著有《金融资本》一书。他认为"金融资本要的不是自由,而是统治"。[3] 由上可见,金融是为政治服务的,金融是为战略权力服务的,金融也是为国家安全服务的。

金融权力与国势消长有很密切的关系。美国这个超级大国,就是在"金融"的马背上长大的。美国重视金融权力和它的历史成长有关,金融权力在美国国势的消长过程中留下了深深的历史烙印。特别是在南北内战和第一次世界大战期间,美国金融与军事并用的战略艺术,在军事史学家与经济史学家笔下留下极高的评价。金融风暴伊始,美国最初不以为然,视其为亚洲的一场地区性经济麻烦,及"东亚经济模式"的弊端所致。美国政界、经济界与学术界的幸灾乐祸地溢于言表。但时隔不久,美领悟到了其中的安全涵义,并马上作出战略性反应,把这场危机提到了更大的国际政治层面来思考。特别是在有关国际金融体制改革思路上，美国已注意到与自身战略利益的关系，而其他发达资本主义国家也把它提升到关乎下世纪国际金融竞争和综合国力竞争的高度来考虑，加紧战略谋划。[4]

从跨世纪的全球战略的角度检视，则有一个全球战略态势演变的大背景。世纪之交，欧元脱颖而出，与美元成为国际货币的"双轴"。1999 年 1 月 11 日国际清算银行中央银行行长会议在香港举行，美联储主席格林斯潘出席了此次会议。会后，格林斯潘访问了北京。西方一些眼光敏锐的金融家和战略家注意到了中美两国央行行长会见的意义。他们认为，由于欧元的诞生，在枢纽货币不断向多极化发展的情况下，表明了美国方面对中国重视欧元的倾向抱有危机感。因为在 1999 年 1 月 1 日欧元启动之后，亚洲各国出现了调整外汇储备的态势，开始调高欧元在外汇储备中所占的比率。一些资深经纪人预测，中国将下调外汇储备中美元所占的比率，使欧元的比率升到三分之一。国际金融人士因此而分析，认为中国"谋求利用欧元，从政治上牵制美国的一极体制"。[5]可见冷战结束之后，经济竞争与军事抗衡一起，成为国际事务中越来越重要的战略要素，因而经济格局的变化，肯定会牵动世界战略格局的调整及安全观念的改变。

亚洲爆发的这场金融危机有一个更大的背景，即应从一个金融资本同另一个金融资本作斗争的战略逻辑来思考。亚洲的金融风暴，带动了亚洲地缘战略格局的变化，引发了关于美元、日元及人民币三大货币实力的消长，或者说是一场地缘争夺战的开始。从这场危机的发展过程看，在亚太地区的第一个阶段，是以美日为主的战略与金融争夺战。战略攻防表现为美元与日元的较量以及美日两国基于跨世纪争夺考虑而对亚太政治主导权的争夺。当时的焦点主要是围绕日本提出的创设"亚洲货币基金"（AMF）构想而展开斗争。构成这场斗争的战略背景是，亚洲的金融受灾国不甘束手待毙；日本拟乘虚而入，搞经济抢滩，战略登陆；如果日元因此而跃居亚太地区枢纽货币角色，并相应提高金融影响，"美国的经济霸权势将淡出该地区。由此可见，一场金融风暴事实上早已超出经济范畴，进而触动美国亚太战略的整体布局"。[6]

建立规模高达 1000 亿美元的"亚洲货币基金"（AMF）是1997 年 8 月日本提出的构想，并于同年 9 月在香港七大工业国（G7）财长和央行行长会议上，由当时的日本大藏大臣三博正式提出。日本提出这项倡议有它的政治经济逻辑：亚洲受灾国国库空虚，银根奇紧，汇率动荡，日本主动出钱，无疑是雪中送炭。日本既能缓解在当地的日资企业的头寸困难，又能扩大在东南亚的政治影响，拓宽经济腹地，可谓"一石三鸟"，名利双收。但问题的要害在于，这是在挖美国战略墙脚，也就是要用"亚洲货币基金"（AMF）来替代美国主导的"国际货币基金组织"（IMF），派日本的"金融警察"在亚太地区巡逻。所以该构想一出笼就遭到美国的无情封杀。因为深谙金融权力与强权政治关系的美国担心日本以资本输出为其扩大战略影响开路，架空美国在亚太地区的主导权，进而牵动下世纪美国综合国力的消长。所以从金融权力这一战略角度看，美国认为日本另起炉灶，有意筹建"亚洲货币基金"是政治战略涵义上的"脱美入亚"，绝不能容忍。[7]故而美国宁愿自己往国际货币基金组织多投放资金，也不愿日本染指，实质上算的是政治账、战略账。换言之，美国是欢迎日本出钱的，但日本人的钱不应该投向与美国竞争战略空间的金融地盘，而应投向有助于巩固美国在亚太地区"战略大厦"的领域，如分担"朝鲜半岛能源开发机构"（KEDO）的出资，分担驻日美军的费用，参与美日关于"战区导弹防御系统"（TMD）的研制等等。

出于这种战略考虑，美国引导 IMF 向受灾的韩国紧急投入570 多亿美元资金。华尔街经纪人出身的美国前财政部长鲁宾公开发表声明说，美国将全力帮助韩国稳定金融市场，因为这对美国的经济利益与安全利益至关重要。[8]对"东亚经济重建与金融资本新地缘政治学"的战略涵义，加拿大著名政治经济学家斯蒂芬·吉尔尖锐地指出，亚洲地缘政治学显示的是美国要防止以日本为中心的"亚洲经济圈"的形成……因为日本具有像欧盟那样从美国获得更大的自主性、建立可与美元竞争的新货币体制的危险，日本设立"亚洲货币基金"这一尝试的失败，再次证明在美国的权力面前，日本不得不处于从属地位。[9]

总之，世纪之交，发源于亚洲的这场金融危机，暴露出世界经济淤积的诸多矛盾，致使国际金融市场险象环生。金融危机的突发性、扩散性严重，成为我国面临的重大威胁。另一方面，国际金融力量对比发生了深刻变化，全球金融版图面临重大调整，各大国均注意金融战略调整。从而使我国在走经济发展战略第二步之际，面临金融产业建设的战略任务，这将涉及金融体制、市场经济模式、发展战略等政策、理论上的探索，给经济研究提出了新的要求和任务。

二、动荡不安的国际金融市场

进入 80 年代以来，国际金融随着世界经济的外延扩大与内涵发展，出现了巨大的变化，生出许多新问题、新现象、新变化。这些新的变化，既使金融在经济生活中的作用更加重要，也使金融运行的风险明显加大，金融危机的隐蔽性、突发性和扩散性更加突出。正如江泽民主席指出，国际金融市场还有不少的"必然王国"没有被人们认识，所以运用起来还不太自由。[10]

90 年代以来，国际金融市场上金融投机猖獗，"金融地雷"密布，再加上大多数国家金融体制脆弱，突发金融危机的可能性增大，因此金融危机是各国面临的重大威胁。目前，国际金融市场仍在动荡，具体而言，主要存在如下 5 个方面的不稳定因素：

第一，世界性的货币与有价证券交易几乎把全球变成了大赌场，实体经济和虚拟经济越来越本末倒置。上世纪七八十年代，世界金融业经历了布雷顿森林体制瓦解、金融自由化和金融创新浪潮的冲击，汇率、利率、证券行情等多种金融价格进入长时期、大幅度的波动之中。为了适应强大的风险管理需求，人类发明了 1200 多种"金融衍生工具"。

按照正规的解释，"金融衍生工具是指以另一些金融工具的存在为前提，以这些金融工具为买卖对象的金融新商品。"[11] 通俗地讲，金融衍生商品就是金融商品的杂交、变种或者组合，是在存款、股票、债券等老商品基础上繁衍出来的。用一种不精确的说法来解释，就好比打扑克玩升级，牌一张张地出，威力小、风险大；如把它组合成同花、顺子，就能分散风险。按照种类划分，主要有股权衍生工具，如股票期货、期权、股票指数期权等；货币衍生工具，如远期外汇合约、货币期货等；利率衍生工具，如利率期货、利率互换等。

金融衍生工具成为现代市场经济不可缺少的避风港。同时，几年来，一系列震动世界金融体系的危机都与它挂上了钩。1995 年 2 月 27 日因经营日经 225 股指期货而巨额亏损的"巴林银行倒闭"事件；1995 年亏损 11 亿美元的"大和银行巨额亏损"；1996 年因经营铜的期货亏损 18 亿美元的"住友商事丑闻"等等，衍生工具的受害者已能开出一页长长的名单。有的学者把它视为全球性金融灾难的罪魁祸首。据统计，1998 年全球衍生金融市场规模已高达 150 万亿美元，相当于世界 GDP 总和的 4 倍。规模如此巨大，操作稍微出错，势将对世界经济产生震撼。[12]

第二，对冲基金继向泰国、香港、韩国发起货币战争，给这些国家和地区以沉重打击后，目前又在暗中活动，调动资金，并与欧美金融财团联手，欲再次发动金融战争。

"对冲基金"是国际金融市场的幽灵。它们主要是在国际金融市场上以少胜多，玩"空手道"。对冲基金的大量繁殖，与80年代后期，里根、撒切尔的金融自由化、放宽限制密切相关。目前，全世界约有5000家对冲基金，财雄势大、屡屡得手的基金约100家。其中类似"量子基金"、"老虎基金"、"美洲豹基金"等，资金规模约在150－170亿美元，但它们的回报率却高得惊人。它不择手段、神出鬼没，它越是活跃，世界经济就越是动荡；它一旦失算，就将牵连与其合伙的投资银行，引发金融恐慌。

它们明里有美英政客当顾问，暗中与欧美投资银行勾结，因而能以数百亿美元资产，从亚洲弄走1万亿美元。这些基金在对亚洲发起的金融战争中，欧美的许多银行向它们提供了内部情报与数百亿美元资金。许多西方国家的大银行都参与了从1997年10月开始的对港币的轮番攻击。[13]

第三，短期资金规模庞大，呼啸而来、气势汹汹，极易形成金融泡沫；它一旦扬长而去，便油尽灯灭，血干人亡，可使经济一蹶不振。金融危机的"要害"是短期资本大规模外流而导致国际信用危机。据国际清算银行报告，在亚洲金融危机前夜的1996年，西方商业银行对泰、马、印尼、菲、韩5国净贷款560亿美元，资本外流不足100亿美元，1997年资本外流猛增到700多亿美元，1998年超过1200亿美元。如此巨大规模的资本流出，足以冲垮当事国的汇市、股市乃至整个金融体系。

此外，全世界投机性资金已达500－700亿美元，如此庞大投机资金正在时刻寻找潜在的获得风险利润的机会。兴风作浪的游资使国际资本运动游资化、热钱化，给国际金融秩序带来剧烈震荡，也产生了金融危机恶性传染。1998年8月17日，俄罗斯发生金融动荡，股市、债券及汇率同步暴跌，巨额短期资金携带病毒逃之夭夭，在24小时内，传染到美国、欧洲，冲击中南美，蔓延到亚洲，使全球金融市场"交叉感染"，被称为"黑八月"。

金融危机的这种不正常扩散，给主权国家的经济安全带来致命的隐患。因为，短期资金的投机性游窜，好比击鼓传花，一圈人把花传来传去，鼓声停时，花落谁家，谁就出节目。国际金融界也玩这个游戏，市场中许多人都在不停地找"下家"，最后落在谁那里，碰上市场动荡，他出的就不是节目，而是"血"。在俄罗斯金融危机中，臭名昭著的美国"长期资本管理基金"就成为出血的"下家"。这家基金主要从事债券相对价格套利。1998年它大量买进俄罗斯的债券，同时卖出美国的国债，企图在前者走高后者走低的情况下套利。但人算不如天算，结果两头赔钱。尽管这家对冲基金有两位1997年的诺贝尔经济学奖得主坐阵，但仍亏损了40亿美元。

第四，日本、韩国等大多数亚洲国家金融体制严重滞后，金融机构脆弱，坏账居高不下，不堪一击。在亚洲，金融机构的不良债权正在增加。除了泰、韩、马等国外，连新加坡、香港金融机构的不良债权也在膨胀。它们互相影响，导致良性债权变为不良债权，不良债权增加又造成金融机构惜贷或从海外抽回资金，阻碍了整个亚洲经济的恢复。从截至1998年底的情况看，印尼的不良债权比率高达60%–70%，泰国当地商业银行的不良债权比率49%；台湾、香港、新加坡商业银行的拖欠债权比率也在明显增加。

究其原因，可以概括为四句话，即制度上的缺陷、组织上的涣散、人为的政策失误及故意的犯罪。这四个原因构成了日本、韩国等大多数亚洲国家金融体制改革的艰巨性。尽管它们可以搞所谓"桥梁银行"、"银行医院"，投入巨额国家资金来集中处理呆坏账，但病来如山倒，病去如抽丝，这些患病银行因经营环境恶化、信誉一落千丈，一旦破产势将引发新一轮金融大地震。

第五，半个世纪前构筑的国际金融体制——布雷顿森林体制，在客观上已不适应迅速发育成长的世界经济实体及绝对庞大的资金流量；不适应资本瞬间移动、危机即刻爆发的国际金融现状；其游戏规则也不适应当代国际力量格局。

1992年，世界10大外汇市场日交易额约为9000亿美元，1995年猛增为1.3万亿美元，3年间增长了47%。但这一进程没有相应合理的国际约束机制，致使投机资本肆虐横行。形象地讲，国际金融长大了，但衣服太小，裤子太短，式样太旧。跟上时尚，建立新一代国际金融体制，组织一个能预防危机、扮演最后贷方角色的新全球中央银行，是当前的重要课题。就连"量子基金"总裁索罗斯也承认，当今"政治体制的国家性质"与"金融市场的全球性质"存在着不可调和的矛盾。

但在改革思路上，美欧亚则是各唱各的调，各吹各的号。因为这三方的地缘金融利益与国家战略利益很不一致。发达国家仰仗金融实力，主要兴趣在于拓宽资本流动空间。如美国更关注其经济腹地巴西货币与美元的"联汇制"能否撑得住，以免金融危机蔓延到整个拉美。而日本则出于地缘战略需要，提出了以亚洲为对象、高达300亿美元的援亚计划——"新宫泽构想"。这些国家围绕各自利益与金融主动权而产生的"规则之争"、"程序之争"将使改革空转，国际金融体制的大调整需要很长时间。在较长时期内，货币汇率受投机影响暴涨暴跌，外汇市场从正常浮动变为反常痉挛，给生产、贸易、金融带来巨大影响。

综上所述，国际金融市场处于大动荡、大调整、大改革的历史阶段，市场形势与金融力量格局孕育着重大变化。亚洲金融市场将经历较长的调整恢复阶段，银行倒闭、呆账增多、股市低迷、国债骤增，库银已空。今后两年，亚洲的金融脆弱之势不易扭转，在地产、保险、证券、企业等各方面，将出现低价"抛售亚洲"的局面，美欧资本将长驱直入"购买亚洲"。另一方面，美欧金融环境稳定、外汇储备节节攀升、财政赤字走低、国库银子充盈、股市牛气冲天、国际游资源源不断，与亚洲形成鲜明对照。这种"西边日出东边雨"的现象还将持续一段时间，亚洲受灾国还得勒紧裤腰带过一阵紧日子。

三、世界经济的大动脉

世界经济的大动脉主要看占全球经济54%的欧美经济能否持续稳定增长。目前经济走势大体呈如下特征：美国"悬"、日本"险"、欧洲"慢"、亚洲"软"，世界经济风险较大。

说美国经济"悬"，主要指美国经济热得烫手，高得眼晕，既有泡，也有沫，但泡沫胀而不破。美国人盼高又恐高，既盼经济规模继续扩大，又怕经济泡沫突然破裂，以致爬得高，摔得惨。目前的经济形势好比打扑克，玩21点，已经摸到了两张老K，再往下摸就很危险了。而且这张老K的一头是新面孔，另一头则是老面孔，出牌要非常非常小心，既要防止因要牌点数太大而出现爆炸，又要防止抽错牌、出错牌，金融政策操作失误而引发破裂。今年3月正好是美国经济进入周期性高涨的第9个年头，也就是说从1991年起，已高速运行了90多个月，若能确保今年不滑坡，就能赢得整个90年代居高不跌的大满贯。1998年，美国国内生产总值高达8.5万亿美元，[14] 经济增长率达3.6%，在经济持续增长的同时，宏观经济环境继续改善，与80年代的高赤字、高通胀、高失业的"三高"截然相反，实现了低失业、低物价及财政赤字扭亏为盈的目标。与此同时，华尔街股票指数一路攀升，道·琼斯股价指数于3月17日突破万点大关，连续第四年实现20%的涨幅。在3月16日和18日两天中，6次叩破万点大关。其后虽因投资者获利回吐击压大盘而有所下滑，但4月5日道指再次攀升到万点。4月12日再创新高，最终收盘价以历史最高记录的10339.51点收市，比上个交易日上涨165.67点。美国的道·琼斯30种工业股票的平均价格指数开设已长达103年。1896年5月26日，道指以40.94点收盘。一个世纪上涨了250倍。从1000点涨到2000点用了40年，从2000点到4000点用了20年，从1995年2月达到4000点至今，只用4年时间就突破了1万点。日前，华尔街有一种说法，道指破万，实际上是给美国经济前景出了两大考题，即道指在闯入万点后是牛气冲天，继续走强，还是熊瞎子敲门，大盘下跌；美联储会采取何种措施，是提高利率，为股市"消火解毒"，还是维持中立，使经济"软着陆"。总之，美国经济走势令人提心吊胆，从某种意义说，也是世界经济的一个威胁。如果美国经济大滑坡，而日本经济又起不来，将对世界经济产生巨大影响。即使在平时，美国经济一打喷嚏，别国经济就患感冒。而现在各主要国家都把美国股市风险与本国经济前景联系考虑。对美国经济的繁荣，国外一般有三种说法："知本主义"、"股本主义"及"无国界主义"，与这三种说法相对应的是如下三种理论：[15]

其一是"新经济说"，即认为由于美国产业结构、科技结构、就业结构、产品结构及贸易结构升级换代成功，推动了国民经济的"年轻化"、"知识化"、"专业化"。目前，"新经济"成分占国民生产总值的比重已高达60%，这打破了传统的经济轮回，从而实现了高速持久运行。"新经济"的主要标志就是信息化投资迅猛增长。据美国商务部调查，90年代初，信息化投资额为每年1200亿美元，但到1998年则猛增到3881亿美元。[16]整个90年代美国企业设备投资的绝大部分是信息化投资。具体地讲，它促进了制造业的"软件化"、服务业的"硬件化"。如果说设备投资构成了经济高涨的物质基础，那么信息化投资则成为整个设备投资的"起搏器"。1998年美国有两起引起轰动的企业兼并案：一起是福特公司花64亿美元买下了瑞典沃尔沃公司的汽车部门；另一起是网络关联企业的兼并，但出资规模大于福特。1998年1月微软公司的时价总额高达4000亿美元，创世界企业史的记录，用其财力可以买下7家通用汽车公司，但微软的总资产仅为通用汽车公司的十分之一。[17]重要原因就是，微软自创业以来，把巨额资金投入人才、技术等知识资本的积累，而非投入土地、设备、劳动等亚当·斯密或李嘉图等传统经济学强调的三大增长要素。在信息化投资的浪潮下，美国出现了"信息本位制"的企业集团，从而替代了传统的金融康采恩。这些企业的一个共性就是土地、销售额、工厂等资产规模极小，但股票市价却极高，也就是资金实力远远大于产业资本，知识存量大于资本存量。

从马克思主义经济学原理来讲，设备投资的扩大，带动了需求，从而缓解了生产过剩危机，推动了新一轮经济复苏，也正是在这个意义上构成了物质基础。但同时，设备投资经过"十月怀胎"而"一朝分娩"转化为生产力之后，又为新一轮经济危机的形成埋下了火种。这也是传统经济的"周期性"所在。相反，信息化投资并不是直接导致生产力扩大的"外延型"投资，而是一种提高经济效益、促进生产工序合理化、商业流通与金融交易高效化的"内涵发展"，一句话，生产率大幅度提高，它使设备投资所怀的生产力胎儿与生产相对过剩的"预产期"推迟。也正是在此意义上才可以说经济增长的"无周期"和"新经济"。据美国估算，信息化投资对美国 GDP 的贡献度 1990、1991 年为零，1998 年 3.9% 的经济增长中，有 1.2% 是靠信息化投资所推动，换句话说，仅占 GDP 5.5% 的信息化投资就实现了约三分之一的实际经济增长。[18] 如果再加上此类投资的波及效应的话，信息化投资现已成为美国经济中仅次于个人消费的第二大引擎。从这个角度、这个道理上讲，"新经济"确有其新意所在。从美国经济的新动向看，信息化的大趋势正使经济面貌发生巨大变化。高增长、低通胀、波动小、周期长的经济发展方式将成为 21 世纪胜者的条件。

其二是"资产效应说"，即"全民炒股"牵动了美国经济的增长，出现所谓的"消费景气"，美国人称之为"股本位经济"。据美金融权威部门统计，1998 年美家庭收支较往年多出了约 2000 亿美元。其中 1000 个亿是股票暴涨产生的金融资产；700 个亿是三次调低利率而减轻的利息负担；300 个亿是海外市场紧缩、物价下跌的结果。这三项合计，约占美国 GDP 的 2.6%。换句话说，1998 年"天上掉下个大元宝"，整整多出了 2000 亿美元。[19] 可爱的是，美国人把这 2000 个亿基本上是吃光用光，一半用于消费，一半用于证券投资。

据美联储的经济模型测算，股价上涨 20%，在头一年可分别刺激私人消费与住宅投资扩大 1.2 与 2.4 个百分点。[20] 据估算，1995 年以来，美国居民家庭的净资产余额，平均年增长 2.22 万亿美元，[21] 年可支配收入大幅度增长。而消费支出甚至高于可支配收入的增长，也就是我们常说的"过度消费"或"提前消费"。1998 年美国的这种超出消费高达 910 亿美元。另一方面，主要是投资股票。美国人持股的时间远远多于持币的时间。一旦进入股市，就有点"人在江湖，身不由己"。手里的钱如果不买卖股票，就手也痒心也痒。在西方经济中，大家要注意两个神话：一个是日本的"土地神话"，地价暴涨，日本的地价总额竟然高于美国。另一个是美国的"股票神话"。在美国工业化起步的1800年也就是200年前，如果买入1美元的股票的话，1997年末就达到令人惊叹的数额；而同期购买债券的话，却相对较小。美国年收入5万美元的中间阶层基本上都拥有账面价格约2万美元的股票。特别是7600万出生于高峰期、现已进入50岁的人，都通过投资养老金搞股票投资信托。金融资产增值，利率大幅度回落，企业设备开工率高达82.5%，刺激了企业的设备投资，两者构成了经济高涨的雄厚物质基础，保证了经济的连年增长。从股市高涨与经济持续走高的良性循环关系看，家庭支出与经济的结构变化萌发了经济增长的新芽，这既是美国经济的新现象，同时也为我国如何扩大内需、刺激经济提出了新的课题或启迪。

其三是"全球化效应说"，主要是指美国作为经济开放度最高、金融自由度最大、市场容纳量最多的经济体制，在国际经济中发挥了商品吸收器、资金变压器、技术增高器的作用，使美国能够实现需求扩大而物价平稳，股市高涨而资金不断，投资扩大与效益同步增长的良性循环。首先，国际资金的流向对美国股市产生了重大影响。由于一些发展中国家和地区相继发生金融危机，投资者找不到更好的资本输出市场，所以将目光转向了安全系数较高的美国证券市场，大量资金涌入股市，使道指不断创下新高。我的一个感觉是，今年下半年金融形势可能发生较大的变化。理由是，在美国股市再创新高的同时，亚洲的东京股市和香港股市也在应声而起。东京、香港的实体经济并未有明显的起色，其股市上扬主要是靠纽约股市的资金分流。这表明，高处不胜寒，有投资者已经在开辟第二市场，为资金寻找安全岛。其次，从常规的经济周期规律来讲，一旦经济高涨长期持续，就会因为供给的制约瓶颈而导致工资、原材料等成本上扬，进而触发紧缩银根，资金筹集成本随之上升，过热的总需求因此而冷却，经济再次从高涨转入萧条，直到进入谷底，最终完成周期性循环。但在经济全球化形势下，由于贸易与国际资金的跨国移动自由度很大，特别是类似美国这么一个经济大国，它不存在外汇储备和国家风险等问题，所以在实物经济领域，可以通过进口来满足国内过热的需求，也就是通过对外经贸活动来调整国内经济的不平衡，从而使实体经济的高涨阶段能保持整整9年而不变形。世界经济的大气候也对美国有利。[22]如前所述，资本过剩、商品过剩、劳动力过剩，使美国经济得以避免成本上升的瓶颈。但反过来讲，如果世界经济逐步回升，人、财、物在全球范围看涨的话，美国经济持续高涨的另一个条件将不复存在。只要美国储蓄率低等根本缺陷得不到纠正，对美国经济的过度乐观就是不现实的。但美国经济中的泡沫成分还是存在的。从迹象或先兆看，股市泡沫集中体现在网络和科技股——共包括4670家美国科技企业的纽约自动报价股市指数（亦即纳斯达克指数）的涨势咄咄逼人，平均泡沫成分在25%－30%左右。[23]据美联储的股价测算模型演示，今年1月末的股价已高出正常水准15%。此外，美国商业不动产价格连续三年出现两位数增长。[24]总之，高股价、高地价、高房价，确确实实是泡沫，问题在于泡沫的破裂时间或原因。在持续9年的经济高涨过程中，道指曾经出现过大面积滑坡。1998年8月末，俄罗斯爆发金融危机时，道指的下跌幅度达19.3%。当时靠美联储连续三次调低利率，才挽回了整个局势。对今后的走势，华尔街的金融老手认为，1999年末，美国股市下跌30%的概率约有30%。

说日本经济"险"，主要指日本经济正处在战后最严重的"复合型"危机之中。这是战后半个多世纪日本经济周期性、结构性、体制性弊端的总爆发。它的表现是经济活动的"螺旋形紧缩"：银行惜贷、商品滞销、物价低跌、消费萎缩，国民经济陷入缩小再生产。据日本有关部门估算，日本主要产业的生产能力过剩分别是：汽车 745 万辆，钢铁 4030 万吨，石油化学 420 万吨。[25]据日本官方统计，1998 年度，日本的经济增长率是负2.8%。日本经济危机的直接原因在于生产过剩、设备过剩、资本过剩。经济大滑坡的重要原因是经济企划厅等部门的预警失误。经济危机久拖难治的结构原因是"泡沫经济"后遗症积重难返，金融机构巨额呆账成为沉重包袱。经济危机的体制原因在于政界、财界、商界长期勾结，导致整个金融系统腐败、低效、监管不力、黑箱运作，金融的产业化水平、金融商品的开发能力均落后于美国，无力参与国际金融大竞争。日本经济的短期前景不容乐观。它正面临库存调整、投资调整、雇佣调整、坏账调整四大压力。除库存调整属短期调整外，三大压力均属中长期课题。一般来讲，设备投资的循环约需 10 年，调整需 3－5 年，因而到本世纪末，设备投资仍将处于减少趋势。设备投资是经济复苏的物质基础，基础上不去，整个经济增长缺少后劲。小渊上台后，加大了反危机的政策力度。一方面，全面改组金融结构，清理呆坏账，建立"桥梁银行"，由政府出资，集中解决坏账。同时，鞭策金融界开始新一轮大规模兼并。长期信用银行、长期债券银行等在经济高速增长期间发挥过巨大作用的金融机构都已退出金融舞台。另一方面，政府加大财政刺激力度，搞持久性减税，发商品购物券，调低日元汇率等等，总之，动用了政策武库中的所有手段。国际上普遍担心，"子弹已经打光了"，若经济仍起不来怎么办？前不久，美国给日本人出了个馊主意，鼓动日本中央银行购买国库券，扩大货币流通，这实际上是要日本搞恶性通货膨胀，日本未敢喝这杯毒酒。从目前形势看，日本统治集团着眼于周期、结构与体制改革，加大了整治力度，初步防止了金融局势失控。

说欧洲经济"慢"主要是指欧元启动后，兑美元汇率缓慢下滑6% –7%，欧洲经济前景令人不安。去年第四季度欧洲经济增长较前一季度恶化，下降0.4个百分点，特别是德国出现负增长；法国、意大利经济也出现减速。德法意三国经济规模占欧元圈GDP总和的四分之三，这三套车车速的放慢，势将对整个欧元圈产生影响。若欧洲经济晴转多云，对世界经济的影响非同一般。按年率估算，今年欧洲经济增长幅度可达2% –2.5%。[26]

四、经济全球化与经济安全

国家经济安全问题是现阶段我国亟须解决、我国战略研究机构所关注的一个热点问题。可以说，经济全球化呼唤经济安全；经济的大国化呼唤经济安全；综合国力大竞争呼唤经济安全；对外开放的加快呼唤经济安全，经济安全的分量越来越大。

有人说，"经济安全是个筐，什么都可往里装"。但从国家安全的角度来讲，应该从国家层面上来界定经济安全，特别是作为战略研究机构，它所关注的应该是，主权国家的经济发展和经济利益不受外部因素的威胁和破坏；为经济发展战略创造良好的国际环境；国家经济生存必不可少的先天和后天条件；参与国际经济竞争的能力；国家经济发展战略要素的安全，以及一国经济整体安全，亦即球籍问题。由此可见，经济安全是国家安全的重要内容。世纪之交，我国经济安全的外部环境尤为复杂。因为，经济安全的重要性与开放程度成正比；与综合国力强弱成正比；与市场经济发展成正比，与贸易、投资的对外依存度成正比，与世界经济的国际化、全球化、集团化成正比。随着我国逐渐接近国际经济的前沿，下世纪初经济安全将成为不能不重视的战略性问题，[27]对我们这样一个成长中的大国，既具有现实性，又具有紧迫性。正如江泽民主席在中国共产党十五届二中全会上的重要讲话中所指出的，关键在于我们自身是否具有足够的承受和抵御风险的能力。这次金融风波的冲击，我们顶住了。这证明改革开放20年形成的基础使我们具有相当的承受和抵御风险的能力。但是，必须看到，我们还有许多弱点，这种能力还不够强。江泽民主席强调指出的"承受和抵御风险的能力"，是一个关系全局的重大战略观念。[28]

具体说来，我国经济安全的任务主要来自如下10个方面：

（1）关系到民族生存的综合国力竞争，也就是毛主席讲过的"球籍"问题，及邓小平所讲的"发展是硬道理"的道理所在。其时代背景就是信息革命正在到来，这场产业革命将最后决定下世纪世界力量对比和国际战略格局。一场世界性的经济、科技大决战正在展开，关系到国家的存亡和民族的前途。美国对我国搞科技禁运，就是美战略界为防止我国力增强而采取的安全手段。北约对南斯拉夫大动干戈，是与世界经济发展的不平衡规律密切联系在一起的。冷战思维、霸权主义、强权政治的抬头，强化军事同盟及新的"炮舰政策"肆虐，其背景就是综合国力发展不平衡，也是政治安全、军事安全、经济安全三种因素的综合反映，或者说大安全所面临的威胁，民族生存面临的威胁，"球籍"面临的威胁。[29]

（2）关系到国家主权的经济全球化。全球化无疑可使我国经济受益，但全球化的逻辑是经济无边界化，它必然向国家主权和国家控制力提出无情的挑战。全球化时代没有绝对的经济安全，一个主权国家如何处理好国际经济与民族经济之间的关系，如何处理好逐渐开放与维护经济安全的关系，必须妥善解决。

（3）关系到金融权力的货币安全。从战略高度看，金融不仅仅是金钱，更是一种权力，一种战略或政治影响力。亚洲的这场金融风暴，实际上早已超出经济范畴，演变为地缘战略争夺，是美元、日元、人民币三大金融力量跨世纪较量的预演。金融权力与国际政治互为因果。人民币的稳定就是安全局势稳定，安全局势的稳定，亦是经济安全的内容。

（4）关系到国家利益和发展目标能否实现，经济运行能否顺畅的金融安全。亚洲金融危机的深层原因是经济市场化和资本自由化推动下私人资本的流动，这种危机是世界经济中的新现象，被人们称作"21世纪型危机"。[30]目前民族国家和国际社会还没有更好的办法控制这一进程，相反，金融资本对国家的控制却在加强。金融危机正是全球范围内的国家与资本冲突的结果。发展中国家对付金融危机的能力是有限的，如何应付国际金融资本对国家金融体系的干扰和冲击，亦应是经济安全的重要着眼点。

（5）关系到经济可持续增长的海外商品与投资市场安全。亦即对外贸易与对外投资安全，旨在保证我国能够"四面八方做生意，东西南北搞资源"；保证我国与世界各地的市场和投资等商业利益不受威胁；保证我国经济发展免于供给中断和价格剧烈波动而产生的突然打击。

（6）关系到国计民生稳定的各种战略物资与能源安全。亦即我国所需的战略物资与能源始终能得以保障。粮食、石油、煤炭、钢铁、水资源、稀有金属的供给，过去是、现在是、将来也必然是民族冲突甚至战争的起因。两伊战争、海湾战争在很大程度上就是为了能源安全。据报载，有的国家从国外市场大量进口煤炭，回填国内的废矿井，也是受能源安全的思路指导。

（7）关系到国民经济网络与信息保持快捷准确的信息安全。下世纪的经济发展方向将是信息经济。在信息经济中，企业靠知识、网络的灵活性提高竞争力；国际贸易战以信息战的形式出现，国际金融活动的参与也靠信息的快捷。所以，建设信息边疆，保证信息通畅，也是国家经济安全的新任务。

（8）关系到国家风险及危机防范的预防性安全。在经济危机之际，民族国家往往以国家安全为由，干预经济生活，或者将危机转嫁给其他国家；金融资本也经常兴风作浪，明修栈道，暗渡陈仓，大搞谋略。因为对它们而言金融危机就是赚钱的商机，索罗斯等"对冲基金"在向泰国发动攻击前，就做了大量的谋略活动。首先，他们向欧洲的部分投资银行通报了情报，精心策划近两年之久。按理说，肯定会有蛛丝马迹外漏，这些亚洲国家的情报网应该有所警觉。其次，他们做了大量的假象，亦即伪装活动，发动谣言攻势，扰乱市场，这在攻击港币时尤为典型。再次，在攻击韩国时，掌握了韩金融机构负债期限、规模等重要情报，从而一举攻破韩国。

（9）关系到国家及金融机构信誉的信用等级评估及危机防范。国际金融评级机构和国际货币基金组织是西方的两把刀子，一有风吹草动，前者便推波助澜，给予致命一击，再由后者出面"收拾残局"。对一些国家而言，信用等级关系到国家的信誉和稳定，不同的等级会使一个国家花费很多钱。当穆迪氏投资服务公司公布信用等级时，一些国家的元首要召开记者招待会，货币交易商猛打电话，债券市场为之震动。[31]所以，信用等级评估机构对一些国家经济的影响越来越大。预先报警，防患于未然，是国家安全的重要工作。

（10）关系到国家综合国力增长源泉的技术安全，这是广义的经济安全概念的一部分。从冷战后俄罗斯的情况看，其科技潜力迅速崩溃，人才外流，基干队伍受到侵蚀，科学发展的物质基础和信息基础恶化。仅在美国国家宇航局系统就有 100 多名前苏联专家在搞科研；以色列 90% 的军工企业专家是前苏联公民[32]。从最终影响经济增长潜力，及对外经济竞争力的角度讲，这也是经济安全的内涵之一。我们研究经济安全，目的是为了促进我国改革开放的进程。因为，从根本上说，只有通过改革开放，增强经济实力，才能获得经济安全。

注 释：

[1] 郑必坚：《抓住机遇与理论武装》，《求是》1999 年第 7 期第 4 页。

[2] 亓乐毅：《亚太金融危机与地缘战略争夺战》，《台研两岸前瞻探索》1998 年 3 月，第 27 页。

[3] 列宁：《帝国主义是资本主义的最高阶段》，人民出版社 1974 年版。

[4] 亓乐毅：《亚太金融危机与地缘战略争夺战》，《台研两岸前瞻探索》1998 年 3 月，第 33 页。

[5] 日本《产经新闻》1999 年 1 月 11 日。

[6] 亓乐毅：《亚太金融危机与地缘战略争夺战》，《台研两岸前瞻探索》1998 年 3 月，第 26 页。

[7] 亓乐毅：《亚太金融危机与地缘战略争夺战》，《台研两岸前瞻探索》1998 年 3 月，第 36 页。

[8] 亓乐毅：《亚太金融危机与地缘战略争夺战》，《台研两岸前瞻探索》1998 年 3 月，第 31 页。

[9]《亚洲危机与美国的世界战略》，日本《经济学人》周刊 1999 年 1 月 9 日。

[10] 江泽民：《论学习现代经济知识》，《求是》1999 年第 7 期，第 8 页。

[11] 马洪主编，周立著：《金融衍生工具发展与监管》，中国发展出版社，第 3 页。

［12］马洪主编，周立著：《金融衍生工具发展与监管》，中国发展出版社，第1-2页。

［13］浜田和幸：《对冲基金》，日本文艺春秋出版社1999年版。

［14］《道指破万后令人担心的美国经济》，《日本经济新闻》1999年3月18日。

［15］《日本经济新闻》1999年2月8日。

［16］《美国信息化投资骤增》，《日本经济新闻》1999年4月7日。

［17］《21世纪胜者的条件》，《日本经济新闻》1999年2月8日。

［18］《美国信息化投资骤增》，《日本经济新闻》1999年4月7日。

［19］《家计消费支撑美国经济》，《日本经济新闻》1999年2月6日。

［20］《消费支持的美国经济》（上），《日本经济新闻》1999年2月25日。

［21］《消费支持的美国经济》（上），《日本经济新闻》1999年2月25日。

［22］《世界萧条支撑美国经济》，《日本经济新闻》1999年4月7日。

［23］周德武：《注意美股市的泡沫成分》，《人民日报》1999年3月10日。

［24］《美国商务不动产持续高涨》，《日本经济新闻》1999年3月5日。

［25］《日本经济新闻》1999年4月17日。

［26］《日益不透明的欧洲景气》（上），《日本经济新闻》1999年4月8日。

［27］赵英：《中国经济面临的危险——国家经济安全论》；柳剑平：《国家经济安全问题研究》，《人民日报》1999年1月30

日；庞中英：《略论国家经济安全》，《人民日报》1998 年 5
月 30 日；《人民日报》观察家：《经济全球化呼唤金融安全》
1998 年 10 月 21 日；赵长茂：《怎样认识国家经济安全》，
《人民日报》1998 年 8 月 1 日。

[28] 郑必坚：《抓住机遇与理论武装》，《求是》1999 年第 7 期，
第 4 页。

[29] 《中国国际战略学会举行研讨会》，《人民日报》1999 年 4 月
15 日。

[30] 庞中英：《国际金融体系酝酿改革》，《人民日报》1998 年 4
月 9 日。

[31] 《一家影响经济的纽约公司》，美国《基督教科学箴言报》
1998 年 7 月 29 日。

[32] 《呼救信号，下降已达极限》，《俄罗斯消息报》1993 年 10
月 20 日。

"9·11"事件对中国周边安全环境的影响*

一

"9·11"恐怖袭击事件的发生，反映了当代世界政治、经济、军事等各方面存在着深刻矛盾。国际恐怖活动的爆发或表面化，实际上与现代国际关系中主要矛盾的转换有关。换言之，东西对抗、军备竞赛、两超争霸、战争危机的局势有所变化；南北差距、民族矛盾、宗教分歧、资源享有等诸多问题一举激化，形成国际争端的热点、焦点、难点并不可收拾。以至全球安全态势图上，出现了一条恐怖活动高发地带。

（1）从军事战略角度看，此次恐怖袭击一下子把冷战以来美国相对轻视的"本土防御"提升到一个前所未有的战略高度，美国战略决策层在外交与军事资源相对有限的前提下，必须重新估量"攻势"与"守势"之间的资源分配；同时，亦需调整"前沿展开"和"本土防御"的战略比重。作为应急措施，美国将在资

* 本文是著者在"中国国际问题和学术交流基金会"与中央电视台《东方时空·世界》栏目组联合举办的"2001年国际形势研讨会"上的发言。

源配置上，向反恐怖相关的本土安全领域作"倾斜投入"。

（2）从国际关系角度看，它导致了各大国调整安全与外交日程，引发了大国关系的变动，各主要国家安全观的变化、新对外政策思想的提炼及新的战略谋划，进而演绎了区域安全态势甚至国际关系演变。尤其是阿富汗反恐战争的进展促进了大国高层会晤的空前活跃，国家关系的重新洗牌、外交成果的积淀及相关反恐规则的确立，孕育着一个新的国际政治格局的出现。

由于上述战略环境的演变，近来中美、中俄、中德、中巴关系，美俄、美巴、美乌关系，欧巴、欧俄关系的调整，以及中美俄、美俄欧、美印巴、中印巴等所谓的战略三角关系，都带有反恐怖合作的投影。

（3）从地缘战略角度看，恐怖活动的重灾区主要是中亚、南亚、中东的部分国家。这一地带又是经典陆权理论所描述的欧亚板块的结合部。阿富汗战争的打响，使人想起了在核时代一度被遗忘的地缘政治学说。不言而喻，国际反恐联盟成员国具有不同的地缘战略或地缘经济利益，以及极其自然的防御本能的反应。如果反恐战争被解释为一种地缘战略行为，演绎了地缘战略格局，势将加速地缘政治新棋局的形成。

（4）从国际秩序角度看，国际恐怖活动的猖獗，震动了各国高层。而恐怖活动与经济衰退互为影响，以及国际恐怖活动手段向 NBC（核生化武器）的升级，使国际战略态势酝酿着重大调整。危机变为契机、契机称为转机。"9·11"事件后的大国外交表明，反恐怖、反萧条、反贫困已成为新世纪国家安全工程的重要任务、国际关系调整的重要内容以及国际安全合作的重要组成部分。大国之间就战略与安全问题达成共识的可能性在增大。

可以说，上述"三反工作"对国际新秩序的形成起着纳生的作用。这势必导致美国及各大力量对外战略目标优先顺序与外交政策的再思考与重大调整，并据此提出现代"大安全"政策的任务。从美国看，在 2001 年《四年防务评估报告》中，美国防部确立了"本土防御"的最优先性。

二

围绕反恐怖合作的"规则战争"也现实地成为国际关系磨合的重要内容。"规则之争"主要表现为如下几个方面；第一，如何定义"国际恐怖主义"？因为在反恐怖问题总论上各国均无异议，但在个论上，即矛头具体指向上则意见不一，亦即对恐怖主义的界定有原则性分歧。一般认为，目前国际上有关恐怖主义的概念少至二十几种，多至上百个解释。第二，由谁来主持反恐？联合国安理会授权、北约援引"集体自卫"条款、还是某个国家的单打独斗？第三，与第一点相近，即反恐怖行动的衡量标准：单一标准，还是双重标准？这里涉及"第三条道路"的问题，即是否非敌即友？第四，是依法反恐，重证据，打得准，还是反恐谋私？第五，如何避免出现"第二个阿富汗"，是头痛医头，还是标本兼治，综合治理？

从世界范围看，继俄美、俄印之后，俄中决定成立反恐怖工作小组；俄还在酝酿举办"全球反恐怖论坛"。中美启动了反恐怖协商；印美首脑就加强反恐合作、网络反恐措施达成协议。此外，东盟成员国军方于今年 11 月 15 日在马尼拉开会，讨论反恐合作问题。哈萨克斯坦拟邀请亚洲各国首脑举行反恐怖大会。东盟与中日韩的"10＋3"峰会也签署了反恐怖宣言；中国和菲律宾通过了签署有关引渡、打击跨国犯罪和毒品走私的协议。朝鲜决定签署作为国际社会反恐怖斗争主要手段的《制止资助恐怖主义国际公约》，并同时加入《反对劫持人质国际公约》。此外，围绕裂变材料的生产及核设施的安全系数，大国关系的合作面在扩大。2000年11月，中美就防扩散达成谅解，最近又恢复了中美防扩散对话。

三

中国周边的安全环境因国际安全大气候的变化而再次演绎，同时，反恐合作的展开为国家关系的发展提供了新的基础。"9·11"事件之前，亚太地区安全格局演绎的主要影响有两点：虚构的"中国威胁论"及与此相关的、虚虚实实的美国战略重心"东移论"。

布什上台到"9·11"之前，在国防上做了许多重大决定，加大对亚太地区的战略关注和军事投入，强化地区军事同盟体系，呼吁与日建立类似"美英特殊伙伴关系"，加紧研制地区导弹防御系统，提升对台军售档次，等等。美中关系的磕磕碰碰、中日关系的停停走走都是美国亚太战略调整这一战略背景的投影。

"9·11"事件深刻影响了美国的对外政策，美与其他国家的关系都出现了重新划线的问题。美国在推动其"全球反恐怖联盟"中，通过双边协调与多边穿梭，落实其安全战略思想。中美关系在战略或安全领域中共同利益、直接联系增加了，这是个积极因素。美国总统布什于10月18日抵上海参加APEC峰会，即反映出未来亚太局势的新方向。布什的上海之行传递出如下政策信息：美国的安全关注焦点从海洋亚洲转移到内陆亚洲，尤其是中亚地区。至少在现阶段已对亚太地区的形势产生影响。

（1）冷战期间，美国亚太战略的重心置于东北亚；冷战结束后，该地区被认为是有可能引发大国冲突的危险区域，因为朝鲜半岛或台湾海峡出现危机，极有可能将美日卷入。因而，中日美、中朝俄、美日韩、中朝韩等三边关系被认具有战略意义。

目前，美国正在推进以反恐怖为中心的外交路线，这给朝鲜的外交环境带来了变化。"反恐划线"将有关朝鲜半岛的安全日程划出了美国头等重要的外交或安全议程；南亚局势的动荡，使美国对巴基斯坦核设施安全的关注，超过了对朝鲜"两弹"核查问题的注意，从而使对朝外交的定位退居次要问题。在美朝关系进展脱力的情况下，韩朝关系、欧盟与朝鲜关系等都略显沉闷。韩国国内政局因大选在即而动荡，金大中的"阳光政策"已是阳春白雪，和者甚寡。

其次，日本借反恐谋私，立法通过《防止恐怖特别措施法》，将军旗打向了海外。"9·11"事件后，日本决策层汲取海湾战争交学费的教训，加大参与国际反恐怖与日美安全合作的力度。日本巡洋舰在战时远渡印度洋，为美国的军事行动提供支援。

（2）"9·11"之前，南亚地区一直因为印巴关系紧张而呈痉挛性动荡，但被认为美中俄不会卷入而被定性为"单打独斗"型。美国的南亚外交主要围绕"第一"和"唯一"两个轴心调整。在"9·11"事件之前，美国寻求与印度发展新的战略关系，其对印政策是"印度第一"，但"并非唯一"。"9·11"之后，巴基斯坦因地缘战略位置的重要而上升为美南亚政策的"第一"，但也并非"唯一"。美国同时取消了对印、巴的经济制裁。"10·7"反恐军事行动展开后，鲍威尔国务卿对印、巴的穿梭访问，印、美首脑会谈的举行等折射出美国在印、巴之间搞平衡，以及重塑南亚权力板块的战略用意。

阿富汗战局变化，巴国内社会动荡所显示的"宗教战争"的色彩，使得巴基斯坦核设施的安全性问题，以及克什米尔争端成为地区安全的重要课题，从而使美印巴、中美巴关系具有重要的地缘战略意义。

（3）"9·11"之前，中亚的安全形势因边界问题的和平解决、打击"三股势力"的合作进展而进入新阶段，"上海合作组织"的成立，表明欧亚大陆地缘政治格局出现重新组合。但"9·11"后，反恐怖合作关系的亲疏，在中亚国家关系中划下一条线。美国在该地区的军事存在，正在改变中亚业已形成的安全态势。众所周知，上海会晤的模式是"5+1"（中俄哈吉塔+乌）；而阿富汗战争前夕，在吉尔吉斯首都比什凯克筹建"反恐中心"之际则是"6-1"（中俄哈吉塔-乌）。如果美国对阿富汗的军事行动结束后仍驻军中亚，恐将影响该地区国家在安全合作领域的凝聚力。

（4）东南亚国家与美国的关系处在调整过程中，美国在东南亚的军事存在有进一步增强的可能。"9·11"之后，菲美两国在军事和安全领域的关系进一步加强：美国向菲提供了部分武器装备，派遣了反恐专家小组，协助菲武装部队打击阿布沙耶夫组织；美菲军方还签署了"五年工作计划"，并酝酿修改已签署50年的《美菲共同防御体系》，"以应对包括恐怖主义在内的未来的各种挑战"。

此外，印尼、马来西亚、菲律宾穆斯林人口占较大比重，战后这些国家奉行政教分离的基本国策，对多民族国家统一与经济发展有过贡献。"9·11"事件后，在部分国家引发了一场有关"政治与伊斯兰教"的争论。个别国家的政局动荡，与社会转型相交织，导致激进势力抬头，威胁国家安全与稳定，使之有沦为"东半球之巴尔干"的危险。

（5）中东地区的政治格局与安全形势面临调整，宗教、政局、石油将成为影响地区稳定的重要因素，可能危及某些国家的政权，进而引起地区局势的动荡。为此，迄今偏重于在经济和石油领域与中东国家发展国家关系的日本等国家，已将战略关注投向石油安全问题。

走猫步·打醉拳·与狼共舞[*]

——"大国协奏曲"杂音频出

"9·11"事件及其后续发展从深层次影响和改变着国际关系格局。它导致国际政治主要矛盾的转化，给国际关系划出了一个新平台和新空间——反恐怖、反扩散、反萧条。这"三反"工作上升为各国国家安全工程的重要任务，成为国际关系调整的主要内容，成为国际安全合作的重要组成部分。可以说，"9·11"反而使大国共同利益增加，合作意愿加强了。各大力量基于这一主题，相继调整安全战略的优先顺序，同恶相助、同好相留、同情相成、同欲相趋。尤其是美国积极争取各主要力量不干扰其布局天下的反恐部署，甚至希望各大国与美联手，分担风险与成本。

大国发展"温和协调关系"

国际关系利益结合点与互动轴心向"三反"中心任务的贴近，促进大国之间形成了"温和协调关系"。美俄日有学者将此定性为"世界正走向多极主导的'大国协奏曲'格局"；或"类

---

[*] 本文发表于《国际先驱导报》2003年2月28日，第7版。

似二战美、俄、中、印组成的'新四大国体制'"以及"类似一战'新协约国体制'"等。这种国际关系格局特征，是"三反"大背景下大国关系磨合的"时"与"势"。中美关系、美俄关系、美印关系的发展即为上述战略变化的投影。相反，日本、欧洲在美国同盟体系中的地位下沉；在大国关系格局中逐渐边缘化。

时间是一个巨大的磨，日复一日、年复一年地磨着被称为"关系"的东西；时间又是一对冷漠的石狮，蹲踞在空间的门口，目睹大国关系的离散聚合。"9·11"之后一年多来，恐怖犯罪升级，反恐战线越拉越长。随着反恐战的铺开，伊拉克继阿富汗塔利班和"基地"组织之后，又被美国列为第二回合的拟定打击对象，美伊关系上升为全球关注之焦点、大国关系之石蕊试纸。美国为打伊而在军事上投棋布子，向战略要冲集结；把主要军事资源投到中东、中亚一线，集结大军、加强对欧亚大陆地缘战略优势。

反恐之"筐"能装多少大国关系?

随着美国"倒萨"的山雨欲来，以反恐为主题的"大国协奏曲"中的杂音却越来越大。如围绕"打"与"查"引发的欧洲内部的矛盾；围绕"战"与"和"引发的安理会内部的矛盾；围绕协防土耳其引发的北约内部的矛盾；围绕"单极"与"多极"引发的美欧矛盾；围绕反恐"治标"与"治本"引发的超强矛盾等，都折射出非传统安全领域的合作有逆转为传统安全威胁的势头。

鉴于国际反恐形势进入了一个新阶段，在传统安全与非传统安全矛盾与利益交织的状态下，人们开始担心"反恐扩大化"倾向，在论及"大国协奏曲"的同时，也开始议论"反恐大旗"能打多久？下一阶段反恐的性质是否会发生变化？非传统安全领域的合作能否化解传统安全领域的矛盾？反恐的"筐"能否装得下大国关系的所有内容？

既商量又较量将是主旋律

各国对美关系的摩擦，反映出各大国对美国在国际政治中先斩后奏、搞一言堂的做法的不满，战略歧见转化为现实政策冲突。当然，也不排除各国在"T"型外交台上走猫步、打醉拳的作秀。但其实质是诸强对一超利用"军事一极"态势，搞"反恐扩大化"及谋霸布局的战略警惕，以及超强之间的利益冲突。

当前，美伊、美朝关系上升为国际关系的两大矛盾焦点，对国际战略格局产生了牵动性影响。世人尤为关心战争是否会爆发？何时打、怎么打？是速战速决，还是打"持久战"？

但如果跳出战争视野局限，展望中东、东北亚的局势走向，更有助于把握大国关系动向。因为通过对美国一系列战略动作的观察，能看出美国外交政策与地区安全政策走向，从而找到传统与非传统安全量变与质变的临界点。如"战后"的新海湾、新中东究竟会被整合成什么样？美国怎样排定海湾秩序、中东秩序、东北亚秩序？

从超强关系看，美国力将把"反恐同盟"悄然过渡到"美国主导、同盟支持、大国协调"的格局。鉴于对美关系在大国外交中所处位置重要，俄罗斯、欧盟不会对美摊牌，彻底决裂。从强强关系看，各强合而不同，都在考虑近期利益和长远得失的利害关系，既商量又较量仍将是大国关系的主旋律。总之，"一超多强"格局的内涵将出现冷战结束以来最深刻的变化，大国关系仍处在组合的流动过程之中。

中美日三边关系
应"扩大均衡"*

面对已重新定位的日美同盟，中国将努力寻求三方利益的汇合点，任何将有关"联美制日"或"联日制美"思考付诸实践的尝试都不太慎重。中美日三边关系是由当前的"时"与"势"决定的，换言之，这组关系要放在亚太安全格局变动的大背景中加以全面观察，其演变离不开现阶段的"段情"：中美日三国的亚太外交与安全政策重点；全球反恐形势下的东亚安全合作以及日本的国家走向；中日关系的"光与影"等等。只有在回答如上设想之后，才能回答中日关系能否通过"脱美"、"离美"甚或"抗美"来激活和发展。

美国亚太安全战略未变

当前的亚太安全格局是冷战以来各大力量纵横捭阖、运筹布局的结果，是一种战略"存量"；尽管冷战后各国的政策调整作为"变量"在产生影响，但总格局仍未发生变化。

---

* 本文发表于《国际先驱导报》2004 年 10 月 8 日。

首先，从美国的亚太安全战略看，其不变表现为如下几个方面：一是保持美军的前沿展开，驻守战略防线与夯实军事基地；二是巩固或提升美日、美韩、美菲等双边战略同盟，寻求新的战略合作伙伴；三是加强对亚太国家的安全承诺；四是开展多边安全对话，摸索建立多边安全合作机制，以作为对双边同盟之补充（绝非替代）。"9·11"后美国展开了全球军力大调整，但仍突出亚太地区的部署及双边同盟。这决定了美国在亚太地区的秩序观、安全观、利益观、合作观不会轻易改变，美对该地区的中亚合作组织、东北亚安全合作机制、东亚经贸自由区等倡议疑窦重重。

日本绝不可能"亲中疏美"

其次，从日本的外交安全政策看，冷战后，日确实经历过"同盟漂流"的战略躁动期，在"脱美入亚"还是"脱亚入美"的外交三岔口彷徨、犹豫过。在朝野论战或非主流决策层中，也提出过"回归亚洲"的外交口号。但在1996年4月，日美首脑发表了《日美安保联合宣言》称："当日本周边地区发生的事态对日本和平与安全产生重要影响时，两国将进行磋商与合作。"1997年9月，日本出台了《新防卫合作指针》，停止使用原"指针"中的"远东"概念（1960年日本政府解释其范围为"菲律宾以北，包括台湾和韩国"），代之以"日本周边地区"，其实际意义是，当"周边"有事之际，将"协调动用自卫队和美军"。

从国际安全角度看，日本此举等于同美国签订了当台海"有事"，日将为其提供支援的契约，把自己嵌进了如果中美关系因台湾问题紧张，日中关系也将随之紧张的机制。因而有亚洲政要评论说，日本外交对美"一边倒"，其道路将越走越窄。受此态势影响，日本充其量能平衡一下外交重心，搞"联美入亚"，而绝不可能"脱美入亚"或"亲中疏美"。逆言之，现阶段任何有关"联日制美"的建言日本是听不进的。

中国外交"入字当头"

再次，从新形势下的中国外交看，在新时期，中国外交强调争取和平稳定的国际环境与睦邻友好的周边环境。为此，既要发展同主要大国的关系，又要重视与周边国家的友好。对美关系重要，对日关系亦非不重要。面对已重新定位的日美同盟，将努力寻求三方利益的汇合点，任何将有关联美制日或联日制美思考付诸实践的尝试都不太慎重。中国不搞斗争哲学，"破字当头"，挑战传统秩序；而是顺势而为，上善如水，"入字当头，立在其中"，参与亚太安全合作，加强经济与文化外交。

"9·11"发生至今三年来，亚太安全因阿富汗、伊拉克两场战争及朝核危机而出现变化，特别是经由上海 APEC、曼谷 APEC，亚太安全合作越发受到重视，这有益于中美日进一步夯实"三反"（反恐、反扩散、反贫困）基础，在"集装箱安全"、"扩散安全倡议（PSI）"、"区域海事安全"等方面加强合作，为大国关系发展提供新"抓手"，推动三边关系朝"扩大均衡"的方向发展。

面对如上安全与外交格局，中日关系不适宜搞针对第三国的"外延式"发展；相反，中日两国有太多的发展"内涵"；双方在维护朝鲜半岛稳定、联防金融风险、保障共同发展、能源环境合作等方面都有利益汇合点。日本决策层认为，中国综合国力发展是客观事实，日本外交政策必须考虑中国因素。从上世纪90年代的宫泽内阁至今日的小泉内阁，历届内阁均把中日关系定位为最重要的双边关系之一。关键在于日本如何突破历史问题的"瓶颈"，启动这艘搁浅的快船。

中国"大周边"地带各种力量分化组合态势*

一、"大周边"概念的提出

"大周边"概念的提出，主要是基于中国传统的"亲仁善邻，国之宝也"、"近者说，远者来"的邦交思想，以及"远交近和"与"远亲近邻"的战略与外交文化，把"远亲"与"近邻"一并作为"邻"加以考虑。中国古典名句"海内存知己，天涯若比邻"，就超越传统地理范围局限，具有"大周边"外交的思想内涵。中国政府奉行"与邻为善、以邻为伴"的周边外交方针和睦邻、安邻、富邻的政策，高度重视加强与周边国家的友好合作。

在"大周边"概念之中，"近邻"一般是指与我领土、领水、领海直接相连的国家，如朝鲜半岛等东北亚国家；越、老、柬、缅、泰、马等东南亚国家；哈、吉、塔等中亚国家；印、巴、孟等南亚国家，以及俄罗斯、蒙古等国家。在中国延绵2.2万公里的陆地边界上，与我接壤的有14个国家。

---

* 本文载于"中国国关在线"（http：//www.irchina.org）网站。

　　"远亲"的含义则要超出静态、传统的"直接接壤"的局限，着眼于特殊的地缘政治、经济关系：从战略高度与长远角度，进一步敞开通道，将视野扩展到虽不与我直接接壤，但有安全、经贸、能源、文化等纽带密切连接的发达国家、发展中国家等等。

　　贸易与文化本身所具有的特殊性和传播性，决定了地理距离的相对性。因而，值得探讨的是，能否把亚欧大陆视为一个不可分割的整体。"丝绸之路"或茶马古道就是对自古以来遍及亚欧大陆（包括北非）广大地区的长途商业贸易和东西方文化交流路线的总称。"欧亚大陆的整体性，不仅表现在区位上的不可分割，更重要的是表现在经济、文化的传播和交流。"西亚、中东、北非等地区在当时逐渐成为中国经贸伙伴的重要对象。这既是地理的政治化过程，也是政治的地理化过程。

　　目前，中国经济、贸易、文化、体育等影响在"大周边"地区不断扩大。如中国的改革、发展道路受到越南、朝鲜等传统社会主义国家的借鉴；东南亚等国家出现了学习中文的热潮。总之，以新发展观、新安全观、新合作观、新援助观、新文明观为内涵的中国"软国力"的扩大，消除了"妖魔化中国"的负面影响，拉进了彼此之间的关系，使"中邻"关系发展具备了某种精神动力。中国与"大周边"地区国家的经济合作已日益密切，如我国原油总进口量的约14%来自东南亚。

　　此外，在探讨"中邻"关系时，还应注意海洋国家的"邻距离"关系及传统的海权理论。蜚声地缘战略研究领域的历史学家马汉对海权的概念有明确的定义。老马说，海权所指的不只是海上的军事力量，而是指远较其广大的一套活动，海洋是一条高速公路。根据马汉把海洋定性为"高速公路"的观点，可以说参与高速公路进行环球之旅的国家，均被国际安全与国际经济两大体系的两端所连接："宽广的海面是天然的交通道路，不太受时空条件的限制。从地中海到大西洋，又从大西洋到太平洋，遥遥数万里，甚至从东半球到西半球都能畅通无阻。"

从海权理论及海洋国家的"邻"外交视野看，海上高速公路所能抵达的国家，都是"邻国"。既然中日、日美、美俄能互为邻国，那么中美、中墨、中智、中澳、中新（新西兰）、中国与南太平洋岛国的关系也应该是邻国关系。这里，就出现了一个"邻距离"概念。

二、中国与"大周边"

对中国来讲，"大周边"地区是经济发展战略的依托、贸易往来与能源供应的重要渠道、传统与非传统安全合作的平台、政治增信与文化交流的对象。但"大周边"地区同时也是经济、金融、恐怖活动、走私、贩毒、偷渡等有组织犯罪及疾病、疫情、自然灾害等各类风险发散的重要途径。因而涉及中国的文化、军事、能源、反恐、安全、经贸、公共卫生、禁毒、减灾等多个领域的对外关系及中国的总体外交。

从军事安全等传统安全的角度看，目前中国"大周边"地区的局势是我国建国以来相对稳定的时期，尽管局部冲突时有发生，但大环境还是以和平、合作、发展为导向。另一方面，从经济、金融、灾害等非传统安全角度看，突发性危机事态常有发生。本届中国政府在短短两年内，就出席了两次区域性高峰会议，共同谋划如何建立针对诸如"非典"与海啸等灾情的危机管理体制。

可见，"大周边"地带安全、经济、能源等战略因素的重要性，使之在中国总体外交布局中，上升到"周边是首要"的高度。因而，营造"睦邻友好的周边环境"，也上升为外交工作的根本任务与基本目标之一。问题的关键是如何"营造"：是以静制动，以不变应万变呢；还是有所为有所不为，有所作为，有为才能有位呢？从探讨的角度看，作为"大周边"外交，可以考虑如下因素：

美国不是亚太地区的"观众"，而是"主角"。在战后半个多世纪中，在整个亚太地区，无论是从小周边还是从大周边的角度看，美国的影响力都占据优势，并因之主导安全、经济秩序，显然是个局内人。可见，美国是亚洲各国以及中国的特殊"邻国"。因而，中国与"大周边"的关系，某种程度上也是"中美邻"三角关系，美国因素在周边安全中影响颇大，中美关系远近，对周边力量组合有微妙的催化作用。换言之，"邻"是中美两国共同的战略舞台，中美关系的重要性，首先在于与周边国家的关系。

笔者记得，早在 1994 年，著名的美国智库"战略与国际问题研究中心"（CSIS）所属太平洋论坛就出面分别举办了题为"中国与东南亚"、"中国与东北亚"的两次学术研讨会，并认为在影响中国的发展方向上，美国和中国的邻国仍可做许多事情：美国和中国的诸邻国应进行更多和更好的协调，必须注意不要因对中国的看法有分歧而造成美国与亚洲之间的隔阂。

尽管中国的"大周边"外交，特别是亚太外交不会挑战美国在该地区的利益，但美国对中国在该地区的扩大影响仍然持有戒心。据台湾部分媒体报道，美国 CSIS 中国研究基金主持人季北慈于 2004 年 12 月 16 日在台北出席"第十届中信 CSIS 圆桌会议"时声称，近年来，中国成功地在全球及区域外交领域中，与周边国家积极交往，推行对中国有利且排除美国参与的多元国际架构，以增加中国在区域国家的关键影响力。美国《纽约时报》更是炒作中美利益冲突这一题材。该报 2004 年 12 月 26 日的一篇文章说，"在整个亚洲，中国在贸易、技术、投资、教育、文化领域正逐渐取代美国的地位。"可见，中美之间有一个缩小战略误解、增信释疑的任务。

三、"大周边"地带的力量组合

"大周边"地带与传统地缘政治理论所重视的"两洋一带"（大西洋、太平洋、欧亚大陆）相重叠。几年来，国际经济重心、地缘政治中心、国际矛盾焦点及军事力量重头逐渐转向亚太，受国际战略格局变动之影响，"大周边"地带各股力量的离散聚合，形成了深刻、复杂的态势。

"大周边"地带的力量格局基本上稳定，但国际战略格局变化及大国关系调整，给"大周边"带来了新情况。"9·11"三年多来，"大周边"地带各股力量一直处于不断变化组合、重新洗牌的"流动"状态之中；互动、组合、重叠；再互动、再组合、再重叠。这种不断洗牌是由美国全球兵力大调整、大国关系变化，以及区域内国家的地区认同意识增强等多种因素促成的。目前，主要有如下几种外交政策取向：

（1）以主导权竞争为平台，美、日、俄等力量加大对"大周边"的战略关注与投入，彼此对地区政治、经济主导权的争夺加剧，并再次牵动了力量的分化组合。俄罗斯对中亚、南亚、东南亚、东北亚一线也有明显的外交进展。

（2）以传统安全合作为平台。美国军事上的"脱欧入亚"使地处"大周边"的各国在美兵力布局中的位置出现变化。在东北亚，美新军事安全战略与日、韩既有契合的一面，也有相悖的一面：在东南亚，菲律宾、泰国被提升为"非北约盟国"。"9·11"三年多来，美国的军事力量几乎都是沿着"动荡弧"地带展开的，反恐战争打响之前，美国"前沿展开、双边同盟"的亚太安全战略正在向互相"联网"、多边"升级"转变。换言之,"动荡弧"在演变为"基地弧",并带来一系列国际关系变化:如美日韩三边关系在军事合作领域的深化;美日澳三角呼应关系的加强等等。

（3）以非传统安全合作为平台,展开反恐怖合作。"9·11"三年多来,"大周边"地带亦是"恐情高发弧形带"。从高加索到中亚、中东、南亚、东南亚,我国周边地带成了恐怖活动高发地带,被"感染"的可能性颇大,各国面临的安全成本在不断增大。美、俄、印、巴及东盟国家正在修改国家安全战略,以应对威胁对象的变化;调整军事建设原则,组建反恐专业队伍已势在必行。中国与上述国家在反恐领域有一定共同利益。特别是在"上海合作组织"框架下,已成功地举行了反恐联合演习,进而促进了政治关系发展。

（4）以防扩散合作为平台,突出共同利益,维系合作关系。除长达10年之久的朝核危机久拖不决外,韩核问题、伊朗核交涉,以及日、台的核扩散危险,反映出各国（地区）拥核保安的心态及核环境的恶化。中美在区域核不扩散问题上有共同利益;中韩在朝鲜半岛或东北亚无核区问题上观点接近一致。

（5）以经贸合作为平台,"乘龙骑象",加大对中印的经济、贸易合作,从而形成了多头的经济阴晴。各股力量基本上是在维持对美、日传统经贸渠道的前提下,加大对中印的经贸关系。

近年来,国际经济界有所谓"CD"经济的说法,即"大周边"地区的经济高速增长主要是由中国经济（CHINA）与数码经济所驱动。哈、蒙、印、东盟等发展中国家及日本、韩国等发达国家的对华经贸往来加大,搭上了中国经济腾飞的快车。此外,中国积极推动与周边国家的自由贸易协定谈判,深化双方的贸易依存度,用经济杠杆增强与周边国家的合作关系。

（6）以能源、资源竞争为平台，形成了新的石油政治格局。"大周边"地带有很多富油、富矿国和地区，如中亚、里海、高加索、俄远东地区、伊朗与伊拉克；但同时在这一地带，美国在加强战略控制力，俄罗斯在提升市场影响力，日本在发挥经济杠杆作用，大垄断公司在大力拓展业务，不少产油国寻找"门当户对"的大国合作，以致形成了利益交错的竞争格局与政治关系的演变。

此外，保卫马六甲海峡通道、开凿泰国克拉地峡问题引起相关国家的竞争。如中缅泰印围绕油气输送管道的整合，俄日以能源合作为契机加快互动，中哈签订能源合作协定引起中国与中亚关系的互动。俄、日、印等挺进中亚，围绕能源产地和油气管线走向的竞争激化。

四、各国的外交走向

处于"邻距离"范围内的"一超多强"：美国、俄罗斯、日本等无一不是"大外交"的老手，都在为左右周边安全总态势进行博弈。"大周边"概念与美国、俄罗斯等国提出的"亚洲北约"、"大中东"、"大中亚"、"动荡弧"、"稳定弧"等构想，日本的"丝绸之路外交"、蒙古的"多支点外交"与"第三邻国政策"部分重叠。

其次，以美国为例，美具有深远的地缘战略和大国战略思维。谈到"大周边"安全格局，就不能回避美国因素。周边局势波动、起伏的原因离不开美国。"9·11"发生三年多来，美军事力量先后进驻中亚、高加索、南亚、东南亚等美全球战略的软腹部，"反恐战场"与美长期觊觎的战略要地相重叠；军事重心向欧亚大陆的中、东部转移，并推动美日韩、美日印等建立某种战略呼应与合作关系。特别是美国部分外交官员与学者鼓吹在东亚、南亚、东南亚、中东等地建立一个基于"民主价值观"的防务合作组织，进而将大西洋两岸的"老北约"与太平洋、印度洋沿岸的"新北约"联结为一体，不能说没有长远的战略考虑。

日本于 2000 年前后提出过"丝绸之路外交"，欲将中亚当作其欧亚外交的重要组成部分，以便"从中国和俄罗斯背后掌握对方"。2004 年底制定的《防卫计划大纲》居心叵测地提到，"从中东到中亚的'不稳定弧'地区的稳定对日本来说极为重要"，强调了在美居全球兵力调整背景之下，日美重新分担任务的重要性。此外，一些分析人士认为，日本对中国与邻国双边关系及多边关系之进展感到担心，并称"中日对亚洲支配权的争夺日趋激烈"。

无论是中美日关系、中美俄关系、中美印关系，还是中美亚（东南亚）关系等，都有一种彼此斟酌的感觉。小国常以警惕的眼光看待大国。一些亚洲朋友说，中国与美国像两头大象，而我们就像草坪。大象翻身、大象打架，受损的是草坪；大象亲昵、大象做爱，受损的还是草坪。

诸强在大外交上，不可能抛开美国与另外一个大国发展关系。从日本来讲，其外交方针，是把日美关系定位为"基轴关系"，即压倒一切的关系；把日中关系定位为"最重要的双边关系之一"；印度、俄罗斯都搞东西兼顾的"双头鹰"外交。

由于国际关系错综复杂，各国利益不一，"大周边"地带多数国家现阶段脱离美国不可能，倒向俄罗斯不可取，错失中国机遇不合算。面对错综复杂的大国关系，都不愿或不会在大国之间选择"一边倒"的外交政策，而是作足姿态、两面周旋、互相平衡、暗中发力。因此，"大周边"地带的国家基本上呈现如下外交调整：

一种是脱美入亚、远美近俄：在双边关系上，伊朗、缅甸，以及对格鲁吉亚"玫瑰革命"心有余悸的吉尔吉斯斯坦等中亚个别国家；在多边合作领域，欧亚会议、上海合作组织等区域性的对话与合作网络，基本上不是美国扮演主角。

一种是联美入亚、联美近中：如印度一方面加强对美关系，一方面继续推行"东向政策"，出现了"印中俄"与"印美日"两种不同的战略图景；韩国因应美安全战略调整，发展对华关系；新加坡虽然身在东盟，但其在区域安全政策等方面与美更近。

综上所述，"大周边"地区的形势是有"光"有"影"，有喜有忧，稳而不定，周边环境趋向复杂，安全隐忧有所增大。"大周边"地区范围内，利益与矛盾交织，竞争与合作并存的局面逐渐定型，中国外交面临历史性的机遇和挑战，"大周边"外交进入"深水区"。因此，中邻、中美更要强调合作，缩小战略误解；对区域内矛盾，要以解决"内部矛盾"的思路，对矛盾宜解不宜结；对利益抓大放小。

和平共处五项原则的战略
文化内涵及现实意义[*]

　　和平共处五项原则诞生于 20 世纪 50 年代初期。当时的国际战略格局可以形象地概括为：一个村子、两家姓、三大力量、四种人。"一个村子"即一个地球；"两家姓"比喻姓资姓社两大阵营，东西对垒；"三大力量"是指美英等西方发达国家、中苏等社会主义国家，以及亚非等区域蓬勃发展的反帝反殖和争取民族独立的国家；"四种人"是指资本主义和社会主义两种制度同时存在、殖民地宗主国与新兴的民族主义国家同时存在的现象。当时，中华人民共和国建国伊始，面临着维护国家主权和领土完整以及求得国际社会的承认、拓展国际活动空间、争取"几十年和平"的国策性课题。

　　中国建国后在与 100 多个国家签署的公报、宣言、条约、声明中都确认了和平共处五项原则。这些原则的历史功绩在于：一是解答了在国际政治的"百家姓"时代，国与国的和睦相处之道，具体表述了如何"共处"的方略，以及采取什么步骤使"五项原则"具体实现，而不使它成为抽象的原则，"讲讲就算了"。

---

　　* 本文载于"中国国际问题研究所"网站。

即如果推行"集团政治"、"大家庭方式"、"村长制",只能激化矛盾,引发冲突,结果势必"同而不和"。二是消除了国际社会对"红色中国"愿不愿意、能不能与其他不同制度的国家"和平共处"的疑问。三是取得了亚洲邻国的信任,消除了缅甸、泰国等周边国家对中国这个大国的"恐惧"心理,与新独立的亚非国家结成了战略方阵,开创了我国外交的新天地。打破了帝国主义的遏制战略,被穷兄弟簇拥进联合国。实现了"东西南北有朋友,四面八方都往来"的大外交局面。

和平共处五项原则是中国外交的"定海神针"。中国运用外交手段,争取国际力量的支持,寻求和平的国际环境。换言之,不论国际风云变幻万千,国际力量格局组合多变,中国外交是以和平共处五项原则之"不变"来应对外部环境之"多变"。靠这根神针,成功地处理了和社会主义国家、民族独立国家、西方发达国家、改变政体后的社会主义国家等方方面面的关系。

建国以来,中国外交出现过五次高潮。一是建国伊始的"一边倒"外交,推动了中国与社会主义国家的外交与合作高潮;二是"五项原则"的产生推动了我国与亚非国家的外交合作高潮。国外曾有过这样的评论,1954年是中国威望增强的一年,更是被世界公认为"东亚大国"与"世界五强之一"的一年;三是70年代,突破意识形态障碍,实行从日本到欧洲、到美国的"一条线"战略,与美日欧等发达国家建交,迎来了中国外交的第三次高潮;四是80年代,与两个超级大国同时发展合作关系,形成了中美苏战略"大三角",中国成了三角中的一角;五是90年代,与苏联、东欧等国家从"党兄党弟"关系变为正常的国与国关系。

那么,如何来看待建国后1949-1979年这30年间中国与其他国家的军事冲突呢?毛泽东主席在1954年8月24日发表的著名文章《关于中间地带、和平共处以及中英中美关系问题》中指出，"你们问，我们和你们所代表的社会主义能不能和平共处……回答也是肯定的，只需要一个条件，就是双方愿意共处。"我想，关键在于"共处"，一方不愿意，动起干戈，就无法"共处"。"和平共处五项原则"中前后出现了四个"相互"和"共"，说明达成和平的两方面条件。"五项原则"是亚洲"土生土长"的。说其是"亚洲"的，一是因为"所有东方人，在历史上都受过帝国主义国家的欺侮"。50年前毛泽东主席会见缅甸总理吴努时就说过："我们不是大哥哥同小弟弟的关系，我们是同年同月同日同时生的兄弟"，"和平为上"。二是因为其蕴含着中国、印度及亚洲大部分国家的战略文化。"五项原则"所蕴含的中国的战略文化内涵，是由中国农耕民族的特点、中国的地理环境所决定的；也是中西文明交流的结晶。主要包括三个内涵："非战"、"和为贵"、"和而不同"；倡导三个"倾向"：即倾向于认同世界的相互依存性；倾向于认同国际行为主体之间的和平共处；倾向于认同面对威胁的"合作安全"；鼓励三个"替代"："用商量替代较量"、"用酒杯瞄准替代用枪炮瞄准"、"用寻求朋友替代寻找敌人"。"五项原则"在印度被称之为"潘查希拉"；这是梵文："潘查"是"五"，"希拉"是"德、性质、行为"之意，即"以德服人"。

和平共处五项原则也是国际的。这是因其普及于亚非拉，为世界所广泛承认，与联合国宪章的基本原则相一致。1955年4月18日召开的万隆会议将与和平共处五项原则精神相一致的十项原则写入会议公报，产生了"万隆精神"，从而为建立新型国际关系提供了理论依据，使之成为一个得到国际社会普遍承认的准则。

战略文化对现实形势的判断，对现实政策的影响相当之大。

在不同国家的外交政策取向中，实际上有两种战略文化冲突的背景。如在有关中国的国家发展及走向评估上，存在一个对中国发展的不同定性、定向问题。换言之，中国经过25年的改革开放，综合国力迅猛增长。按中国战略文化来讲，这对世界是一种"历史性的中国机会"。若按西方战略思维的认识，这是大国盛衰的轮回，大国战略竞争的开始。所以，"中国威胁论"、"潜在战略竞争论"等的出现，实则不足为奇。前不久，美国国防部发表了2004年度《中国军事力量年度报告》，刻意扩大中国军力，寻找"假想敌"。

在和平共处五项原则诞生50周年之际，人类社会进入了一个新的历史阶段。这一阶段的"段情"表现，主要是经济全球化与信息化迅猛发展，区域经济合作方兴未艾，经济发展上的"南北差距"、信息鸿沟不断扩大、可持续发展面临水、油气、环境等许多条件的制约；人类面临的安全威胁出现了多元化现象，传统安全与非传统安全并存，局部性军事冲突不断、欧亚大陆"恐情"严峻、文明冲突的阴影时隐时现；在国际社会中，强权政治仍在起作用；"一言堂"的作风强悍，超级大国追求"绝对安全"、"绝对利益"势头突出。总之，和平与发展问题一个也未解决。

如何在今天这种国际大格局下，实现维护和平、促进发展这两大任务，乃是国际社会上下求索、共事稼穑的历史性工程。在从冷战结束过渡到当前的反恐战争的十多年里，中国一直在想、一直在找：想一想外国"先进"理论和思路的成败曲直；找一找不用战争手段解决争端的办法。实践的结论是，和平共处五项原则仍能作为当今国际关系的基本理论，放之"四海"而皆准。这个"四海"，即相互依存而又多元多样的世界。

恩格斯说，每一时代的理论思维，都是一个历史的产物，在不同的时代具有非常不同的方式，并因而具有非常不同的内容。在新的历史条件下，和平共处五项原则应适应人类社会正经历的深刻变革，赋予新的内涵，展现新的理念，使之与时俱进，继承与发展。中国在"和平共处五项原则"的内涵发展道路上，逐步展现了如下重要新思想，有些主张已经跳出了和平共处五项原则提出之初的双边思维框架，将视野拓展到多边层面上与全球范围内。

第一，重视世界的多样性，倡导不同文明的融合。中国将"物之不齐，物之情也"、"天有所短，地有所长"的现象视为人类社会的基本特征，认为"事物的多样性是世界的实况"，倡导"和而不同"，使世界成为各大文明和谐共处的"广场"，互相取长补短的"磁场"。

第二，树立新安全观，建立结伴而不结盟的新型国家关系。新安全观的核心体现为五个 C（communication，confidence，cooperation，common interest and common development），即交流、信任、合作、互利和共同发展。建立全面合作伙伴关系、战略合作伙伴关系、和平与发展的伙伴关系等提法的关键，在于不针对第三国，这是中国基于"道高益安，势高益危"等哲理而提出的新安全观念。与此相关联，中国倡导推进国际关系民主化，维护联合国的地位与权威，主张依法反恐。

第三，以多边合作为平台，应对共同威胁。冷战结束后，国际安全威胁的一个重要特征是跨国化，如大规模杀伤性武器的扩散、欧亚大陆弧形地带的恐怖活动猖獗、突然爆发的森林火灾或油轮泄漏等等，其特征已导致相邻国家、毗邻地区一损俱损，休戚与共，只有推动区域性的安全、经济对话与合作，建立多边合作机制，加强快速应变力量建设，以及共同石油或货币储备，加强危机管理，才能处理各种威胁与挑战。

第四，促进世界经济均衡发展，追求人类社会的可持续发展。国际社会是一个经济市场，这与冷战时代的姓资姓社大不一样；同时，经济全球化迅猛发展，这两股潮流对发展中国家是"双刃剑"，有机遇，也有挑战，如何维持世界经济发展的"扩大均衡"，防止富的更富、穷的更穷，及一些国家被"边缘化"，则是平等、互惠、互利精神在今天的特殊含义。

第五，促进国际关系民主化，国家不分大小一律平等。"平等"是中国外交思维中的重要内容。中国历代领导人都反复强调所有的民族都是平等的；国家都是平等的。首先是指在政治领域的和平共处，法律上一律平等，不搞强权政治，不搞单边主义、先发制人，不搞"人道主义干预"。因为这些行为都是大国、强国的特权，小国、弱国是无权行使的。